BULLET CODE
FIREWALL

斉藤すず

ILLUSTRATION 緜

バレットコード：ファイアウォール 2

JN073646

——私の思い出。

いつからそれがあったのか。
それを思い出すことは、何故《なぜ》かどうしても出来ないけれど——。
ただ、確かに言えることは、今の私にはクミという名前と、そして大きな翼があった。

私は今、空を飛んでいる。青い空の中を自由に飛んでいる。
時折、綿菓子のような雲が眼前に迫ってきて、私は、わざとその中に飛び込んでみる。

——自由だ。

あんなにも憧れていた自由が、今この手の中にある。
どこにでも行ける。自分でしたいことが選べる。
もう、あの白い部屋の中に、一人で閉じ込められる必要はない。
嫌なことを……
痛かったり、苦しかったりすることを、もうする必要もない。
私は、自由なのだ。

遠く眼下に、大きな水溜《みずたま》りが見える。

初めて見る、知識でのみ知っていた「海」だということに気付いて私は驚いた。

やがて景色は変わり始め、だんだんと陸地が増えてくる。やはり初めて見る「船」。そして「港」。同じく初めて見る、たくさんの人の住むという「街」。

大きな建物がたくさん見えた。

その建造物の高さに――それ以上高いところを飛んでいることを忘れ――私は心底驚嘆した。


そして――私は、ついにそれを見つけた。

広大な施設。他のエリアに比べて、人の数が更に多い。子どもの姿も多く見える。

私はそれを見て、「何故《なぜ》」、自分が今飛んでいるのかを思い出した。

そう。私は会いに来たのだ。

この世界の中で、私が一番、大切に思っている人に。

私が、愛している人に。――ジューゴ君に。

彼は一体、どんな顔をするだろう。私が外に出てきて、彼に会いに来たことを知ったなら。

私の胸は、かつてないほど、期待に膨らんでいる。

一 ―― 絶対防衛線《アイギス》

BULLET CODE FIREWALL

骨のように白い瓦礫《がれき》に、赤い夕陽《ゆうひ》の光が滲《にじ》んでいて、その廃墟《はいきょ》は、まるで血塗られた地獄のように見えた。

耳を澄ましても、人の声はおろか野良犬《のらいぬ》の遠吠《とおぼ》え一つ聞こえない。ただ時折、微《かす》かに地面が震え、その度に町全体がすすり泣いているかのような、低く重い地鳴りの音が響いている。

クラインフィールド内。

ギリシャ共和国首都、アテネ。

「コスタ！　応答して！　うぅっ……。コスタぁっ！」

石畳の上を、一人の女性兵士――まだ二十歳になったばかりのマリア・カルディツァ上等兵がひた走っている。ギリシャの港湾都市、テッサロニキ出身の彼女は、同郷の幼馴染《おさななじみ》であり、同僚であり、そしてつい先日恋人にもなった彼――コスタことコスタス・カラマンリス上等兵の名を無線に向かって泣き叫んでいた。

信じられなかった。

マリアは走りながら、自分の右の二の腕を押さえた。

そこには、三匹の狼がデザインされたワッペンが貼られている。狼は、ギリシア神話で戦い

を司るとされる神、「アレース」の象徴。

ギリシャ陸軍最強の特殊部隊、第一奇襲空挺旅団、その中でも特に素養のある者を選抜し、

クラインフィールド内での戦闘に特化させた「アレース大隊」のエンブレム。その一個中隊三

十名の精鋭が、開戦後僅か二十三分でマリア一人を残して全滅した。

民家の石垣の裏に転がり込み、袖で涙を拭いてから、震える手で自動小銃の弾倉を交換する。

無線からはコスタの声どころか、他の仲間の声ひとつ聞こえない。先ほどからずっと変わら

ず、時折思い出したかのように砂嵐のようなノイズが流れてくる。

『マリアっ！　逃げろっ！』

マリアのため、自ら囮となったコスタ。その最後の言葉が耳に蘇り、マリアの目から涙が溢

れた。喉から漏れそうになる嗚咽を、血が出るほど唇を強く嚙んで堪える。

もう任務を達成できる可能性はゼロに等しい。

それでも最後まで戦わなければならない。可能性がゼロでない限り、戦わなければならない。

自分は、兵士だ。

その決意を嗅ぎ付けたかのように、濃密な殺気で空間が歪《ゆが》んだ。マリアが視線を上げた。

直後。青白い閃光《せんこう》が、視線の先の市街地を切り裂いた。

続けてくる爆音。巨大地震のような激しい振動。

街がまるで怪獣に蹴飛ばされたかのように、地面から根こそぎ吹き飛ばされていく。

重戦車の第二射、第三射を見終えるや否や、マリアはプラカ地区の大通りへと飛び出した。

白い石畳の両脇には、まるで申し合わせたかのように同じ高さの二階建ての商店が並んでいる。かつては整然と並んでいたその家々は、今や重戦車ティーガーに暴虐の限りを尽くされ、もはや何のための建物だったのかも分からないほど、痛々しい姿に変わっていた。

ひび割れた石畳に足をとられながらも、マリアは遮蔽物から遮蔽物へと素早く移動していく。

足音を消すことに意識を集中しているのは、「奴《やつ》ら」——敵性オブジェクトである「ファイント」が、視覚よりも聴覚を優先して行動することを理解しているからだ。

胸の中で作戦本部への恨みを吐くものの、マリアは彼らに非がないことは理解していた。

なぜなら作戦のコンセプト自体は、非常に妥当なものだったからだ。

クラインボトルによって形成される仮想戦場空間。その中で展開される「戦闘」の形式を纏《まと》ったハッカー達のサイバー戦争。人類側の原則的な勝利条件は、フィールドのどこかに隠された赤いボタンである「マーカー」をタッチし、ワクチンプログラムを起動させること。

この戦場空間は日々研究が進められていて、最初期の頃の戦場に比べると、人類側に大きく有利になった事柄も少なくない。その一つが、最新鋭の輸送機のプレイアブル化であり、実際にこれは多くの戦果を挙げた。十分な鍛錬を積んだ空挺兵《くうていへい》をマーカー近辺にエアボーンすることで、余計な戦闘を大幅に避けることが可能になったからである。

にも拘《かか》わらず、「オペレーション・スクルド」は現在進行形で「歴史的な失敗」の烙印《らくいん》を獲得しつつある。

近日、欧州に吹き荒れている大規模なサイバー攻撃と、それに対する国連軍の統合作戦「オペレーション・ヴァルキリーシール」。

そのギリシャにおける分科作戦である「オペレーション・スクルド」とは、このアテネ・フィールドにおけるマーカーの所在地であるパルテノン神殿を占領することを目標とし、精鋭一個中隊をアクロポリスへと空挺《くうてい》降下させるというものだった。

三つ誤算があった。

一つめは、重戦車ティーガー、国連軍正式呼称「マゴグ」の存在。

このアテネ・フィールドにおいて、これまでマゴグの姿が確認されたことはなかった。今回の出現は恐らく初めてのことであり、兵士達の武装はこれに対抗できるものではなかった。

二つめ、それは、ファイントの進化速度。

国連側のそれと同様、敵性オブジェクトが日に日に進化を続けていることは、従来から広く認識されてはいた。が、マゴグの射撃精度が飛行する輸送機を撃墜する水準にまでなっていたというのは、こちらの予測を大きく超えていた。

そして三つめ、

最後の一つ——

「ははは！　逃げろ逃げろ！」

後方で若い男性の声がして、反応したマリアが振り返る。轟音《ごうおん》と共に小さな商店が吹き飛び、一体、二体、そしてもう一体——合計で三体のマゴグがその巨体を顕《あらわ》にした。

ウッドランド迷彩を施されたマゴグ達。

その各々《おのおの》の頭部になんと、若い男性、いや「少年」といった年頃の男性達が立っている。

自分達の戦闘服とはまるで違う。Tシャツに短パンやスウェットといった、この戦場の中で見るにはあまりにも異様なラフな格好。手の指十本それぞれから青白い線のようなものを出し、それがマゴグの頭部に刺さっている。恐らく、あれで「操って」いるのだろう。

マゴグ達の装甲は変形し、少年達を守る盾のようなものがその頭部に出来ていた。

「次は俺に任せろ！　あの女をバーベキューにしてやる！」

マゴグの近くを走る二人の男性。こちらは二人ともサンドイエローの軍服を着ている。一人は背が高く、一人はボールのように丸い。

そのうちの背の高い男が甲高い声で叫びながら、舌舐《したな》めずりをして笑っていた。

――「アウェイクン」。

彼らはそう自称する。

「自分達こそ選ばれたもの」として、レインウォーターに忠誠を誓い、暴虐の限りを尽くす「人類の敵」であるハッカーたち。

そして彼らは――

「見てろよ！　美女の火炙《ひあぶ》りダンスだ！」

その声に素早く反応し、マリアが地面にスライディングした。

同時、マリアのすぐ側《そば》に植えられていた植栽が、爆発するように燃え上がった。

「くそっ！　外した！」

その発言に、他の四人が同時に笑う。

彼らは、システムの限界を突破する術《すべ》を知っていた。「ウィザード」と呼ばれる特殊な能力者達。「ファイントを操る能力」、「発火能力」。十分過ぎるほど驚異となる力だった。

最後、三つ目の誤算。

まさか彼ら「アウェイクン」が潜伏している戦場だったとは――完全な予想外だった。

「ぐっ……」

痛む身体《からだ》に鞭《むち》をうち、立ち上がったマリアが再び走り出す。

そのマリアを追うようにして、紙一重の空間が炎に包まれていく。自分の髪の焦げる臭《にお》いを嗅ぎながら、何とかギリギリの所で躱《かわ》し続ける。輸送機から命からがら脱出した仲間の多くが――家族のように寝食を共にしてきた仲間達が――訳も分からぬまま、この炎に包まれ、火達《ひだる》磨《ま》になって焼き殺されていた。

でも、マーカーさえ起動させれば……そうすれば、自分「達」の勝ちだ。

死んでいった仲間の命を――自分を守ってくれたコスタの犠牲を、絶対に無駄にはしない。

遥《はる》か後方。チェーンソーで鉄でも切ろうとしているかのような機関砲の発射音。

足元の瓦礫《がれき》が吹き飛び、視界が一瞬でメチャクチャになる。

「あおっ⁉︎‼︎」

地面に転がったマリアの口から絶叫が上がる。

手を伸ばすも、既に右膝から下はなく、焼け焦げた傷口からは白い煙が上がっていた。

軍服のノッポとボール男。駆け寄った二人が、まるで砂糖に群がるアリのように若い女性の身体《からだ》に集《たか》る。泣き叫んで抵抗するマリアを羽交い締めにして、その軍服を毟《むし》り取《と》っていく。

「待てよ」

いつの間にかすぐ側《そば》にまで来ていたマゴグ。先頭の一体の上に立つ少年が、見下ろすようにして口を開いた。マゴグという武力の前に、二人の男がしぶしぶ従い、マリアから離れる。

ほぼ下着だけにされたマリアは、右脚の痛みに顔を歪《ゆが》めながら、それでも少年を睨《にら》みつけた。

「へぇ、いいねいいね。その反抗的な目。ゾクゾクする。ねぇ、美人なお姉さん、裸で土下座して見せてよ。『助けてください』って。そしたら命だけは助けてあげるから」

ノッポとボール男が手を叩《たた》き、下品な声を上げて笑い始めた。

唖然《あぜん》とするマリアの見る先で、マゴグの上の少年達も腹を抱えて笑っている。

断れば——恐らく、躊躇《ちゅうちょ》なく殺されるだろう。

マリアの肩が震え始める。

やがて地面に膝をつき、腰を折って——、足首に備《そな》えていたハンドガンを抜いた。

「くたばれっ！　ゴミ野郎」

銃口を向けられた少年の顔色が青に変わる。

マリアが引き金を引こうとした、が、その手が炎に包まれ、悲鳴を上げて銃を零《こぼ》した。

「このっ！　くそアマぁっ！」

少年が狂気に染まった顔で叫び、マゴグがそれに応じるかのように右のハサミを振り上げた。

「脳ミソぶちまけて死ねやぁっ！」

マリアの視界、その全てを覆う巨大なハサミが烈風と共に迫ってくる。

——コスタ、みんな。……ごめん。仇《かたき》を討ってあげられなくて……。

ギュッと目を瞑《つむ》り、マリアの両の目尻から涙が零《こぼ》れた。

ドッ、ゴン！

…………。…………？

マリアが恐る恐る目を開く。

おかしい。まだ、目が開く。まだ……生きている。


マリアのすぐ目の前に、一人の女性が立っていた。


見たことのない服装。

黒く、身体《からだ》にピタリとフィットするインナーに、大きく肩の出る上着。穿《は》いているのはズボンではない。白と黒の、日本人が身につけるという、伝統的な「ハカマ」のような形をしたボトムス。右手には、抜き放たれた大きな刃物──「ニホントウ」を握っていた。

その刀から、紫色の液体──マゴグの体液が落ちると同時、マリアの後方に巨大なハサミが轟音《ごうおん》と共に落下した。腕を斬られたマゴグが、ようやく苦悶《くもん》の絶叫を上げた。

吹き荒れた強い風を受け、女性の腰まである銀色の髪がたなびく。胸元で小さく揺れたのは、首から下げたドッグタグ……ではなく、銀色のロケットペンダント。

「な、なんだ……お前？」

マゴグの上の少年が声を発した。しかし女性はその声を無視し、マリアの方に視線を向けた。

青い、宝石のような瞳がマリアのことを見つめた。

「最後まで、良く戦った」

「……え？」

何を言われているのか分からず、マリアの目が丸く広がる。

「立派だった。貴方《あなた》が諦めずに戦ってくれたから、私は間に合った」

マリアの両目から、涙が溢《あふ》れていく。

目の前の女性が、左腕に抱えていた軍服を静かにマリアに向ける。慌てて受け取る。軍服ではない。それは、軍服を着た、恋人のコスタだった。

「コスタっ！」

叫んで揺すると、コスタは小さく顔を顰《しか》めた。気を失っている。でも……生きている。

「ああっ！　……ああっ」

女性にお礼を言いたくて、でも嗚咽《おえつ》のせいで言葉が出てこない。

「彼もまた立派だった。気を失うまで戦って、意識のない中でも『マリア』と、君のことだろう？　ずっと呼んでいたぞ」

マリアは腕の中のコスタを強く抱きしめた。

生きていてくれた。これ以上、嬉《うれ》しいことはなかった。

女性が刀を振って血を払い、鞘《さや》に戻す。空になった右手を挙げ、綺麗《きれい》な姿で敬礼した。

「勇敢なるギリシアの戦士達に、心からの敬意を」

「てめえっ！　いつまで無視してんだっ！」

少年が叫び、女性が再び顔を上げた。

「どこの誰だお前っ？　余裕こいてんじゃねえぞっ！」

「私か？　私の名前は、雨宮白亜《あまみやはくあ》という」

瞬間、その場の空気が凍り付いた。


その二つ名は「絶対防衛線《アイギス》」。

あの一億人が参加した悪夢のプログラム、「プロジェクト・ファイアウォール」において、総合成績──だけではない。全教科、全課程、全てにおいて、全世界第一位。

彼女こそ、人類が誇る最高戦力にして、絶対的な切り札。本名か偽名か、「雨宮白亜《あまみやはくあ》」。


白亜《はくあ》が頬に凶暴な笑みを浮かべた。

「我こそは人類の一番槍《いちばんやり》にして最後の盾。死ぬ覚悟が出来たなら──かかってこい」

「おまっ？　くそがあっ！」

少年が叫び、マゴグが再び動き出す。

と、白亜《はくあ》がパンと、両手を胸の前で合わせた。

そして右の足を高く掲げ、力士の「四股《しこ》」のように地面を踏み付けた。

ズシン！

地面が鳴り、同時に白亜《はくあ》の身体《からだ》から、ブワッ、と蒸気のように紅蓮《ぐれん》のオーラが噴き上がった。

腰だめに右の拳を添える。

「土輪開吼《どりんかいこう》――炎帝爆龍波《えんていばくりゅうは》」

「――は？」

白亜《はくあ》が拳を突き出す。

赤いオーラが巨大な渦を巻き、拳の直前の空間がメチャクチャに歪《ゆが》み――大爆発を起こした。

マゴグの頭部は爆砕し、まるで誘爆するかのように、その身体《からだ》の至る所からも炎が上がっていく。少年は悲鳴を上げる暇もなく、一瞬で消し炭へと変わり、跡形もなく蒸発した。

二番目、三番目のマゴグに動揺が走る。

「おいっ！」

叫んだのはノッポで、その手を白亜《はくあ》の方に向け、勝ち誇るかのように笑っていた。

「くたばれ化物っ！」

ノッポと、そしてボール男の足下が、突然、爆発した。

続けて、花火が射出された時のような「ヒュルヒュル」という音が聞こえ、ロケット弾が次々と飛来する。少年達の乗った二体目、そして三体目のマゴグも、瞬《また》く間《ま》に炎に包まれていき、少なくないダメージを受けていく。

マリアが振り向いた先。

百メートルほど離れた民家の上に、四人の女性が立っていた。

全員がバラバラのデザインをした、しかし共通の黒のエナメル素材の服。

全員の手には共通の武器。黒と金色に塗られた巨大なアサルトライフル。彼女達にのみ使用が許された、否、彼女達にしか扱えない特殊武装『対TOWA専用アサルトライフル《ATSA-450》：ファイアバレット・エクスカリヴァ』。

四人が四人、揃《そろ》って銀髪。

四人が四人、揃《そろ》って目を覆う、黒い目隠しをしている。

髪型は全員異なるものの、その顔つきは瓜二《うりふた》つ——いや、正確には、全く同じ。

「TOWA、シリーズ……」

マリアは呆然《ぼうぜん》と呟《つぶや》いた。直接見るのは初めてだった。

この戦争の全ての元凶。人類に仇《あだ》なす最強のAI兵器にして、最悪のコンピューターウィルス、「TOWAウィルス」を作り出した張本人達。

しかしマリアの視線の先にいる彼女達は、その中でも異端中の異端。

——国連サイバースペースミッション・緊急即応待機班・「TOWAによる特殊急襲部隊《Special Assault Force of TOWA》」。

略式呼称『SAFoT《サフォート》』。

彼女達はTOWAでありながら人類に与《くみ》し、そして人類に敵対するTOWAを狩る存在。人類に反旗を翻《ひるがえ》したＴＯＷＡ達にとって、最大の、そしてほぼ唯一の天敵――

「このっ！　死神共《ども》がっ――！」

二番目の少年が顔色を失《な》くして呻《うめ》きながら、マゴグを回頭させて攻撃態勢に移る。

「大丈夫ですか？」

驚いて顔を上げると、いつの間にかマリアの隣にもう一人、銀髪のＴＯＷＡが立っていた。

他の四人とは顔貌や背丈が少し違うが、何より違うのがその服装。

サンダルを履き、白いワンピースを着て、その上に、付け足したかのように黒い軍人らしいジャケットを羽織っている。

まるで先ほどまで洗濯でもしていて、急いで戦場に駆けつけたかのようなその姿。

マリアの撃たれた脚を見て、悲しそうに眉を顰《ひそ》めた。

「遅くなってごめんなさい。すぐに、片付けます」

ポカンとするマリアを安心させるように、小さくだけれど微笑《ほほえ》んだ。

「本当に遅かったな、アン」

白亜《はくあ》にそう呼ばれたＴＯＷＡが、目隠し越しにじとっとした視線を向けた。

「何言ってるんですか……。許可無しでの独断先行で、勝手にベルギーから移動したくせに」

「へへへ。ごめん」

後頭部をポリポリする白亜《はくあ》に向けて、ＴＯＷＡが小さくため息《いき》を吐く。もう慣れっこになっているのか追及をやめると、マゴグに向き直り、厳しい表情になってインカムに手を添えた。

「シックス、セブン、エイト、前へ。フォーメーションB。ナイン、援護して」

ようやく回頭を終えたティーガーの機関砲が放たれ、四人の立つ民家が爆砕するまさにそのタイミングで、四人のTOWAが四方に散った。

一人がすぐ近くの家の屋根に乗って再び銃撃を始める中、残りの三人がティーガーの攻撃を躱《かわ》しながら物凄《ものすご》いスピードで建物の上を走り、ジャンプし、移動してくる。

少年達の怒りと、そして恐怖の絶叫が上がった。

――そこから先は、一瞬だった。

恐らくTOWAは、たとえ一人でも何の問題もなく敵を倒しただろう。

あれほどまで強力だったマゴグは、ほとんど何の抵抗も出来ないまま、穴だらけの残骸となり、血塗《ちまみ》れになって転がった。気絶した少年達が、その頭部の上で横になって倒れている。

アン、と呼ばれたTOWAが地面に座り、マリアのことを抱きかかえた。

そのマリアを囲むようにして、黒服に身を包んだ四人のTOWAが集まって来る。彼女達のモデルとなった女性は日本のハイスクールの学生だったらしく、近くで見ると、思っていたよりもずっと年齢が幼く見えた。

「こちらは何方《どなた》ですの？　アン」

独特な語尾で話す一人が、白いワンピースのTOWAに尋ねた。

「ギリシャの兵隊さんだよ、ナイン。シックス、デジタルオピオイド《DO》」

シックスと呼ばれたTOWAが「了解だよー」と明るく答え、マリアの膝に、見た目大判の絆創膏《ばんそうこう》のようなものを貼る。足に生じていた激しい痛みが、急速に溶け出していく。

「見てごらんセブン、美しいお嬢さんだ。ギリシアの女神達が嫉妬しないか心配だよ」

「相変わらずですね、エイト。発情期は春だけにして欲しいのです」

彼女達の服の左の二の腕部分、そこにはそれぞれ「56」「57」「58」「59」という番号の描かれたワッペンが貼られていた。恐らくTOWAとしてのシリアル番号なのだろう。TOWAは全部で92体製造されたと言われている。

デジタルオピオイドでぼんやりとし始めた意識の中、マリアは白いワンピースの女性の腕を見る。彼女のそこには、「88」の文字。なぜ「アン」なのかは分からなかった。

助けられた安心感もあって、マリアの意識がゆっくりと薄くなっていく。

最後、心の底から敬意を込めて、白亜《はくあ》に向けて敬礼した。

「ありがとう、ございました。私の……私達の故国《ふるさと》を、守ってくれて」

白亜《はくあ》が微笑《ほほえ》み、マリアの頭をそっと撫《な》でた。

「今はゆっくりと休め。ギリシアの戦士」

マリアは頬を緩めて頷《うなず》くと、静かに目を閉じた。

んんーっ、と白亜《はくあ》が大きく伸びをして立ち上がり、TOWA達に背を向け、燃えるような夕焼けを見て目を細めた。

「あー、疲れた。今日も良く働いたなぁ」

「おバカですね、白亜《はくあ》。ベルギーからギリシャは人間が走って移動する距離ではないのです。それに付き合わされる私達のことも考えて欲しいのです」

「ん？　ああ、ごめんごめん。でも一旦ログアウトすると、リエージュ協定の手続き面倒臭くて。でも、来て良かったじゃん？　こうして何人か助けられたしさ」

アンが小さくため息を吐いた。少しお説教をしようと思っていたのだが、白亜《はくあ》を見ているとその気が失《う》せる。ややあって、別のことを言うために口を開いた。

「……白亜《はくあ》、報告が」

「ああ……。そうそう。そうだ。……で？」

他のTOWA達もはっとして視線を上げる。

突如空気の温度が下がった気がした。そのくらい冷たい、白亜《はくあ》の声だった。

白亜《はくあ》が微《かす》かに首を捻《ひね》って後ろを向く。青い瞳が、まるで凍《こお》らせた炎のように輝いている。

「調べ物の方は、成功したのか？」

暫《しばら》く白亜《はくあ》と見合っていたアンが、静かに頷《うなず》き、口を開いた。

「この十二時間以内に、指定ワード、『雨宮《あまみや》千歳《ちとせ》』について、その核心に迫り得る調べ方をしたものが三者います」

白亜《はくあ》が目線で先を促す。

「一つ目は米軍。イギリス、メンウィズヒルから。エシュロンです」

白亜《はくあ》が「なるほど」と言って小さく苦笑いをした。

「まあ、あいつは放っておこう。調べるために生まれてきたような子だし。次、二つ目《プレデターB》――」

「……結論から言うと、特定は出来ませんでした」

白亜《はくあ》が珍しく眉を顰《しか》めた。

「――あなた達の力をもってても？」

アンが、そして他のＴＯＷＡ達が、悔しそうに、俯《うつむ》くようにして頷《うなず》いた。

「一つだけ確かなのは、今回はこのギリシャからの攻撃だったということ。間違いありません。プレデターBは欧州の中を移動しています。この欧州戦線の中に紛れ込むようにして」

「やっぱ『セルゲイ・デュラン』じゃない？　八時間前にベルギーからギリシャに入ってる」

白亜《はくあ》が一人のハッカーの名前を告げると、アンは、はっきりと頷《うなず》いた。

「特定は出来ていないだけで、可能性はやはり高いです。攻撃の特徴、攻撃時の所在地等から判断すると、その確率は七割を超えます」

「……なるほど、ね。で、最後は？」

問われたアンが、困ったように眉尻を下げる。「誰か」は分かっている。ただ、なるべく言いたくない。言うべきなのか分からない。そんな気持ちが滲《にじ》んでいた。しかし白亜《はくあ》に見られ続け、ようやくその口を開いた。

「日本の、東京《とうきょう》からです。名前は――」

古橋優馬《ふるはしゆうま》

白亜《はくあ》が小さく笑った。

まるでハンターが獲物を見つけた時のような……見るものをぞっとさせる微笑《ほほえ》みだった。

ふわぁぁぁ……。

場違いな音がして、皆の視線の先ではセブンが欠伸《あくび》をしていた。かなり疲れたのだろう。

白亜《はくあ》が小さく笑い、セブンの頭を撫《な》で――

「……白亜《はくあ》？」

言われると同時、白亜《はくあ》も気付いた。

自身の唇、その中央付近を、何か温かいものが流れていく。探るように触れた指先は赤く染まり、やがて顎の先で一度溜《た》まった鼻血が、ポタリ、ポタリと地面に落ちていった。

白亜《はくあ》が、満面の笑みを浮かべた。

「なんだろな？　久しぶりに暴れて、ちょっと興奮しすぎたかな？」

固まっていたTOWA達の緊張が解け、徐々に呆《あき》れたような笑顔になる。

しかし一人だけ……白亜《はくあ》の身体《からだ》の状態を知っているアンだけは、険しい表情を崩さなかった。


ゴウン……ゴウン……


航空機のエンジン音のようなものが聞こえて、全員が顔を上げた。

アテネの上空を、一人の女性の姿が、ゆっくりとゆっくりと通過していく。

金色の髪、赤色の瞳。

古代ギリシアのキトンとヒマティオンのような、白くゆったりした着物を纏《まと》っている。

その女性が通過していくに応じ、アテネ市街の中から、ファイントが空中に引き上げられていく。――ゆっくりとその体が捻《ね》じられていくにつれ、体液を噴き出し、絶叫を上げながら絶命していく。アテネ市街が、紫色の体液で汚れていく。

米軍の投入してきた最終兵器。

「ユークリッド……」

まるで白亜《はくあ》の声が聞こえたかのように、遥《はる》か彼方《かなた》からこちらに振り向く。女神のような美貌。

その目を細めて、ぞっとするような美しさで微笑《ほほえ》んだ。

「同じAIでもだいぶ違うねえ」

言って白亜《はくあ》がアンをじろじろ舐《な》めるように見て、アンが嫌そうな顔で見返した。

ユークリッドが手をつけ始めたなら、この地域《ギリシャ》は直《じき》に「綺麗《きれい》」になることだろう。

それでは自分は、自分の目的のための行動に戻ろう。

「よし。帰ろうか」

白亜《はくあ》が言って、歩き出す。

雲量、目測にして5。だいぶウィルスは片付けられてきてはいるが、どこからでも自由にログアウト可能な「フリーアウト」水準には至っていなかった。

「ん？」

気付けば、再び流れ出している鼻血。先頭の白亜《はくあ》は他の面々に見られないようにそれを拭う。

まだ……くたばる訳《わけ》にはいかない。

たとえこの身が滅びようとも、千歳《ちとせ》は――妹は、私が必ず守る。


五体のＴＯＷＡが、白亜《はくあ》の後ろに続いて歩いていく。

行き先はパルテノン神殿。

未《いま》だ炎を上げ続けるティーガーの遺骸の側《そば》を通過しながら、雨宮白亜《あまみやはくあ》は胸元のペンダントを握り締め、獰猛《どうもう》な肉食獣のような笑みを浮かべた。

――私の思い出。


真っ白な壁。真っ白な床。

真っ白な天井に真っ白なベッド。

私にとって、世界とはこの部屋――「病室」が全てだった。

時折壁に映像が映り、私はそこで外の世界を知る。

青い空。――その中を自由に飛ぶことを想像すると、私の胸は高鳴った。

青い海。――その中を思いっきり泳ぐことを想像すると、私の心はときめいた。

そして――ヒト。
私が今、一番関心を持っているもの。

この部屋の中にいても、時折「ヒト」はやってくる。

食べものを持ってきてくれて、食べ残しを持っていってくれる。

部屋を綺麗《きれい》にしてくれて、そして去っていく。

ヒトは主に、口から音声を発してお互いの意思をやりとりする。最初は難しかったけれど、言葉を覚えることの出来た私は、そのヒト達に、言葉をかけてみる。

「こんにちは」「今日は良い天気？」

「ご機嫌いかが？」「ご飯、美味《おい》しかった」

でも——その人たちは、何の反応もしてくれない。

全身真っ白な服を着て、顔をすっぽり覆うマスクをかぶっていて、その表情を外から窺《うかが》うことはできない。無言で部屋に入ってきて、私には一言もないまま、ただ彼らがすべきことを淡々とこなし、そしてそれが終わり次第、部屋の外に去っていく。


つまらない。そしてそれ以上に——寂しい。

私はこれから、ずっと一人なんだ。

そう分かったら涙がいっぱい出てきて、私はベッドに潜って、次の日まで泣いていた。

これからも、ずっと一人……。


「ねえ」

驚いた。ベッドの中から這《は》い出《だ》した。

ベッドの横に——一人の男の子がいた。

「何してるの？」

何も返事のできない私の目が、大きく広がる。男の子の口が再び開く。

「君は、誰？」

二 ―― 廃兵計画《プロジェクト・アンヴァリッド》

BULLET CODE FIREWALL

アテネでの戦闘終了時刻より十時間後。

クラインフィールド内。東京《とうきょう》、海の森《うみのもり》演習場。


敵味方入り乱れての激しい銃撃音が止《や》んでから、ちょうど一分が経過しようとしていた。

演習場に転がっている貨物用コンテナの陰に隠れ、古橋優馬《ふるはしゆうま》は周囲の様子を素早く窺《うかが》う。

「何か見えるか？　SSR《エスエスレア》のチェリー君」

背後からニヤけた声を掛けられ、優馬《ゆうま》は首を横に振って応える。後ろにいるのは、今日初めてツーマンセルのパートナーを組むことになった武川《たけがわ》。ちなみに彼は、現在優馬《ゆうま》が編入されている四人制のチームにおけるリーダーも務めている。

同じ高校二年生の武川《たけがわ》。

幼なじみの大河《たいが》を彷彿《ほうふつ》とさせるその大柄の身体《からだ》は、薄《うっす》らと青色のオーラで覆われており、彼がこの空間における取り分け貴重なハッカー、『ウィザード』であることを証明していた。

その一方で、現在の優馬《ゆうま》にそういった特徴は見られない。

「チェリー」。

酷《ひど》い蔑称だとため息が出る。

それは、クラインフィールドの中で未《いま》だ経験のないこと、つまりはウィザード特性を発揮出来ていない者を呼ぶための言葉だった。正確に言えば、かつての戦争の最中《さなか》、トリプルシックスを発動した優馬《ゆうま》はもちろんそのカテゴリには含まれない。どちらかと言えば——

バカなことを考え始めたと優馬《ゆうま》は頭を振る。再び視線を戻し、敵チームの学生の姿を探す。

ちなみに、「SSR《エスエスレア》」というのは「Super Special Returner《スーパースペシャルリターナー》」から来ており、「あの戦争」の中でも際立《きわだ》って生還率の低かった激戦地からの帰還者のことを指している。一般的には敬称だが、もちろんウィザードである武川《たけがわ》に、そうではない優馬《ゆうま》に対する敬意などない。

『後ろ後ろ！　出てくるよ！』

チームメイトの声が脳に直接響き——つまりはテレパス能力を持った生徒の心の声を受信したと同時、優馬《ゆうま》と武川《たけがわ》は即座に背後を向いてアサルトライフルを構えた。

いつの間にかコンテナの一部にポッカリと開いていた真っ黒な穴から、戦闘服姿の兵士が二人飛び出し、着地と同時、一気にこちらに攻めてくる。

トリガーを引こうとして、しかし目の前に武川《たけがわ》がいるためにそれは出来ない。

武川《たけがわ》の方は一度向けた銃を下ろし、右手を敵の先頭の女性に向けていた。

その武川《たけがわ》の手の周囲に、まるで魔法のように水流が起こり――、
優馬《ゆうま》は武川《たけがわ》の襟を掴《つか》むと、地面に無理やり引き倒した。

直後、武川《たけがわ》の元いた空間を、敵の女性の振り抜いた短剣が真一文字に切り裂いた。優馬《ゆうま》が引き倒していなければ、攻撃に拘《こだわ》った武川《たけがわ》は大きなダメージを受けていただろう。無理な体勢から、しかし優馬《ゆうま》は右足でカウンターのキックを放つ。

攻撃の直後を捉えるこれ以上ないタイミング。だったが、女性は超人的な動体視力と反射神経をもってギリギリの所でキックを躱《かわ》した。

僅《わず》かにつま先が捉えたのは女性のゴーグル。

それを飛ばされ素顔となった女性は――敵チームのリーダーを務めている真田《さなだ》小梅《こうめ》だった。

優馬《ゆうま》と目が合う。その優馬《ゆうま》の目を狙った鋭い「突き」。

烈風と、そして白色をした彼女のオーラを纏《まと》った短剣の「突き」が、爆発的な出力を得たビームのように襲いかかってくる。

優馬《ゆうま》は鋭く体を後ろに逸《そ》らしながら、小銃の銃床で、小梅《こうめ》の短剣をカチ上げた。

「っ⁉」

バランスを失った小梅《こうめ》の目が見開く。姿勢の流れた完璧な隙。

しかし――直感が電流のように流れ、パンチを撃ち込もうとしていた優馬《ゆうま》はその動作をストップする。バックステップしようとして……呆然《ぼうぜん》と地べたに座っている武川《たけがわ》に気付いた。

舌打ちをしてその襟首を摑《つか》み、無理やり後方に駆け出したその時。

ビュウウウウン……

空間を切り裂くような音とともに、今度は緑色のオーラを纏《まと》った砲撃が飛来し、優馬《ゆうま》の足下の地面に着弾した。

爆発。

緑のオーラの持つ属性、「風」の力が荒れ狂い、まるで88ミリ戦車砲が着弾したかのように地面を抉《えぐ》る。吹き飛ばされた優馬《ゆうま》はガンガン鳴《な》り喚《わめ》く頭を横に振り、リーダーである武川《たけがわ》を回収するため立ち上がる。

「優馬《ゆうま》先輩」

優馬《ゆうま》の視線の先。

何が起こっているのか分からず、ただ目を丸めている武川《たけがわ》。その隣には、ナイフを握る小梅《こうめ》。

「すみません。試合終了です」

言ってナイフを収めると、小梅《こうめ》は鋭い手刀で武川《たけがわ》の首を打ち、打たれた武川《たけがわ》はグルンと白目をむいて気絶した。

『ビビー！』

大きな電子音が鳴って優馬《ゆうま》が空を仰ぐ。額に掌《てのひら》を乗せると同時、「あちゃあ……」と声が出た。メンバーは変わっているけれど、優馬《ゆうま》が所属したチームはこれで二連敗。大きな減点になるだろう。武川《たけがわ》の頬を張って目を覚まさせてから、小梅《こうめ》が優馬《ゆうま》のもとに歩いてくる。

「優馬《ゆうま》先輩、有難《ありがと》うございました。流石《さすが》です……」

頭を下げる小梅《こうめ》に向けて、優馬《ゆうま》は両手をヒラヒラと振り、バツが悪そうに微笑《ほほえ》んだ。

「いや、そんな。現に負けてるし」

「いえ、それは……」

チラリと小梅《こうめ》が視線を向けた先。ポカンと口を開けた武川《たけがわ》。

「あのリーダーでは、仕方がないかと。タイマンだったら、きっと負けていました」

悔しそうに唇を噛《か》む小梅《こうめ》に声をかけようとした時、

「いやあ、今日もナイスショットだったなあ。俺！」

満面の笑顔で狙撃銃を肩に担《かつ》ぎ、意気揚々と「ボンゴ」こと中原文吾《なかはらぶんご》が近づいてくる。

先ほどの優馬《ゆうま》に向けた砲撃は戦車砲によるものではもちろんなく、「ウィザード」としての能力を開花させたボンゴによる狙撃だった。

小梅《こうめ》がじろりとボンゴを睨《にら》む。

「ボンゴ先輩、外してたじゃないですか……」

「い、いや！　あれはだな、一発目で弾道を観測し、二発目で確実に仕留めるという――」

会話を遮るようにチャイムが鳴り、退出を促すアナウンスが鳴る。

三人で空を見上げる。雲量、目測で2。十分フリーアウト可能なレベルだった。

三人揃《そろ》って小さく呟《つぶや》く。
「クライン・オフ」

背筋から脳を貫く電流が走ったような感覚がして、優馬《ゆうま》はボトルに充填された液体、「D《デイフエンデイング・アムニオテイツク・フルツド》　A　F」の中で目を開けた。

何度やっても、このログインの時とログアウトの時の痛みのような感覚は苦手だ。時間と空間が一瞬にして断絶されたような気がして、頭の中に重い頭痛も残る。

DAFが排出されている間は目を閉じて休む。排出完了と同時に目を開け、クラインボトルのフロントパネルを開いて外に出た。

白い格納室には、黒いボトル用スーツを着た学生達がちらほらといて、おしゃべりをしながら部屋の外に出て行っている。午前の授業が終わり、ちょうど昼休みになったこの時間。腹を空かせた学生達が向かうのは、もちろん食堂以外にない。

「優馬《ゆうま》、お疲れー」

肩を叩《たた》かれて振り返ると、ボンゴが欠伸《あくび》をしながら立っていた。その二人のもとに、小梅《こうめ》も近寄ってくる。体の凹凸がよく分かってしまうボトルのスーツ。ボンゴが顔を赤くして、明後日《あさって》の方に視線を向けた。

「お疲れ様です。優馬《ゆうま》先輩、ボンゴ先輩。ご飯、行きましょうか？」

その言葉に頷《うなず》き、三人は格納室を出て、更衣室へと向かっていく。

部屋を出ると、リノリウム製の長い廊下。ちょうどお昼休みの開始を告げるチャイムが、のんびりと空気を震わせた。


国立療養所有明《ありあけ》病院兼教育支援センター。


「あの戦争」から生還した日本の青少年二十万人のうち、約一万人の在籍するこの施設は、東《とう》京《きょうと》都江東区《こうとうく》有明《ありあけ》——かつて「国際展示場《ビッグサイト》」のあった跡地に建造された巨大な療養施設である。

主な役割は帰還兵の精神的・肉体的なケア、及び学習の支援。

公的な略称は「第三国立有明《ありあけ》療養所」。一般的にはフランスにある著名な廃兵院を由来とする「アンヴァリッド」と呼ばれているこの施設では、年単位で組まれたカリキュラムに従い、主に高校生に相当する世代の子ども達が生活を送っていた。

そう。——ここは、優馬《ゆうま》達帰還兵にとっての学校である。

§§§

巨大な食堂に三人で出向き、職員のおばさんからミックスサンドの包みを受け取ると、優馬《ゆうま》はほぼ三人の定位置になっている窓際《まどぎわ》の席に座った。見晴らしは良好。窓からはお台場《だいば》の大観覧車の姿がよく見えて、天気が良《い》いと、はるか遠くに富士山《ふじさん》が見える時もある。

サンドウィッチ。

優馬《ゆうま》の手の中のそれには、値段が書かれていない。

この施設の中では、ほとんどのものがタダで手に入る。傷病兵に対する手厚い待遇というのはいつの時代、どこの国でも同じようなものだが、未《いま》だに優馬《ゆうま》はなんとなく落ち着かない。

お昼時のこの時間。広い空間は学生の姿で溢《あふ》れていて、笑顔が見えたり、明るい声が聞こえたりもする。ただ、このような光景が見られるようになったのは、ほんの最近のことであった。

「あの戦争」。

人々がそう呼ぶようになった史上最悪の国際的軍事作戦、「オペレーション・ファイアウォール」が終了してから、三ヶ月の月日が流れていた。

この三ヶ月の間の世界の混乱ぶりは、筆舌に尽くしがたいものであった。

国連という旧秩序の崩壊と新国連の創設、世界全土を覆う破局的な不景気。人々の不安を煽《あお》るようにして各国に乱立したポピュリスト政権。そして本来「プロジェクト」によって防がれるはずであった紛争は、「ファイアウォール」に関する責任のなすり付け合いという見た目を隠《かく》れ蓑《みの》としつつ、実際には資源や領土を巡る数多《あまた》の軍事活動として現実のものとなった。

ミクロのレベルでも、命からがら帰還した兵士達には、ＰＴＳＤをはじめとする深刻な精神障害が多発した。この療養施設、「アンヴァリッド」に所属する学生達は比較的症状の軽い者達で、一方では、今でも多くの青少年達が、病院での生活を余儀なくされている。

ちなみに――

このアンヴァリッドには、首都圏の学生を中心として、様々な青少年が参加しているのだが、政府に対する激烈な不信感から、一部の学校は、学校全体として参加を見合わせていた。

特に不信を招いたのが、カリキュラムの中にある「クラインボトルの利用」である。

実のところ本日午前中に行っていた演習、あれは見た目と異なり、実は「医療行為」に近い。

クラインボトル。

優馬《ゆうま》の母が作り出したあの装置は、未《いま》だブラックボックスが数多く存在しており、「あの戦争」の参加者達がその脳の中に取り込んでしまったナノマシンが、今現在どのような働きをしているのか、そして今後どのような影響を体に及ぼすのか、それは実際にマシンを稼働《かどう》させて、観察してみるしかないという状況だった。

確かにそれは、かつての参加者を再びモルモットにすることに等しい。しかし参加者の多くが自身の現状を不安に思っていて、出来る範囲でなら協力したい、そう考えていた。

優馬《ゆうま》に関して言えば、そもそもこの「廃兵計画《プロジエクト・アンヴアリツド》」の技術顧問が「早苗《さなえ》さん」こと八代《やしろ》早苗《さなえ》であり、彼女が寝食を放棄して自分達のために働いていることを知っていたので、協力することに関して多少の不安こそあれ、不満を感じることはなかった。

早苗《さなえ》を始めとした若い技術者たちの必死の説得により、心を動かされた個人や組織も少なくない。例えば千歳《ちとせ》の母校である桜華《おうか》高校もその一つで、まさに今日この日から、学校としてアンヴァリッドに参加することが決まっていた。

これまたちなみにだけれど、優馬《ゆうま》は現在、早苗《さなえ》の家でお世話になりつつ、彼女の職場でもあるこの「アンヴァリッド」に通っている。

「優馬《ゆうま》、お待たせー。ってお前、サンドウィッチ一つかよ」

言いながら椅子にかけるボンゴは「山菜そば大盛り」と「カツカレー大盛り」と「チャーシュー麺大盛り」を同時に食べる気らしい。小柄なボンゴだが、かなり燃費が悪いらしく、いつもかなりの量を食う。無料であることが、それに拍車をかけているのは間違いない。

「先輩、お腹《なか》減りませんか？　ご体調悪いとか？」

同じく席に腰掛けた小梅《こうめ》が心配そうな目で見てくる。彼女の方のトレーには、彩《いろど》り豊かなAランチのセットが載っていた。

「いや、うん。大丈夫。えーと、うん。何ていうか今日は、食欲が……」

優馬《ゆうま》のそんな様子にふと小梅《こうめ》が何かに気付く。一方のボンゴは首を捻《ひね》った。

「なんだそりゃ？　歯切れ悪いな。便秘か？」

ボンゴ先輩っ！　ひそひそ声で嗜《たしな》めながら、小梅《こうめ》がボンゴの二の腕を抓《つね》った。「痛ひっ⁉」

と悲鳴を上げるボンゴを睨《にら》みつつ、小梅《こうめ》は小さく口を開いた。

「何言ってるんですか！　今日だからですよ！　今日！」

「え？　へ？　な、何？」

混乱するボンゴの耳たぶをグイと引き、小梅《こうめ》が顔を近付ける。

「だから今日じゃないですか！『桜華《おうか》高校』の学生が、アンヴァリッドに参加するのが！」

「んん？　桜華《おうか》？　……あっ。『桜華《おうか》高校』！　シルフィの学校か！」

言うとボンゴは申し訳なさそうに肩を落とし、優馬《ゆうま》のことをチラチラと見た。

「す、すまん優馬《ゆうま》。悪気はなくて……」

慌てて両手を胸の前で振り、優馬《ゆうま》は苦笑して見せた。

「大丈夫。分かってるって。むしろゴメン。一人でしんみりしちゃって」

「でも……」

言ってボンゴが顔を上げ、食堂を広く見渡した。巨大な部屋の中は、様々な制服を着た学生達で溢《あふ》れかえっていた。今日ここに、千歳《ちとせ》の母校である桜華《おうか》高校の学生も加わることになる。

が、その中に、千歳《ちとせ》はいないのだ。

「早くシルフィ、元気になって欲しいな……」

「うん。そうだね」

優馬《ゆうま》が微笑《ほほえ》んで返すと、悲しそうな顔をしていた小梅《こうめ》も、深く頷《うなず》いた。

「あっ、そういえばさ！」

突然ボンゴが大きな声を出し、優馬《ゆうま》と小梅《こうめ》が小さく仰《の》け反《ぞ》る。

「優馬《ゆうま》聞いたぞ。お前、進路希望、『特科』ってマジなのか？」

「えっ⁉」

小梅《こうめ》も目を丸めて優馬《ゆうま》を見る。

二人に見つめられた優馬《ゆうま》は頭をぽりぽりとかき、「うーん」と唸《うな》ってから頷《うなず》いた。

「うん。一応」

二人が優馬《ゆうま》を凝視したまま、ゴクリと喉を動かした。

「特殊科（特科）」、「支援科」、「普通科」。

アンヴァリッドに通う優馬《ゆうま》たちは一年後、このどこかに進学することになる。

普通科とは、そのまま勉学を続けて大学を目指したり、はたまた就職を目指すことを目的としたコース。そして支援科とは、コンピュータサイエンスを専攻し、主にサイバーセキュリティの分野で活躍する人材を育成するためのコースである。

そして特殊科とは――「ボトル」を利用して電脳空間にログインし、戦闘を行う兵士、通称「ハックソルド」または「ファイアアーム」と呼ばれる人材を育成するためのコースだった。

通常であれば、このような課程が存在すること自体、人道的にあり得ない。

実際、「プロジェクト・ファイアウォール」の直後、世界の人々のプロジェクトに対する批判は、凄《すさ》まじいものとなった。争い合っている人々でさえ、その点については共闘し、国連及びそこに所属していた国家に対する怒りは、地球全土を揺るがすかのようにさえ思われた。

結果として、クラインボトル、そしてそれを利用した戦争は、消え失せる……誰もがそう思っていた。そのはずだった。


一発の、核ミサイルが落ちた。


レインウォーターが率いる最悪のハッカーグループ「十二使徒《じゅうにしと》」。「あの戦争」によって一時は弱体化していたものの、彼らは間も無く復活し、そしてその次なる攻撃により、南アメリカにて、一つの大都市と多くの命とが一瞬で世界から消滅した。

その日から、国連に対する批判は、日に日に、目に見えて萎《しぼ》んでいった。

旧国連が防ごうとしていた事態、それが一体どういうものなのか、人々は具体的に理解した。

レインウォーターはもはや一人の危険なハッカーというレベルで表現できる存在ではない。全世界的規模で猛威を振るう厄災だった。

世界の人々は確かに今、諸手《もろて》を挙げてクラインボトルとその兵士の存在とを肯定はしない。

しかし、もう決して否定もしない。

兵士達に、重荷を背負わせていることは全人類が当然理解している。

しかし、兵士達が戦っている間は――少なくともその間は、自分達の平和が少しだけ確かなものとなる。故に、見て見ぬふりをするしかない。口には出さずとも、多くの有力な大人達は、発言力の弱い――しかし大人達よりも圧倒的に優れたクラインボトル適性を発揮する青少年達を犠牲にすると決めていた。

「は、反対です！」

小梅《こうめ》が珍しく大きな声を出し、椅子を蹴って立ち上がった。

周囲が微《かす》かにざわめき、小梅《こうめ》は優馬《ゆうま》を睨《にら》むように見つめたまま……、やがて席に戻った。

「あんなに、辛《つら》い思いを味わったじゃないですか。その私達が……優馬《ゆうま》先輩が、もうあんな、戦争に行く必要なんてないはずです」

優馬《ゆうま》は答えない。

小梅《こうめ》の気持ちは、痛いほど分かる。そして彼女のその思いに、優馬《ゆうま》は深く感謝していた。

でも……、誰かがやらないといけないのだ。

「ちょ、ちょっと待てって」

ボンゴが険悪な雰囲気を漂わせ始めた二人に割って入る。

「いや、それ以前の問題だろ？　だって優馬《ゆうま》、『ウィザード特性』が消えてるじゃんか。そもそも進学出来ないだろ？」

ボンゴの言う通りだった。

優馬《ゆうま》は今《いま》現在、特科を目指してはいる、が、実はそこに進学できるかと言われると、実はかなり厳しい状況なのであった。

ウィザード特性。――固有障壁《PAオーラ》。

発現した瞬間から、体の周囲を輝くオーラが包むようになるこの特性の獲得こそ、特科に進むための最低条件だった。高い適性と基礎能力を備えたものが、クラインフィールドというVR空間における既定法則を書き換えることの出来るまでになった状態。

輝くオーラは各主体がまさに世界の書き換えを行っている状態を示し、ここに触れた攻撃は、大幅に威力を減衰させられる。それはすなわち、例えば銃撃されたような場合、ウィザードであるものとないものとでは、前者の助かる確率の方が、圧倒的に高いことを意味している。

各国によって兵士になれる基準は様々であるが、日本においては、最低限の安全の確保として、「ウィザード特性」が要求されていた。

「トリプルシックス」と「バレットコード：ファイアウォール」。

どちらも人類規模での切り札となり得る特S級のウィザード能力。しかし「あの戦争」から帰還して以降、優馬《ゆうま》はそのどちらも発現できなくなっていた。どころか、通常のウィザードレベルの能力も獲得出来てはいなかった。

原因はよく分かっていない。

いや、正確には「バレットコード」の方には心当たりがある。あの強大過ぎる力は、「トリプルシックス」という器を用意して、初めて制御可能になるものだという直感はほぼ間違いないものに思えた。故に本質的な問題は、「トリプルシックス」の方――

早苗《さなえ》は大きな力を使い過ぎた、一時的な「ショック状態」のようなものではないかと考えているらしい。が、いずれにせよ現状のままでは特科に進むことはできない。

まあ、そもそもだが――「二つの能力」に関しては秘匿性が高過ぎるため、たとえ回復したとして、人前で気軽に披露することは難しそうではあるけれど……。

「ごめん、騒がせちゃって。だから正確に言うと、悩み中かな」

優馬《ゆうま》の言葉に、小梅《こうめ》が小さく安堵《あんど》の息を吐く。

「ボンゴは？　普通科？」

「うーん。まあそのつもり。大学行ってみたい気はするしな。帰還兵は学費タダだし」

「行ける大学あると良《い》いですけどね」

小梅《こうめ》にじろりと睨《にら》まれ、ボンゴが「うっ」と小さく呻《うめ》いた。

「小梅《こうめ》ちゃんは？」

「私は……いえ、私も、悩み中です」

ちょうどその時予鈴が鳴り、三人は立ち上がると、揃《そろ》って食器の返却口へと歩き始めた。

§§§§

放課後。

校門のところでボンゴと小梅《こうめ》と別れた優馬《ゆうま》は、ゆりかもめの高架を頭上に仰ぎ、北に向かって歩いていく。やがてがん研有明《ありあけ》病院の前を通過すると、かつては防災公園のあった広大な土地に、もう一棟、巨大な白い病棟が見えてきた。

国立有明《ありあけ》帰還兵病院。

「ファイアウォール」からの帰還兵達全てが、そのリハビリ施設に該当するアンヴァリッドに即座に参加できたわけではない。肉体的・精神的に深刻なダメージを負った者の「治療」を担当する施設。それがこの帰還兵病院である。

既に顔馴染《かおなじ》みとなっていた受付のお姉さんに認証を行ってもらい、優馬《ゆうま》はスリッパに履き替え、病棟の中に入っていく。

真新しく綺麗《きれい》で清潔な屋内。

患者のストレスを軽減するため、蛍光灯の照明は控え目になっている一方で、廊下や部屋の窓は広く、豊富な自然光が内部を柔らかく照らしていた。

永遠に続くようにさえ見える白い廊下を進み、七二三号室のドアへ。

ドア札にはフェルトペンで書かれた丁寧な文字。

「雨宮《あまみや》千歳《とせ》」。

優馬《ゆうま》は一度、二度と深呼吸してからドアをノックした。——返事はない。

が、微《かす》かに空調の稼働《かどう》している音が聞こえ、中に人の気配がする。再びドアをノックして、暫《しば》く待ってから……スライドドアに手をかけて、ゆっくりと横に引いてみた。

途端、ゴーッ、というドライヤーの音が鳴る。

目を丸めた優馬《ゆうま》の見る先——千歳《ちとせ》が首を傾《かし》げるようにして髪を干していた。

お風呂《ふろ》から出た所だったのだろう、長い銀色の髪は未《いま》だしっとりと濡《ぬ》れている。赤く上気した頬。病衣は僅かに着崩れ、襟元が少しはだけている。透けるように白い肌——

ふと、千歳《ちとせ》が顔を上げた。優馬《ゆうま》を認識したその目が徐々に丸くなっていき——

ドライヤーのスイッチをパチリ、と切った。

入浴後でただでさえ赤かった頬がみるみるうちに更に赤くなっていく。

ぎゅっと目を瞑《つむ》ると、ドライヤーを置いて顔を伏せ、胸元をかき合わせた。

「ご、ごごご、ごめんっ……」

「あっ、ま、待ってください」

慌てて出て行こうとする優馬《ゆうま》を千歳《ちとせ》が呼び止める。

「だ、大丈夫です。私の方こそ、すみません……」

廊下を歩く看護師さんが、ドアを開けたまま立ち尽くしている優馬《ゆうま》を不思議そうに見てくるので、優馬《ゆうま》は気まずいながら千歳《ちとせ》の病室に入った。

「あ、あの、本当にごめん……」

「い、いえ、本当に大丈夫ですので」

言って千歳《ちとせ》が優馬《ゆうま》に微笑《ほほえ》む。

最愛の人の、二日ぶりに見る笑顔。優馬《ゆうま》の胸がぎゅっと締め付けられた。

「こんにちは。古橋さん」

ただその一言で、今でも優馬《ゆうま》の足元は揺らぐ。

しかしそれを胸の奥に仕舞い込み、優馬《ゆうま》は千歳《ちとせ》に微笑《ほほえ》んだ。

「こんにちは。雨宮《あまみや》さん」

そうして優馬《ゆうま》はベッドの側《そば》に寄り、簡素なパイプ椅子に腰掛けた。

§§§§

『あの……、本当にすみません。どなた、でしょうか？』

三ヶ月前、現実世界で初めての再開を果たした時、千歳《ちとせ》は優馬《ゆうま》にそう言った。

記憶喪失。——医者の診断は簡素なものだった。

プロジェクト・ファイアウォールから帰還した雨宮千歳《あまみやちとせ》は、まさにプロジェクト本番に該当する期間——つまりはお台場に上陸し、仲間達と戦場を生き抜き、そして優馬《ゆうま》と共に東京キャンドルから脱出した——その部分の記憶をそっくり失っていた。

症状だけで見れば、他の入院者よりも穏やかではあるかもしれない。千歳《ちとせ》は、体感として約一週間の間の記憶を失っているだけであり、検査や観察のために暫《しばら》くの入院は必要とされているが、日常生活に必要な知識、記憶は失われておらず、すぐにでも復帰できる状況である。

しかし彼女の中から、優馬《ゆうま》という存在は消えてしまった。

二人で重ねた時間も、二人で交わした想《おも》いも、まるで夢であったかのように、あまりにも儚《はかな》く消えてしまったのである。

「これ、お花買ってきたんだ。もし良かったら……」

売店で買ってきたフラワーアレンジメントを差し出すと、千歳《ちとせ》は明るい笑顔になってそれを受け取った。

「わあ、ありがとうございます。嬉《うれ》しいです。とても良い香《い》り……」

淡いピンクや白のミニバラを中心としたそれに鼻を寄せ、千歳《ちとせ》は嬉《うれ》しそうに目を細めた。そのまま花を膝に載せ、優馬《ゆうま》に優しく微笑《ほほえ》んだ。

「体調はどう？　調子は悪くない？」

「はい、ありがとうございます。とても元気です。実は……というほどのことでもないのですが、今でも病院から学校には通っているんですよ」

「え？　そうなの？」

「はい。本当に『もしも』に備えて病院暮らしをしているだけで、制限付きではありますが、学校では時々部活もしているくらいです」

驚く優馬《ゆうま》を見て、千歳《ちとせ》は小さく苦笑した。

「そっか。うん。良かった。確かに元気そう。あの……そういえばさ、ちょっと話は変わるんだけど、少し気になってて……」

言《い》い淀《よど》んだ優馬《ゆうま》を見て、千歳《ちとせ》が小首を傾《かし》げた。

「もしかしたら、迷惑、になってないかな。面会日に、毎回来るのって」

千歳《ちとせ》が目を丸くしてぶんぶんと首を横に振った。

「そんな訳ありません。古橋《ふるはし》さんが来てくれて、とても嬉《うれ》しいです」

「そ、そっか……」

とはいえどうなのだろうと、やはり思ってしまう。

今の彼女にとって、優馬《ゆうま》はただの……「他人」である。そんな優馬《ゆうま》がしょっちゅう病室を訪れる。それは彼女にとっては煩わしいことなのではないかと思えた。

気まずさを引きずる優馬《ゆうま》を見て、千歳《ちとせ》が再び小さく笑って見せた。

「もうお聞きかもしれないのですが、私には今、身近な親族は姉が一人しかいません。その姉も多忙で面会には来ませんので、会いに来てくれるのは、家のお手伝いの静《しずか》さんと、源次郎《げんじろう》さんという二人だけです。ですので、古橋《ふるはし》さんがお話に来てくれて、私、とても嬉《うれ》しいです」

千歳《ちとせ》は病院食が長くなってきたせいか、クラインフィールドで一緒だった時に比べて少し痩せているように見える。それでも優馬《ゆうま》を気遣い、優しく微笑《ほほえ》む千歳《ちとせ》のことを、優馬《ゆうま》は今でも変わらず、心の底から、深く深く……愛していた。

「そっか。……うん。良かった」

しかし今の優馬《ゆうま》には、その程度の言葉を発するくらいしか出来ない。

「古橋《ふるはし》さん、そう言えば私、検査の結果、来週には完全に退院できることになりました」

「えっ？　本当？」

「はい。そうしたら今度は、アンヴァリッドでご一緒ですね。どうぞ、宜《よろ》しくお願いします」

心なしか表情もいつもより明るい千歳《ちとせ》に、優馬《ゆうま》の気持ちも弾む。

と、千歳《ちとせ》がふいに頬を少し赤くして、肩をソワソワさせ始めた。

「雨宮《あまみや》さん？」

「あ、あの、古橋《ふるはし》さん……」

優馬《ゆうま》が頷《うなず》いて先を促す。

千歳《ちとせ》はチラチラ、と優馬《ゆうま》のことを見て、自身の髪を何度か梳《と》かし――やがて口を開いた。

「それで私、これから外に出ることになりまして、いろいろな人と関わることになりますので、その前に一つ……ちゃんと、確認させて頂きたいことがあるんです」

「う、うん？」

千歳《ちとせ》が小さく喉をこくりと動かし、その青い瞳で、優馬《ゆうま》のことをそっと見つめた。

「ま、間違っていたら、本当にすみません。あ、あの、えと……わ、私と古橋《ふるはし》さんは、もしかしたらその……つまり、お、お付き合いしていた、こ、恋人、だったのでしょうか？」

お世話になった上司と部下。

記憶を失ったという千歳《ちとせ》に対して、最終的に優馬《ゆうま》の口から説明された二人の関係性は、つまりはそういうものだった。しかし面会日に、家族以上に足繁《あししげ》くお見舞いに訪れる優馬《ゆうま》の様子や、先日一緒にお見舞いに来たボンゴや小梅《こうめ》の様子を見れば、薄々気付くには違いないことであり、そのため優馬《ゆうま》も、その問いに対する心の準備は既にしていた。

口を開こうとして、しかし優馬《ゆうま》はふと思いとどまった。

記憶のない千歳《ちとせ》は、優馬《ゆうま》の知っている「千歳《ちとせ》」とは異なり、そしてまた今の千歳《ちとせ》に、「千歳《ちとせ》」だった時の優馬《ゆうま》に対する愛情はない。その今の千歳《ちとせ》に対して、「恋人でした」というのは、まるで勝手に過去を捏造《ねつぞう》しているような——卑怯《ひきょう》で非礼なことをしているような気がしたのだ。

「え、と。うん……多分」

かあああっ、と千歳《ちとせ》の頬が赤くなり、しかし頬を染めたまま口をキュッと結ぶと、優馬《ゆうま》のことをキッと非難する目で見た。

「た、『多分』というのは、どういうことでしょうか。と、とても失礼な言い方だと思います」

「ご、ごめん。その……」

ただ、思い返してみると、「一緒になろう」と、その約束までした仲だけれど、「恋人になろう」と「彼氏彼女になろう」と、そういう発言はしなかったのが事実であって、変なところで律儀《りちぎ》な優馬《ゆうま》は、何と言えば良いのか困惑した。

「その。実は、『恋人になる』っていう話はしなかったんだけど、僕は、千歳《ちとせ》のこと本当に好きで……、今も勿論《もちろん》、世界で一番、大事な人で、それで、多分、千歳《ちとせ》も僕のことを好きでいてくれたと思うから、やっぱりそれは、恋人なのかなって」

火が出そうになるくらい赤くなった千歳《ちとせ》が、花籠を抱き上げて、その後ろに隠れるような仕草をした。

「あと、僕は千歳《ちとせ》にプロポーズして、千歳《ちとせ》はそれを、受け入れてくれたから……」

ぴいっ⁉

千歳《ちとせ》が変な悲鳴を上げた。

暫《しばら》く花の後ろに隠れていたが、日がのぼって来るように、徐々にその顔が上がってくる。

「それは……、もう、こ、恋人に決まっています。それも、普通じゃない、特別な恋人です」

「そ、そっか……」

「そ、そうです。それなのに、『多分』なんてはぐらかしたりして、とても良くないことです。破廉恥で無責任な行為です」

　顔を真っ赤にしたまま、ふんふんと鼻息を荒くして、千歳《ちとせ》がベッドに潜りこんでしまう。

「も、もう帰ってください。古橋《ふるはし》さんがそんな卑怯《ひきょう》な人だったなんて知りませんでした。と、とても失望しました」

　何故《なぜ》かセリフほどに嫌われている感じはしないのだけれど、そう言われて居座るわけにもいかない。優馬《ゆうま》が肩を落として「ごめん」と呟《つぶや》き立ち上がった。

「……『千歳《ちとせ》』って呼んでたんですね……」

「え？」

　振り向くと、ベッドの上には、シーツでくるまれ、白い大福になった千歳《ちとせ》がいた。

　ふいに気付く。

　先ほど優馬《ゆうま》は、思わず千歳《ちとせ》のことを、「雨宮《あまみや》さん」ではなく「千歳《ちとせ》」で呼んでいた。

　大福がモゾモゾと動く。

「わ、私は古橋《ふるはし》さんのこと、なんてお呼びしていたのでしょうか？」

「え、と。……僕のことは、『優馬君《ゆうま》』って」

「そ……そうですか」

　言うと大福は静かになった。

「それじゃ、雨宮《あまみや》さん、今日は、失礼するね……」

「『千歳《ちとせ》』、です……」

優馬《ゆうま》が驚いて大福を見る。

シーツに包まれた千歳《ちとせ》がモゾモゾと動いた。

「お花、ありがとうございました。来てくれて、嬉《うれ》しかったです。帰り、気を付けてください。

……優馬《ゆうま》君」

久しぶりの呼び方。

「ありがとう。……千歳《ちとせ》」

シーツの中の千歳《ちとせ》が、くすぐったそうにモジモジと丸まる。

千歳《ちとせ》の優しさに感謝しながら、優馬《ゆうま》は病室を後にしようとして――

「あっ、ゆ、優馬《ゆうま》君すみません」

大福に穴が開き、千歳《ちとせ》の頭がひょこりと出てきた。

「一つ忘れていました。優馬《ゆうま》君に伝言があったんです。『良ければ今度、会って欲しい』って」

誰が、だろう？

優馬《ゆうま》が首を傾《かし》げるのを見て、千歳《ちとせ》の小さな口が開いた。

「私の、お姉ちゃんです」

三 ―― 黙示録《トリプルシックス》の獣

BULLET
CODE
FIREWALL

『殺しますよ、アウェイクンは。一人残らず』

澄んだ闘気と、そして純度の高い殺気の滲《にじ》む声が聞こえて、優馬《ゆうま》は空間に表示させていた情報端末、「パピルス」から顔を上げた。

国立新代々木《よよぎ》競技場。

旧代々木《よよぎ》競技場のデザインを踏襲したその姿は、まるで巨大な帆をもった宇宙船のようにも見える。外壁には巨大なホロディスプレイが設置されていて、そこでは今、陸自の制服を着た一人の女性のインタビュー映像が流れていた。

銀色の髪。深く青い瞳。

特徴的なその二点を除いたとしても、やはりその姿はどこか千歳《ちとせ》に似ていると思う。

が、その一方で、決して見間違えることもない。

世界最強のファイアアームである彼女の目は、まるで今から殺し合いを始めるライオンのそれ。身体《からだ》の奥底から滲《にじ》み出《で》ている、人間が失ったはずの原始的な破壊衝動は見るものに恐怖を与え、インタビュアーの声が震えて聞こえるのも、もちろん気のせいではない。

雨宮千歳《あまみやちとせ》の姉。人類最高戦力、雨宮白亜《あまみやはくあ》。

間違いなく、「あの戦争」の後、世界で最も有名になった人物。

隠密《おんみつ》を是とするハッカー達の中で、その露出の仕方は際立って異常と言えた。逆に考えればそれだけのことをして、様々な個人・組織から攻撃目標にされたとしても、何の問題にもならないほどの強さを彼女は保有していると、つまりはそういうことだとも言える。

『良ければ今度、会って欲しい』

千歳《ちとせ》から伝言を受け取って一週間後の今日、ついに優馬《ゆうま》は彼女と会うことになっていた。

心の中は正直落ち着かない。

嬉《うれ》しい、を始めとしたプラスの気持ちも勿論《もちろん》あった。何せ最高のホワイトハッカー、雨宮白《あまみやはく》亜《あ》。その人はつまり、ファイアアームを志望する優馬《ゆうま》にとって最も目指すべき存在である。

その一方、悪い予感も頭の中には湧いていた。

彼女は人類最高戦力であると同時に……いや、その前に、千歳《ちとせ》の「家族」である。その彼女が「優馬《ゆうま》と会いたい」と言う。それは当然、「姉として会いたい」と、そういうことだろう。

であれば言われることは大凡《おおよそ》決まっており、そしてその筆頭として考えられるのが、「今の千《ち》歳《とせ》を刺激して欲しくない」――つまり、「もう会って欲しくない」というものであった。

インタビュー映像が天気予報に切り替わり、そのタイミングでパピルスに着信が入る。

発信者はボンゴ。

『優馬《ゆうま》、どこだ？　もう来てる？』

いけない。ぼんやりし過ぎてしまっていた。

今日の優馬《ゆうま》のスケジュールは珍しくいっぱいなのである。

優馬《ゆうま》は一言詫《わ》びを入れると、パピルスに表示させていた千歳《ちとせ》の記憶喪失に関する情報を消していく。何か手助けになれることはないか――そう思ってここ最近、手当たり次第に情報を集めていたが、有力な情報は、未《いま》だ何も得られていない……。

優馬《ゆうま》が立ち上がると同時、体育館から、地響きのような歓声が聞こえてきた。

少しでも「普通の生活に戻りたい」。あまりにもささやかな帰還兵達の声に応じ、中止となっていた高校総体がまさにこのタイミングで開催されていた。この代々木《よよぎ》競技場の第二体育館は、新体操競技の決勝の地となっている。

体育館の入り口に、ボンゴと、小梅《こうめ》と、そして優馬《ゆうま》は、懐《なつ》かしいもう一人の姿を見た。

すらりと背が高い、パンツルックのスタイルの良《い》い女性――アネゴこと三橋都《みはしみやこ》が、走り寄る優馬《ゆうま》に気付いて破顔し、大きく手を振った。

「うわ！　やっぱい！　優馬《ゆうま》君だ、リアル優馬《ゆうま》君！」

久しぶりに聞いたアネゴの声。優馬《ゆうま》の胸に、ジンとこみ上げて来るものがある。

仲間の輪に駆け込んだ優馬《ゆうま》に、アネゴが強くハグをしてきた。恥ずかしさなんて感じている余裕はなかった。再会の嬉《うれ》しさが強過ぎて、優馬《ゆうま》も全力でハグを返した。

「ああ、優馬《ゆうま》君、良かった！　……元気そうで」

「アネゴこそ、変わりない？」

「うん。ありがとう。会えて嬉《うれ》しい」

涙ぐんだアネゴに離され、今度はガッチリと握手を交わす。

生まれも育ちも愛知《あいち》県のアネゴは帰還以降、優馬《ゆうま》達とは別の施設、「第六国立名古屋《なごや》療養所」に入っている。今日は試合の応援と再会を兼ねて、名古屋からやって来てくれていた。

「アネゴ聞いたよ。大学に戻るって」

アネゴがハンカチで目尻を拭った。

「はは。うん。似合わないでしょ？　私が医学部とか」

優馬《ゆうま》が首を横に振って笑顔を見せると、ボンゴが軽く手を叩《たた》いた。

「ささ、ほらほら！　もう時間ないぞ！　とりあえず早く入ろうぜ！」

時刻を確認すると思ったよりもギリギリで、四人は慌てて体育館の中に入っていく。

大変な混雑の中、なんとか席を確保すると同時、アナウンスが鳴り響いた。

『四十八番。東京都代表、桜華《おうか》高校、雨宮《あまみや》千歳《ちとせ》選手』

ギリギリ間に合った。そう思った瞬間。

会場を揺るがすほどの拍手が鳴り響いた。

異常とも言える熱量に優馬《ゆうま》は驚き周囲を見渡す。良く見ると一般の観客に加え、多くのマスコミがカメラを回し、千歳《ちとせ》の登場の瞬間を撮影しようと躍起になっている。事前に聞いてはいたが、界隈《かいわい》における千歳《ちとせ》の人気はいちアマチュア選手のそれを大きく超えているらしい。

四人の応援団も、周囲に負けじと拍手を鳴らす。

やがて選手入退場口から、白とピンクのツートンカラーの衣装をまとった千歳《ちとせ》が現れた。

横にひき結んだ唇。強い意志を湛《たた》えた青い瞳。

強いライトを浴びた肌は、その白さのせいで、淡く発光しているかのようにさえ見える。

千歳《ちとせ》の美貌に優馬《ゆうま》が息を呑《の》む。いや、優馬《ゆうま》だけではない、会場全体が同時に心を奪われた。

その美しさは——まさに芸術。まさに妖精。

あれほどまで割れんばかりだった喝采が、彼女の登場の瞬間に水を打ったように静かになってしまった。プロのカメラマン達までもが、シャッターを切るのを忘れている。会場の中心に歩んでいく千歳《ちとせ》の姿に、釘付《くぎづ》けになっている。

今日この日、千歳《ちとせ》は退院と同時に試合に出場することを決めていた。

練習はしている——そう千歳《ちとせ》からは聞いている。

が、その量が十分でないことは明らかだった。張り詰めた表情の千歳《ちとせ》は、やはり少し痩せており、まるで断頭台に向かうかのような、悲壮なまでの緊張感を漂わせている。そもそも体調は大丈夫なのだろうか。実際の千歳《ちとせ》を見ると不安ばかりが募る。

優馬《ゆうま》達四人が固唾を飲む中、やがて位置についた千歳《ちとせ》が、肩から桃色のリボンを垂らした。腕と体にリボンが絡《から》みついているその姿は、まるで囚《とら》われの妖精を彷彿《ほうふつ》とさせた。

音楽が鳴った瞬間。千歳《ちとせ》はリボンを上空に投げた。

拘束を――彼女を束縛していたものを払うかのような姿。

そして、演技の開始と同時――会場は一瞬にして彼女のための空間に変わった。

誰も、一言も発することが出来なかった。

演技のミスなど一つたりとて見つけることはできない。千歳《ちとせ》はリボンを、まるで彼女の体の一部であるかのように扱う。投げたリボンはその手に吸い寄せられるように戻り、彼女の周囲を舞うそれは、まるで意思を持っているかのように、完璧な軌跡を描いていく。

他の選手と比して、一人だけ別の次元にいるのは明らかだった。競技場の中では今、ただ一人の妖精が自由に舞っていた。羽があるのではないかというほど高く跳ね、しなやかな全身全てを芸術に変え、音楽の鳴る空間の中、演技の終了まで舞っていた。

最後――リボンを回し、天井に触れそうなほど高く、そして遠くに投擲《とうてき》する。

千歳《ちとせ》が走り込み、倒れ込んだその場所に、一寸《いっすん》の狂いもなくリボンが舞い降りる。

音楽が止まる正《まさ》にその時、激しく舞っていた千歳《ちとせ》もピタリと停止した。

そして一人の妖精は――開始の時と同様、再びリボンに囚《とら》われていた。

ほんの一瞬の、自由。その時間を全て、彼女は舞うことに使った。

あまりにも鮮烈な――そこには、大袈裟《おおげさ》ではなく、一つの人生が詰まっているのだと思った。

割れんばかりの拍手が返ってきた。

立ち上がった千歳《ちとせ》。

その華奢《きゃしゃ》な体がよろめき、優馬《ゆうま》が思わず立ち上がる。

病み上がりの身体《からだ》を、桁違いの集中力で支えていたのだろう。しかし千歳《ちとせ》は最後に振り絞った力で体勢を立て直すと、頬を上気させた笑顔で、観客の拍手に頭を下げて応えた。

そして千歳《ちとせ》は、高校生の、歴代最高得点を更新して優勝した。


競技場の正門を出たところで、優馬《ゆうま》達四人は千歳《ちとせ》のことを待つことにする。正門までは大勢の、恐らく出待ちの人でいっぱいなのだが、流石《さすが》にそこを出ると人の影は少なくなっていた。

「しかし知らなかったぜ。シルフィってもともと有名人なのな」

ボンゴの言葉に頷《うなず》いて返した。

日本新体操界の超新星。

これまでマスコミを嫌ってほとんどメディアには登場しなかったらしいが、その圧倒的な実力と、それに何せあの美しさだ。様々なところで取り上げられてはいたそうだ。

アネゴが腕を組んで眉尻を下げた。

「シルフィ、最後大丈夫だったかな。少しお茶したいけど、難しそうなら今日はやめようか」

優馬《ゆうま》が頷《うなず》いたその時、小梅《こうめ》がつま先立ちになった。

「あ！　千歳《ちとせ》先輩、来ました！」

小梅《こうめ》が指差す先、制服姿の千歳《ちとせ》が桜華《おうか》高校の同級生と共に歩いてくる。

「うわっ⁉　わわっ⁉　ど、どうしようっ」

突然アネゴが慌て出す。

「シルフィ、私のこと覚えてないんだよね？　今考えたら私、結構な不審者じゃない⁉」

どちらかというと取り乱しているその姿こそが不審者のそれであり、おかげで千歳《ちとせ》もこちらの四人にすぐに気付いた。最初訝《いぶか》しんだ表情をしたが、事前に伝えてあったので、優馬《ゆうま》を見た瞬間、何の集団であるかを理解したらしい。少し緊張した様子で、こちらに近づいてくる。

千歳《ちとせ》に……その不安を孕《はら》んだ瞳に見つめられた瞬間、アネゴがピタリと停止した。

千歳《ちとせ》が少しぎこちない笑顔を見せる。

「あ、あの……。もしかしたら、都《みやこ》さん、ですか？　優馬《ゆうま》君から聞いてて、そうかなって」

アネゴの唇が震え、笑顔になって——頷《うなず》くと同時、その両眼から涙が溢《あふ》れた。

「シルフィ……」

遂《つい》に我慢できず、アネゴが口元を掌《てのひら》で押さえた。嗚咽《おえつ》を漏らし、流れ出す涙を拭った。

涙ぐんだ千歳《ちとせ》が近づき、アネゴの二の腕を優しく摩《さす》る。

「ごめんなさい……記憶、失《な》くしてしまって……」

アネゴが首を横に振った。

「ごめんね、シルフィ……。一番辛《つら》い役を押し付けて。私の方が年上なのに。頼りきって。こんな……記憶まで……。ごめん……」

身体《からだ》を震わせ、崩れ落ちそうになるアネゴを、千歳《ちとせ》は優しく抱きしめた。髪を撫《な》で、背中を摩《さす》り、子どもにするようにポンポンと叩《たた》いてあやした。

暫《しばら》くぶりに会う小梅《こうめ》とボンゴも既にボロボロに泣いていて、千歳《ちとせ》は優しく微笑《ほほえ》むと、二人にもそっとハグをした。

「千歳《ちとせ》、退院おめでとう」

千歳《ちとせ》の青い瞳が優馬《ゆうま》を見て、その目尻から涙を流す。

「はい。ありがとうございます」

暖かな日差しの中、千歳《ちとせ》の笑顔が柔らかく咲いた。

その後、優馬《ゆうま》達一行は会場を離れ、駅前のドーナツ屋に寄っていた。千歳《ちとせ》は思っていたより元気で、それを知った面々は嬉《うれ》しさのあまりはしゃいでいた。久しぶりの再会で、しかも千歳《ちとせ》に記憶はないのだけれど、まるで昨日までも一緒に生活していたかのように話が弾む。

アネゴがドーナツをカフェオレで流し込み、胸の前で祈るように手を組んだ。

「シルフィ、めっちゃ綺麗《きれい》だったよ〜！　はあぁっ……眼福。幸せな時間だった……」

心から同意するように小梅《こうめ》が首をぶんぶん縦に振る。

「あ、ありがとう、都《みやこ》、小梅《こうめ》……」

まだ少し呼びにくそうに、しかし千歳《ちとせ》は頰を赤く染め、まるでドーナツに隠れるかのようにしてオールドファッションをモクモクと食べた。

「でもシルフィ流石《さすが》だわ。高校歴代一位だろ？　万全なら日本歴代一位いけるんじゃね？」

言ってボンゴがフフン、と我がことのように鼻を鳴らす。

「あとアレ、水着みたいな服、レオタードってやつ？　シルフィが一番似合ってたな！」

ギロリ！

音がしそうなほどの視線をアネゴと小梅《こうめ》から向けられ、ボンゴが「ヒイッ⁉」と悲鳴を吞《の》む。

「な、なな、何だ⁉　お、俺、褒めただけなんだが！」

アネゴと小梅《こうめ》が死んだ魚のような目を合わせてから、「チッ」と同時に舌打ちする。今度は雑巾でも見るような視線でボンゴの顔をジロジロと拭いた。

「何かね……アンタが言うとね……」「セクハラ、ですよね……」

「扱いが酷《ひど》いっ！」

ボンゴが頭を抱えて机に轟沈《ごうちん》した。

千歳《ちとせ》はその姿を見て苦笑いを浮かべている。

「でも、さ……」

言うとアネゴは流し目で優馬《ゆうま》を見て、その口元に邪悪な笑みを浮かべてみせた。

「確かにシルフィ、めちゃ可愛《かわ》だったよねぇ。優馬《ゆうま》君もけっっっこう凝視しちゃってたよね」

「ちょ、ちょっとアネゴ」

慌ててそのニヤけた口を押さえ付け、千歳《ちとせ》のことを横目に見る。

一瞬、まん丸に広げた瞳で優馬《ゆうま》のことを見て、千歳《ちとせ》は恥ずかしそうに目を瞑《つむ》った。

「えっ、と……」

アネゴと小梅《こうめ》が同時に鋭くグーサインを作り、「行け！」と口パクしてみせた。

「あっ、その……。うん。——凄《すご》く、綺麗《きれい》だった。千歳《ちとせ》、本当に、妖精みたいだった」

千歳《ちとせ》は頰をかああっ、と染めると、

「あ、ありがとうございます……」

微《かす》かに呟《つぶや》いて下を向き、小動物のように体を縮こめた。

アネゴがニヤニヤ笑いながら優馬《ゆうま》のことを見てくる。その向《む》こう脛《ずね》を軽く小突いてやると、
ニヒヒ、と今度はヒヒのように笑って見せた。

「なあアネゴ」とボンゴ。「ガンテツとメシアはどうしたんだ？　今日」

あー、とアネゴが言う。

「徹《とおる》は大学でちょっと外せない試験。メシアは聞いてない？　アイツ留学のためにアメリカに行ったんだよ。将来はシルフィに見合う部下になるんだ、って」

アネゴ以外の全員が初耳で、へえ、と合わせて頷《うなず》いた。コーラをストローで吸っていたボンゴは、最後に「バカだ」と一言添えた。千歳《ちとせ》は二人の姿を上手《うま》く想像できなかったせいか、少し目を丸めて小首を傾《かし》げた。

「しかし——未《いま》だに夢みたいだわ……」

ボンゴがグラスをテーブルに置き、ぼんやりと呟《つぶや》いた。

「俺たち三ヶ月前は、戦場にいたなんてな……」

ふ、と。五人の間に静寂が下りる。

ボンゴが慌てて場を取り繕おうとした時、千歳《ちとせ》が両手でグラスを持ち、その胸の前に掲げた。

「あの。もし良ければ、春原大河《すのはらたいが》君に黙禱《もくとう》しませんか。すみません、記憶、ないのに……」

全員がはっとして、アネゴは手を伸ばし、千歳《ちとせ》の頭を優しく撫《な》でた。

「うん。ありがとうシルフィ。そうしよう。皆、コップ持とう」

皆で頷《うなず》き、グラスを掲げて目を瞑《つむ》った。暫《しばら》くの間黙禱《もくとう》を捧《ささ》げた。

大河《たいが》の最期《さいご》の姿を思い出し、優馬《ゆうま》の目頭が熱くなる。頭を振って、その笑顔を必死に思う。

目を開けると視界が霞《かす》んでいて、優馬《ゆうま》は慌てて袖で目元を拭った。

顔を上げると、千歳《ちとせ》も含めた全員が同じように目元を拭いていて、皆の胸の中に大河《たいが》はいるのだと思った。

「佳奈子《かなこ》は……」

心配そうに聞くアネゴに優馬《ゆうま》が頷《うなず》く。

「うん。この前茨城《いばらき》に帰って、病院にお見舞いしてきたんだけど……今は、少し落ち着いたみたい。赤ちゃんのために頑張るんだって、そう言ってた。ちょっとだけ、笑ってた」

その笑顔が、どれほどの悲しみと苦しみの上にあるのか――。

それでも……たとえそれが本来の笑顔からは程遠いものだったとしても、笑顔になってくれることを、やはりどうしても嬉《うれ》しいと思う。それはきっと、大河《たいが》も望んでいることだと思う。

壁に設置されたモニターからお知らせのチャイムが鳴って、全員がそこに目を向けた。

現在発生しているサイバー汚染の状況。警察の取締りや軍の作戦の成果が報告されていた。

「今も、いるのよね。戦ってくれている人達が……」

モニターの映像が切り替わり、一ヶ月前に南米で起こったミサイル発射事件のニュースが流れ始めた。最悪のハッカーグループ、「十二使徒《じゅうにしと》」の起こした事件。今も最前線で血を流している人々がいなければ、もっと多くの、同じような事件が起きているに違いない。

「あ。そういえばさ」

暗くなった雰囲気を払うように、アネゴがポンと両手を叩《たた》いた。

「私、もう結構すぐに東京に引っ越して来るから」

「は？　大学は？　さっき言ってたじゃん」

目を丸めるボンゴにアネゴがニヤリと笑って見せる。

「ははは。少年。私は秋から帝大生《ていだいせい》だよ」

「はあ⁉　嘘《うそ》だろ？　帝大医学部《ていだい》？」

叫んでいるボンゴを含め、全員が驚いていた。帝都大《ていとだい》の医学部は、日本の大学受験先として
ズバ抜けて最難関である。

「ほほほほ。その驚きよう、苦しゅうない。私をただのセクハリストだと思わないことね」

げーっ、と言うボンゴを含め、全員喜んでいた。

アネゴが近くに居てくれるのは、やっぱり嬉《うれ》しいし心強い。


「今日は楽しかったよ。また集まろう？」

少しオレンジ色になってきた空をバックにして、手を振るアネゴが去っていく。その両脇を、
これから彼女と共にカラオケに行く小梅《こうめ》とボンゴも、手を振りながら去っていく。

優馬《ゆうま》と千歳《ちとせ》は……唐突に、二人きりになった。

「それ、じゃあ……」

優馬《ゆうま》が千歳《ちとせ》を見る。そこまで言って急に緊張してくる。

「行こう、か？」

「は、はい……」

千歳《ちとせ》も優馬《ゆうま》を見て頷《うなず》くと、小さくはにかんで見せた。

「こ、こっち、だね……」

「は、はい……こっち、ですね」

二人の視線のすぐ先には原宿駅《はらじゅく》。当たり前のことを二人で確認し合ってしまう。

正直……かなり気まずい。

優馬《ゆうま》はもともと、女の子と上手《うま》く話せるタイプではない。しかも今の千歳《ちとせ》は、優馬《ゆうま》と一緒に過ごした時の記憶を失っている。もちろん「あの戦争」の時の話がしたいわけではないのだけれど、それにしても共通の話題に乏しい。

結局二人は無言のまま歩き、無言のまま電車に乗りこんだ。

混んでいてくれ……という願いは外れ、ガラガラの社内の中、離れて座るのも変なので、けっきょく隣同士で座る。千歳《ちとせ》の太ももがこちらに触れる。優馬《ゆうま》の背骨に電気が流れる。

「あの……優馬君《ゆうま》」

「は、はいっ」

思ったより大きな声が出て、遠くの母子がこちらを向いた。千歳《ちとせ》も驚いて目を丸めていたが、やがて小さく口を開いた。

「あの……。私たちは、恋人でした。いえ……こ、恋人、です」

そう思ってくれるのは、勿論《もちろん》凄《すご》く嬉《うれ》しい。しかし今の千歳《ちとせ》は……優馬《ゆうま》を愛してくれた千歳《ちとせ》とは違う、のかもしれない。どう返事をしたら良《い》いのか分からず、優馬《ゆうま》は曖昧に首を動かした。

「私は、なるべく早く、記憶を取り戻したいと思っています」

「う、うん」

「だから、なるべく優馬《ゆうま》君には、昔の私に接していたように、接して欲しいんです。そうすればもしかしたら私、昔のことを、思い出しやすくなるかもしれませんので」

なるほど。優馬《ゆうま》は千歳《ちとせ》に頷《うなず》いて返した。

「それで、だから教えて欲しいんです。私と優馬《ゆうま》君が、どんな感じだったのか」

「分かった。でもどうしよう……どこから話せば……」

「た、例えばなのですがっ」

千歳《ちとせ》が優馬《ゆうま》のことをまっすぐに見る。

「こういう、二人で一緒の時、私と優馬《ゆうま》君はやはり、こ、恋人として、その……て、て、手を、繋《つな》いだりもしたのでしょうか？」

「て、手か……」

「はいっ。手、です」

いや……あの戦いの中、千歳《ちとせ》と恋人として手を繋《つな》ぐタイミングなんてなかったはず……。

「ん？」

優馬《ゆうま》の脳裏に一つの光景が思い当たる。

あの虎ノ門ヒルズでの戦いの最中《さなか》、一度生き別れることになった直前。

二人はお互いの想《おも》いを伝え合い、強く手を握り合った。そう言えばだがその日の夜も……。

確かに二人は想《おも》いを重ね合い、キスをしながら、何度も手を握り合っていた。

「つ、繋《つな》いだ……」

ボッ！、と千歳《ちとせ》の顔が真っ赤になる。

「つ、繋《つな》いで、ましたか……」

「う、うん。繋《つな》いだ……」

いや待てよ。と優馬《ゆうま》は思う。もしかしたら千歳《ちとせ》の言っている手繋《てつな》ぎと、自分の言ったそれとは少し違うような気がしてきた。しかし――

するり……。

ふいに、優馬《ゆうま》の二の腕と胴との間に何かが入り、驚いた優馬《ゆうま》が視線を向ける。

千歳《ちとせ》が……優馬《ゆうま》の右腕に、彼女の左腕を絡《から》めていた。右手も使って、彼女の身体《からだ》に、優馬《ゆうま》の腕をギュッと抱き寄せる。千歳《ちとせ》の豊かな胸が優馬《ゆうま》の二の腕に押され、ふゆん、と柔らかく形を変えた。優馬《ゆうま》は思わず唾を飲み込む。

い、いやしかし待て。千歳《ちとせ》は勘違いしている。これは手繋《てつな》ぎではない。腕組みである。

でも……。好きな人との腕組み……。

千歳《ちとせ》の温かい体温も伝わってきて、細かいことなんでどうでも良くなってくる。

千歳《ちとせ》は優馬《ゆうま》に何も言わない。しかしその頬は見たことのないくらい赤く染まり、唇を軽く噛《か》み、視線を伏せて恥ずかしさをごまかそうとしていた。

「な、何か、思い出した？」

「い、いえ、まだです。すみません……」

質問が間違っている。これは二人にとって、初めての腕組みなのだ。

千歳《ちとせ》がふいに「はっ」、として、優馬《ゆうま》の腕を掴《つか》む手をそろそろと緩めた。

やめちゃうのか……。その残念な気持ちが顔に出たらしい。千歳《ちとせ》が少し慌てた。

「あのっ、違うんです。もちろん嫌とかじゃなくて。……その、お外では護衛が付いているって聞いたのを思い出して」

「護衛？」

驚いて聞き返してしまったが、よく考えれば当然かもしれない。千歳《ちとせ》のクラインフィールドにおける総合能力は世界四位。政府が護衛くらい付けて然《しか》りである。一応首を巡らせてみるがそれらしい姿は見えなかった。まあ自分にバレる位《くらい》なら三流か、と優馬《ゆうま》は一人納得して頷《うなず》く。

千歳《ちとせ》は優馬《ゆうま》の前でそわそわしながら、ちょんちょん、と優馬《ゆうま》の袖を摘《つま》んだりしていたが、やがて再びそっと腕を絡《から》めてきた。顔を真っ赤にした千歳《ちとせ》。恥ずかしがっている彼女には申し訳ないけれど、正直その姿を……可愛《かわい》らしいと思ってしまう。

「優馬《ゆうま》君……」

「え、と。うん。何？」

小さく呟《つぶや》く千歳《ちとせ》に視線を向けると、千歳《ちとせ》はチラチラ、と優馬《ゆうま》を見上げた。

「こ、これからも時々……お願いしても良いですか？」

「う、うん。もちろん」

小さな罪の意識を感じながら、優馬《ゆうま》は首を縦に振った。


りんかい線に乗り換えた二人は、国際展示場駅で降り、有明《ありあけ》にあるアンヴァリッドにやってきた。太陽は既に西の空を夕焼けに変え、海へと向かって吹く陸風も強くなっている。施設内にはもうほとんど学生の姿はなく、白い廊下が物寂しく感じた。

クラインボトルの格納室。

「優馬《ゆうま》君！　千歳《ちとせ》ちゃん！」

おさげにメガネ、そしていつもの白衣の少し年上の女性、八代早苗《やしろさなえ》が手を振って近づいてきた。治療の関係で既に知り合いの早苗《さなえ》と千歳《ちとせ》。二人で手を握り合い、笑顔で挨拶する。

「早苗《さなえ》さん、ごめん、忙しいのに」

「ううん。気にしないで。ボトルは言われていた通りセットしておいたから、すぐにログインできるよ。え、と……。千歳《ちとせ》ちゃんは、まだボトルは許可できないから……これ使う？」

言って差し出してきたのはフルフェイス型の特殊なVRゴーグル。一般的に「潜望鏡」の愛称で呼ばれるそれは、一部重要な機能が制限されているものの、ボトルでクラインフィールドにログインしている時とほぼ同じ体験を共有できる器具であった。

お礼を言って千歳《ちとせ》がそれを受け取る。

優馬《ゆうま》は一度格納庫を出て、更衣室にてボトル用のスーツに着替えて戻ってくる。多忙な白亜《はくあ》とは今日、電脳空間内で落ち合うことになっていた。

DAFが充填されていく中、パネルの向こうの千歳《ちとせ》と手を振り合う。パネルに映る幾つかのアイコンを操作し、いつもの装備を選択する。やがてDAFがボトルを満たした。

「クライン・オン」

バツン、とブレーカーの落ちたような音と共に意識が飛ぶ。

一度視界が暗くなり、次第に遠くに白い光の点が見え始める。点は次第に大きさを増していき……いや、どんどん目の前に近づいてきて――。ふいに、優馬《ゆうま》の全身を包んだ。

最初に来たのは、あまりにも眩《まばゆ》い光。額に掌《てのひら》でひさしを作り、優馬《ゆうま》は顔を顰《しか》める。

続いて来たのは、乾いた砂の混じった熱風。髪を焼くかのような、強烈な日光。

座標指定されていたのは間違いなく使い慣れた「海《うみ》の森《もり》演習場」。しかし次第に明るさに慣れてきた優馬《ゆうま》の目に映ったのは、普段の光景とはあまりにも異なるものだった。

一面が真っ白な砂の世界。

地平線まで一切変わらぬ、そこは砂漠になっていた。

つまりは……白亜《はくあ》が改変したということなのだろう。理由は分からないが状況は理解して、
戦闘服のポケットからマスクを取り出し、口と鼻を覆う。キャップの中に頭をねじ込む。

「優馬《ゆうま》君、大丈夫ですか？」

隣を見ると、制服姿の千歳《ちとせ》。ほんの微《かす》かだけれど、色味が僅かに薄い。

「ありがとう。大丈夫だよ。千歳《ちとせ》は……大丈夫、かな？」

「はい。ありがとうございます。大丈夫です」

優馬《ゆうま》が安心して頷《うなず》き、事前に指定されていたポイントに向かって歩き出す。

トンビだろうか、高く綺麗《きれい》な鳥の鳴き声が響いていて、優馬《ゆうま》は自然と空を見上げた。


ドーン！　――低く重い爆発音。


「あちらみたいですね」

驚いて目を丸めた千歳《ちとせ》が砂丘の先を指差し、優馬《ゆうま》が頷《うなず》いて返した。

千歳《ちとせ》と丘陵の上に駆けて行き、爆発音のあった方を見る。

「うわ……」

想像を絶する光景がそこにはあった。

丘陵の先五〇〇メートルくらいの地面。そこに見たこともないほどの大穴が開いていた。深さは五〇メートル、直径三〇〇メートルほど。

すり鉢のような地形に、赤黒い血液のような色をした炎が燃え盛っていた。

まるで活火山の噴火口。燃えているのはしかし溶岩などではない。時にそれは巨大なハサミであり、そして時にそれは甲殻類の足のような何かであり――

夥《おびただ》しい、数十体以上の、演習用のティーガーの残骸だった。

そしてその中心。小高い丘のようになったところに、一人の女性が立っている。

その両手はティーガーの体液だろう、紫色の液体でべったりと汚れている。そしてこの距離からでも、極高温の炎のような色をした青い瞳が、恒星のように輝いているのが見えた。

コードネーム「アイギス」。

人類最高戦力、雨宮白亜《あまみやはくあ》。

彼女は、まるで食後の満足感を味わうかのように、静かに微笑《ほほえ》んでいた。

ヤバイ。――優馬《ゆうま》の本能が悲鳴のような警戒音を発する。

アレは、本来であればどのような形であれ、決して関わってはいけない存在《かいぶつ》だ。

しかし優馬《ゆうま》の身体《からだ》が動く前に、白亜《はくあ》の目がまっすぐに優馬《ゆうま》のことを捉え――笑った。

ポーン、とジャンプした白亜《はくあ》が飛翔《ひしょう》しているかのようにみるみる近づいてきて——

ドウ！

優馬《ゆうま》と千歳《ちとせ》、二人の近くに着地した。

爆弾でも爆発したかのように砂が舞い、翳《かざ》した手の隙間からなんとか着地点を見る。

やがて砂嵐の中から、道着のような服装の女性が一人歩み出てきた。

「お姉ちゃん！」

初めて聞く千歳《ちとせ》の声音《こわね》だった。まるで両親の帰りを待ち侘《わ》びていた子どものような声。千歳《ちとせ》が白亜《はくあ》に駆け寄り、その胸の中に飛び込む。二人は強く抱き合った。

「んーっ！　ちと、久しぶり。ずっと家を空けててごめんな。変わりないか？」

身体《からだ》を離した千歳《ちとせ》が深く頷《うなず》いた。

「はい、元気です。家の方は、静《しずか》さんと源次郎《げんじろう》さんが来てくれているので大丈夫です」

「そっか。良かった良かった」

言って白亜《はくあ》が千歳《ちとせ》の頭を撫《な》でながら、やがて優馬《ゆうま》のことを見る。

千歳《ちとせ》と同じ、深く青い瞳。

深海の水のように澄んだ美しさ——。だがそれだけではない。その瞳の奥には、決して常人には持ちようのない、純粋で残酷な闘気を宿しているのが分かった。

目立つのはやはりその顔立ち。まるで熟練の職人が大理石から削り出してきたかのように整っている。千歳《ちとせ》とくらべて、歳《とし》の差以上に大人びた印象がする。

「初めましてだな、古橋優馬《ふるはしゆうま》。妹がいつも世話になってる。堅いのは苦手だから、さっそくだけど『優馬《ゆうま》』で良いか？」

「は、はい、もちろんです。宜《よろ》しくお願いします」

差し出された手を思わず握る。思っていたよりも冷たい。そしてほっそりした手からは想像できなかった強い握力に驚いた。

本物だ――。想像以上に、感動していた。

世界最強のハッカー、雨宮白亜《あまみやはくあ》。目指すべき究極の存在。その人が今、目の前にいる。

「千歳《ちと》、早速で悪いが、優馬《ゆうま》と二人で話したくてな。ちょっと一旦、外してもらえるか？」

「はい。分かりました。それでは私は一度外に出ます」

言って優馬《ゆうま》に振り向くと、千歳《ちとせ》は小さく笑って手を振った。

やがてその姿が薄くなっていき――透明になって消えてしまった。

優馬《ゆうま》と白亜《はくあ》。二人が正面に立って見つめ合う。

「記憶……なんだかややこしいことになったな」

「はい……」

頷《うなず》くようにして項垂《うなだ》れた。

最愛の人の記憶から、自分という存在が消えてしまっている――優馬《ゆうま》にとってそれは、自分でも気付かぬうちに、確実なダメージとして蓄積していた。

「恋人、か……」

一拍の間――。急に自分達のことを言われたのだと気付く。

しかしどう返して良いのか分からない。優馬《ゆうま》は今でも、千歳《ちとせ》のことを深く愛している。でも彼女の中に、かつての優馬《ゆうま》はいない。

一方の白亜《はくあ》はそんな優馬《ゆうま》を見て、うんうんと大きく頷《うなず》いた。

「あの娘ももう、そんな歳《とし》か。昔はこんなに小さくてなあ」。言って白亜《はくあ》が掌《てのひら》を下にして、頭を撫《な》でるような仕草をする。昔を懐《なつ》かしむように、目を細くして遠くを見た。

「もう千歳《ちとせ》本人から聞いていると思うけど、あの子には、小さな時から両親がいない。私があの子にとっての父親で、そしてまた母親でもあった……」

優馬《ゆうま》が頷《うなず》いて返し、暫《しばら》くして白亜《はくあ》が再び口を開いた。

「姉の私が言うのもなんだけれど、千歳《ちとせ》は頭が良く、聞き分け良く、そして辛抱強い。でも本当は寂しがりで甘えたがりなんだ。私はそんな千歳《ちとせ》のことが、愛《いと》しい。世界で一番大事な存在で、私が生きる理由でもある。……なあ優馬《ゆうま》」

白亜《はくあ》の視線がすう、と動く。

その青い目に見られた瞬間、優馬《ゆうま》の背筋が凍りついた。

感情の全く籠っていない冷たい目。ガラス玉のような瞳が、優馬《ゆうま》のことを見つめていた。

「千歳《ちとせ》は、記憶を失ったんじゃない。あれは……クラッキングされたんだ」

「……え？」

パチパチ、と二回瞬《まばた》き。――クラッキング？

「そう。あの子は、心理的なストレスから記憶を失ったのではない。クラッキングによって、記憶を削除、破壊、或《あ》るいは掠《かす》め取《と》られた」

……頭がついていかない。

クラッキング。――コンピューターのプログラムやデータに対する不正な攻撃。しかしそれは、人間の記憶に対して使う言葉ではない。

トントン。

と、白亜《はくあ》が彼女の頭を人差し指で叩《たた》いた。

「私達クラインボトルのユーザーは、その脳の中に、ＤＡＦからナノマシンを取り込んでいる。ウィルスとの戦いを忘れたのか？　私達の脳は、コンピューターと同様、既に外部からのハッキングによって攻撃されうる」

頭に電撃が落ちた。

「ちょ、ちょっと待ってください。じゃあ、千歳《ちとせ》の記憶喪失はまさか――」

「そうだ。理解できたか？　あの子は、クラッキングによる攻撃を受けた」

「誰がっ⁉」

怒りのあまり、白亜《はくあ》に飛びかかりそうになる。しかし――

白亜《はくあ》の青い瞳はあまりに昏《くら》く、まるで顕微鏡のレンズのように優馬《ゆうま》のことを見つめていた。

「さあ？　誰だろう、な？」

ぶわっ、と。優馬《ゆうま》の全身に鳥肌が立つ。

瞬《まばた》きしない白亜《はくあ》が小首を傾《かし》げ、優馬《ゆうま》の方に近寄ってくる。

「優馬《ゆうま》、考えてみよう。攻撃のタイミングは、その時まであの子が正常だったことを考えれば、『ファイアウォール』から帰還した直前と推定される。その時、あの子に最も攻撃を行える立場にいたのは誰か？」

その時――優馬《ゆうま》はようやく理解した。白亜《はくあ》が自分を呼び出した理由。

彼女は今日――

「優馬《ゆうま》。――悪いんだけど、今から死んでくれないか？」

ゴッ！

ノーモーションでの白亜《はくあ》の右の回し蹴り。

ギリギリで反応して上げた左腕のガード。棍棒《こんぼう》でぶん殴られたかのようなショックが生じる。

続けて白亜《はくあ》の左の前蹴り。右腕で肝臓と胃をガードするものの、その上からの衝撃で後ろに弾《はじ》き飛《と》ばされる。トラックに撥《は》ねられたかのような勢いで砂の上をゴロゴロと転がり、しかしその勢いを逆に利用して跳ね起きる。

青い瞳。

凄惨な笑みを浮かべる白亜《はくあ》の顔が目の前にあった。

躱《かわ》せない――それを理解するので精一杯だった。

白亜《はくあ》のボディアッパーがガラ空きの腹にめり込み、優馬《ゆうま》は軽く五メートルは飛ばされた。ギシギシとアバラが折れた。呻《うめ》き声を上げて膝をつき、息もできずに地面に倒れ込む。

喘《あえ》ぐように口を開けながら顔を上げると、逆光で暗くなった顔の中、白亜《はくあ》の青く冷たい瞳が優馬《ゆうま》のことを見下ろしていた。

「違うっ……僕じゃない」

息も絶え絶えに言うと、白亜《はくあ》がはっ、と鼻で笑った。

「なら教えてくれよ優馬《ゆうま》。お前は一体どこで手に入れたんだ？　トリプルシックス――いや、『TOWAウィルス殲滅《せんめつ》用ワクチン』を」

「えっ⁉」

驚きのあまり、這《は》いつくばったままで優馬《ゆうま》は白亜《はくあ》を仰ぎ見る。

その優馬《ゆうま》のあまりの驚き様を見て、白亜《はくあ》の表情が微《かす》かに曇った。

「ちょ、ちょっと待ってください。トリプルシックスって……」

いや、一度止まって考えれば、優馬《ゆうま》自身、「ウィザード」の特殊系だと、そう早苗《さなえ》に教えてもらっただけである。しかし──

「トリプルシックスは……アンチウィルスソフトなんですか？　『バレットコード：ファイアウォール』のような……？」

白亜《はくあ》が優馬《ゆうま》の頭を踏み付けにし、笑いながら拍手した。

「演技しているのだとしたら中々やるな。その男優ぶりに敬意を表して少し付き合ってやる。そうだよ。佐藤菖蒲《さとうあやめ》は知っているな？」

佐藤菖蒲《さとうあやめ》。

二十一世紀──いや、人類史を代表する天才にして、史上最高のヒューマノイド「TOWAシリーズ」を作ったロボット工学者……。

優馬《ゆうま》は踏み付けにされたまま頷《うなず》いた。

「彼女がその晩年、最も信頼していた弟子と共に完成させた十のワクチン、『シリーズ・マスターテリオン』。それこそが、『トリプルシックス』と呼ばれるモノの正体だ」

ショックだったが、そう言われた方が──つまり素質や才能と言われるよりも、「外部から与えられたアイテム」と言われた方が、よほどしっくりくる気はした。

あの時──東京《とうきょう》キャンドルの上で戦った時のアルヒの姿を思い出す。彼はだから、自身の身体《からだ》に対して「注射」という手段《アイテム》を使ったのだ。トリプルシックスを注入《インストール》するために……。

茫然《ぼうぜん》と見る先、白亜《はくあ》が歯を剝《む》き出《だ》しにして笑った。

「しかし、トリプルシックスは『3・13』のあのテロの日、その全てをレインウォーターに……お前達十二《じゆうに》使徒《しと》に奪われた」

「なっ……？」

「つまり『それ』を持っているということは、即《すなわ》ち奴《やつ》の配下である何よりの証明となる」

優馬《ゆうま》はようやく、白亜《はくあ》が自分のことを疑っている一番の要因を理解した。

「ぐっ⁉」

顔が砂にめり込むほど力を込めて踏まれた。

「ほら、そろそろ使わないとヤバイぞ？　まあ、使ったら使ったで、その時点で詰みだけどな。でもいずれにせよ死ぬんだから、使ってみせたらどうだ？　お前のトリプルシックスを」

白亜《はくあ》の目は完全に本気だ。このまま優馬《ゆうま》が何をしてもしなくても、こちらのことを殺す気だろう。でも、使えなくなっているのは本当なのだ。しかし、それを証明する手段がない。

「思ったよりも強情だな。……仕方ない。それでは始めるか。本当の尋問タイムを」

ため息混じりに言い終えると、白亜《はくあ》が胸の前で、忍《しのび》がするような刀印を結んだ。と、その身体《からだ》の周囲に紅蓮《ぐれん》のオーラが渦巻き、半円のドーム状に急速に膨らんだ。

「くっ、そ……」

体をくねらせても、僅か数十センチ動くのがやっとだった。

逃げる暇もなく、優馬《ゆうま》はドームに呑《の》みこまれた。

「うっ……」

重い頭痛と目眩《めまい》を感じながら目を開ける。

急いで周囲を見渡して、想像もしていなかった光景に唖然《あぜん》とした。

大勢の人が優馬《ゆうま》の周囲を歩いていた。

高い所に天井があって、自分が今、砂漠どころか屋内……いや、館内にいることに気付く。

白を基調としたその館内は三階建て。色とりどりのショップの並ぶそこは——

今は無き、豊洲《とよす》のショッピングモールだった。

「ほら優馬《ゆうま》。イチゴバナナ好きでしょう？」

懐《なつ》かしい声がして目を見開く。

視線の先に——母がいた。優馬《ゆうま》に目線を合わせるように屈《かが》み、アイスを掬《すく》ったスプーンを差し出していた。そしてその後ろでは、父が呆《あき》れたような顔でこちらのことを見つめていた。

「……え？」

自分の手を上げてそれを見る。小さな子どもの手。その先に見える脚は細く短く、足にはミニチュアのようなスニーカーを履いていた。

3・13のテロの日。あの日あの時の光景に間違いなかった。

――二人を逃がさなければ。

電気のようにその考えが脳に流れ、優馬《ゆうま》が口を開く。

しかし全ては言葉にできず、ゆっくりと口をつぐむ。

「逃……っ」

「優馬《ゆうま》？」

視線を戻すと、母が不思議そうに首を傾《かし》げている。

この後何が起きるのか、もちろん優馬《ゆうま》は知っている。

身体《からだ》が勝手に震え出す。目頭が熱くなっていく。

でも、これは、現実ではない。白亜《はくあ》が何らかの能力で作り出した幻想に過ぎない。

『なぜ助けない？』

声を辿《たど》って右を向くと、黒い甲冑《かっちゅう》のような姿をした悪魔、ブラックトーラスが立っていた。

『幻想であれば尚《なお》のこと良《い》いではないか。得意の駄々をこねて二人と逃げろ』

『もしくは……』

いつの間にか左にもいたトーラスがその頬を裂くように笑った。

『我が力を解放しろ。落ちてくる飛行機？　そんなもの、本気の我の前では稚児《ちご》の玩具《がんぐ》に等しい。ここにいる全員を救ってやれる。もちろんお前の父と母も含めて、だ。考えるまでもない。家族と共に生きる「幸せな世界」を見てみたくはないのか？』

優馬《ゆうま》は震える拳を握り締めた。

……見たい。

本当なら、今すぐにでも大声を出して二人を逃がしたい。ブラックトーラスの力を借りて、二人を……そして同じく亡《な》くなっていった人達を守りたい。

でも——それは、できない。この記憶だけは、改竄《かいざん》してはいけない。

それは、幼い時に支えてくれた大河《たいが》や佳奈子《かなこ》の優しさを反故《ほご》にするものであり、そして何より——その記憶の上に成り立った自分を「好き」だと言ってくれた、そして共に歩くことを選んでくれた千歳《ちとせ》に対する裏切りだった。

ずっと……自分のことが嫌いだった。

消してしまいたいと、何度も思った。

でもそんな自分のことをこれまでずっと愛してきてくれた人達がいて、そして、将来を誓ってくれた人までいた。なら自分は、どんなに消し去りたくても、自分を否定することはできない。愛されるに足る人間になれるよう、不格好でも、必死に生きていくしかない。

ただ、せめて——これくらいは、許して欲しい……。

優馬《ゆうま》は口を開き、アイスを頬張り……震える唇を噛《か》んで笑顔を作った。

「ありがとう母さん。……美味《おい》しい」

母が嬉《うれ》しそうに笑って……優馬《ゆうま》の目からは、涙が溢《あふ》れた。

涙は床板ではなく乾いた砂の上に落ち、黒く小さな斑点を描いた。

四《よ》つん這《ば》いで俯《うつむ》いていた優馬《ゆうま》が顔を上げる。いつの間にか、元の砂漠の光景に戻っていた。

白亜《はくあ》が……唖然《あぜん》とした表情で、優馬《ゆうま》のことを見下ろしていた。

「ブラックトーラス……だと？」

「え……？」

「お前のトリプルシックスは、ブラックトーラスの姿をしているのか……？」

知らなかったのだろうか……そう思ったが、それはそうかもしれないと思い直す。優馬《ゆうま》が「トリプルシックス」であったことは何らかの方法で調べたのだろうが、その具体的な姿の情報は、あの時一緒だったメンバーと、早苗《さなえ》の記憶の中くらいにしかないのかもしれない。

白亜《はくあ》が強く首を横に振り、優馬《ゆうま》のことを睨《にら》み付《つ》けた。

「いや、今はそれは良《い》い。それより、なぜ助けなかったっ⁉」

怒りの滲《にじ》んだ声だった。

「たとえ幻想の中だとしても、お前は、両親を見捨てる道を選んだんだぞ⁉　力を失ったというのが本当だったとして……だとしてもっ、もっと両親のために足掻《あが》くべきだろうがっ！」

両の拳を強く握り、奥歯を噛《か》み締《し》めた。

悔しさと悲しさで震えそうになる息を呑《の》み込《こ》んだ。

「……好きだ、って言ってくれたんです。千歳《ちとせ》が。僕のことを」

「は？　なんだ唐突に。気でもふれたか？」

優馬《ゆうま》は掌《てのひら》を見た。意識するのさえ久しぶりだった。酷《ひど》い火傷《やけど》の残る掌《てのひら》。かつてはその醜さは、自分の醜さそのものなのだと思っていた。でも、千歳《ちとせ》は彼女の手で、この掌《てのひら》を包んでくれた。

優馬《ゆうま》が顔を上げ、白亜《はくあ》のことを睨《にら》みつけた。

「僕はもう、自分を否定しない。愛してくれた人を――千歳《ちとせ》を、裏切りたくない」

ピクリと白亜《はくあ》の眉が上がる。

優馬《ゆうま》は一度、大きく息を吸った。

「さっき言いましたよね？　千歳《ちとせ》のことが一番大事だって。あなたの生きる理由だって。僕も同じです」

ドウ！

「ご、ほっ⁉」

腹を蹴られた優馬《ゆうま》が血反吐《ちへど》を吐き、もんどりうって地面に転がった。

「同じ……？　千歳《ちとせ》を想《おも》う、私とお前の気持ちが同じ？」

怒りで声が震え、その震えは、大気をも震わせていく。

「舐《な》めるなよガキがっ！」

白亜《はくあ》の身体《からだ》を真紅のオーラが包み、その右の拳に力が集中していく。砂漠の砂が蒸発するほどの炎。一撃でも食らえば当然命などない。真っ黒の消し炭さえ残るか分からない。

しかし優馬《ゆうま》は口《くち》の端《はし》から血を流しながらも立ち上がり、白亜《はくあ》のことを正面から見据えた。体の奥深くから、何か底知れない力が湧き出てくるのを感じた。自分の命はそのために生きているのだと分かった。今の自分には、一片の嘘《うそ》もなかった。

「僕は……千歳《ちとせ》のことを愛しています」

白亜《はくあ》が、小さく喉を動かした。

「僕を殺すことは、あなたにとって損にしかなりません」

白亜《はくあ》が怪訝《けげん》そうに眉を顰《ひそ》める。

「千歳《ちとせ》を守ることに繋《つな》がるなら、僕は、あなたの弾除《たまよ》けにだってなります。あなたは僕の価値を理解していない。千歳《ちとせ》とあなたのために、あなたは、僕を生かすべきだ」

白亜《はくあ》が暫《しばら》くポカンとする。頭に手を載せ、ポリポリとかいた。

やがて……。その顔に段々と精気が戻ってきて、優馬《ゆうま》の目を真《ま》っ直《す》ぐに見た。

そしてしばらくして……はっ、と小さく破顔した。

「おいおい……殺そうとしている相手に向かって、『生かすべきだ』ってお前、流石《さすが》にちょっと図々《ずうずう》しくないか？」

「あ……あの。え、と。……はい。よく考えたら、そう……ですね」

ぷふっ、と白亜《はくあ》が吹き出す。

「なんだ優馬《ゆうま》、お前、結構バカだな」

ひとしきり笑った後、白亜《はくあ》が優馬《ゆうま》に近づいてきて……まるでキスしそうな位置にまで来て。

「ちょっ、ちょ⁉」

のけぞる優馬《ゆうま》の首元、胸元に鼻を寄せ、そして優馬《ゆうま》の頭をぐいと摑《つか》んでお辞儀をさせるような格好にすると、つむじにも鼻を押し当て、くんくんと音を立ててにおいを嗅ぎ始めた。

「あ、あの……」

「うーん。まあ、大丈夫、かな……」

一人納得して白亜《はくあ》が身体《からだ》を離し、優馬《ゆうま》を解放する。

「推定無罪としよう」

「え？　あ……」

「ただし有罪だと分かった瞬間、今度は本気でお前を殺す」

言って白亜《はくあ》が右手を差し出してくる。急な展開に優馬《ゆうま》は固まり、訝《いぶか》しむようにその手を見た。

「自分で言っただろう？　千歳《ちとせ》を守るためなら、私の弾除《たまよ》けにだってなる、と」

一瞬虚を突かれたが、優馬《ゆうま》の顔に鋭さが戻り、深く頷《うなず》いた。

「先ほど言った通りだ。千歳《ちとせ》はあの時、何者かの攻撃によって記憶を奪われた。もしかしたら次なる攻撃もあり得るかもしれない。私は早急にその犯人を見つけ出し、記憶を取り戻し、そして、二度とあの子に手出しできなくする。だから優馬《ゆうま》。千歳《ちとせ》を守るため、私に力を貸せ」

思わず白亜《はくあ》の手をとった。

「は、はい！　もちろんです」

「よし。とはいえ、今のお前では、残念ながら弾除《たまよ》けにもならん」

グサリ、と唐突に心を刺される。

「なので私がお前に稽古をつけてやる。安心しろ。ウィザードになるだけなら一瞬だ」

「えっ。……ほ、本当ですか？」

思わぬ申し出だった。世界一位からの直接の指導。世界中のファイアアーム志望者なら誰もが喉から手の出るほどのシチュエーションである。

白亜《はくあ》が明るくカカカ、と笑った。

「もちろんだ。『千歳《ちとせ》ガチらぶ勢』の先輩として胸を貸そう」

「え……」名前ダサ……

「ん？　何か言ったか？」

優馬《ゆうま》は静かに首を横に振る。

「なら良《い》い。……なあ優馬《ゆうま》、そう言えばだが」

白亜《はくあ》が胸の前で腕を組み、片目を瞑《つむ》って口角を上げた。

「お前――海は好きか？」

——私の思い出。

突然目の前に現れた男の子。

彼の名前は「ジューゴ」君といった。

ジューゴ君は私の知らないことをいっぱい知っている。

外の世界には私やジューゴ君と同じくらいの年齢の子どもがいっぱい居て、ほとんどの子達が、「学校」というものに通うらしい。だから学校には凄《すご》くたくさんの子どもがいるそうだ。

凄《すご》くたくさんというのは十より多いか、と聞いたら、ジューゴ君は「多い」と言った。

日本の人口と同じ一億二十七万四二一六より多いか、と聞いたら、ジューゴ君は「たぶん少ない」と言った。

私はジューゴ君と会うようになってから、自分でどんどん勉強するようになった。知識がないと、ジューゴ君の話についていけないことに気付いたからだ。

自分で知識を得て、ジューゴ君にその体験談を聞く。

私はどんどん成長する。

この部屋にやってくる「ヒト」達はそれを喜んでいるようだった。

ジューゴ君はこの部屋に他の「ヒト」が来るとそっと消えて、「ヒト」がいなくなるとまたそっと現れた。魔法みたいだと言うと、ジューゴ君は嬉《うれ》しそうにした。ジューゴ君が言うには、彼はどこか外にある別の秘密の部屋に入ることで、この部屋の中にワープできるのだそうだ。私はとても感心した。

この部屋にいると、時々痛かったり苦しかったりする「けんさ」や「しゅじゅつ」があって、それももちろん嫌だったのだけれど――

それよりもずっと、ずっと、私は普段一人でいることが寂しくて悲しかったから――

私にとってジューゴ君が来てくれることは、すぐに何よりも嬉《うれ》しいことになった。

ジューゴ君がいる時、私はずっとジューゴ君のことを考えている。

ジューゴ君がいない時、私はずっとジューゴ君のことを考えている。

彼が来ない日が続くのは、本当に悲しいことだった。

明日はジューゴ君、私のところに来てくれるかな……

四 —— 第8使徒《セルゲイ・デュラン》

BULLET
CODE
FIREWALL

真っ青な空。生クリームのように濃く白い雲。

ギラギラとした眩《まぶ》しい日の光。

耳に心地良い波の音がして、濃密な潮の香りが漂ってくる。

「え、と」

海パン一丁の優馬《ゆうま》が波打《なみう》ち際《ぎわ》でポツンと一人立っていた。

クラインフィールド内。東京《とうきょう》都特別区より南南東に約千キロメートル。

小笠原諸島《おがさわらしょとう》の一部に位置する、特定の名前はない、無人島の一つ。

「優馬《ゆうま》、待たせたな！」

人の大きさほどもある巨大なシダの葉をガサガサとかき分け、浜の陸側から白亜《はくあ》が現れた。

胸元にリボンだけがある、シックな黒のビキニ。やはり黒色のシュシュで、髪を一つにまとめている。首から下げたペンダントが、日光を受けてキラキラと光っていた。

スーパーモデルでさえ恥じらうだろう白亜《はくあ》の美貌に、黒はとてもよく似合っている。鍛えられた、均整の取れた身体《からだ》。性的な魅力以上に、人間としての美しさが際立《きわだ》つ。「美しい」と同時に「カッコ良い」、そういう感想が自然とこみ上げてくる。

「あの……」

なんと呼ぼうか一瞬迷う。

「……師匠」

ちょっと違うか。

そう思った優馬《ゆうま》だが、白亜《はくあ》は両の鼻の穴をぷくっと膨らませた。

「ほう……『師匠』、か。うん、うん、悪くない……」

悪くなかったらしい。

――白亜《はくあ》による「査定」の日から一週間後。今日から彼女はその時間のほぼ全てを優馬《ゆうま》の修行に充《あ》ててくれることになっていた。冷静になって考えてみると凄《すご》いことだと思う。

優馬《ゆうま》は改めて気を引き締めた。つまり自分は、それに見合う成果を上げなければならない。

なぜ自分たちはこんな場所にいるのか？　等々。聞きたいことは色々あったが、恐らく順次白亜《はくあ》から説明があるだろう。そう思って、優馬《ゆうま》は何も言わないでおく。……おきたかったが、それでもどうしても、一つだけ質問させて欲しい。

「師匠、それは……」

優馬《ゆうま》が指差す先。——白亜《はくあ》は右の腕に、カラフルなビーチボールを抱えていた。

「ああ、これか」

ビーチと水着もあいまって、どう見ても遊びに来ているようにしか見えない。

白亜《はくあ》が言うには、今から自分のための修行が行われる。そのはずなのだが……。

「優馬《ゆうま》。先に今回の特訓の最終ゴールを教えておこう。それは、この私……もしくは私と同等レベルの者と、ビーチバレーが出来るようになることだ」

「えぇーっ!?」

ビーチバレー……。流石《さすが》に予想外すぎて混乱する。

呆気《あっけ》にとられている優馬《ゆうま》を見て、白亜《はくあ》がニヤリと不敵に笑って見せた。

「ふふん。もちろん、一般的なビーチバレーじゃないぞ？　見てろ？」

白亜《はくあ》がポンとボールを軽く上に投げた。

と、パン、と胸の前で両の手を合わせ、ズシンと右足で四股《しこ》を踏む。

先日見た時と同じく、白亜《はくあ》の身体《からだ》から真っ赤なオーラが噴き上がり、落ちてきたボールを掴《つか》むと同時、ボールの方もまるで、燃え上がるかのようなオーラに包まれた。

ボールを持ち直し、今度は高く頭上に投げる。

「そー……れっ！」
ド、ウッ！

サーブされたビーチボールは、まるで戦車砲弾のような風切り音を発し、遠く海岸に並んでいた岩礁に向けて飛んでいく。

ドッガアアァァッンンン！

「え――――？」

その威力は奇《く》しくも音と同様、戦車砲の如《ごと》くだった。

大岩は砕け散り、粉微塵《こなみじん》の砂となって、海の方へと風に乗って流れていく。

「見たか？」

問われて呆然《ぼうぜん》と頷《うなず》くことしか出来ない。

「え？　いや、見ましたけど？　待ってくださいよ。今のをレシーブとかするんですか？」

「そうだよ」

「え――――？」

「ははは。優馬《ゆうま》、リアクションが新鮮で面白いな。まあまあ、安心しろ。今のはさっき言った通り最終目標だ。まず私たちが行うこと、それは、ロンドンに行くことだ」

「はあ……？」

再び言われていることの意味が分からず優馬《ゆうま》は首を捻《ひね》った。

それならなぜ自分たちは今、このような南の島にいるのだろう。

最初からロンドンに座標指定してログインすれば良かったのではないだろうか。……ん？

「あれ？　リエージュ協定……」

「うん。その通り」

リエージュ協定。

それは要約すれば、ある国のボトルユーザーが、他の国のクラインフィールドに直接ログインする場合、リアルにおける「入管手続き」のようなものを行うことを求める国際協定である。

ただ、この審査には非常に時間がかかり、許可がおりるまで一ヶ月などざらにかかる。

「あの……自分、審査行ってもらってないのですが……」

白亜《はくあ》が深く頷《うなず》いた。

「うん、そうだな。だから、徒歩で行く」

百％聞き間違いだと思った。たっぷり十秒ほど時間をかけて、ようやく優馬《ゆうま》は再起動した。

「え？　徒歩って。……ここから、ロンドンまでですか？」

「そうだ。とはいえお前もいるから、その道のりの多くが徒歩っていうか、泳ぎ、かな」

いや、そこじゃないわ。と思う。

泳ぎ？　泳ぎで日本から英国まで行くなんて聞いたことがない。いや、普通考えもしない。

唖然《あぜん》と見つめる優馬《ゆうま》の前で、白亜《はくあ》がピヨピヨと唇を尖《とが》らせた。

「だって面倒臭いじゃん、手続き。だから私、いつも国境は徒歩で越えてる」

アホだ……。

「大丈夫大丈夫。ウィザードの力を手に入れれば、イギリスなんてすぐそこだ。私なら七時間で行ける」

優馬《ゆうま》の口があんぐりと開いた。航空機を利用する時のほぼ半分の時間だった。

しかし恐らく、本当なのだろう。そう。白亜《はくあ》はアホなのではない。非常識を常識に変えてしまうほどの、桁違いの能力者だというだけなのだ。

「わ、分かりました。とにかく、頑張ります」

「うん。出発は一週間後。道中ウィザードとしての訓練を積みながら、こちらも一週間での到着を目指す。訳あって二週間後の到着はズラせない。遅れそうになったら死ぬ気で頑張れ」

とりあえず頷《うなず》くしかない。

そしてその日から……地獄の特訓が始まった。


とは言え、最初の一週間は特に目新しいことはなく、クラインフィールド内外において、ひたすら基礎体力の向上を求められた。

プロジェクト・ファイアウォール以降、兵士としての訓練を続けていた優馬《ゆうま》であったが、最初の三日間で心身共にボロボロになるまでシゴかれた。しかし記憶を飛ばしながらも白亜《はくあ》についていった優馬《ゆうま》は、一週間後、彼女のお墨付きをもらえるレベルにまで到達した。

「よし、優馬《ゆうま》。今日までの訓練課程、よく耐え抜いた」

「押忍《おす》！　師匠！　押忍《おす》！」

「うむ。その精悍《せいかん》さたるや良し！　ただ……ちと暑苦しいな。普通に戻してもらえるか？」

「押忍《おす》！　あ、いえ。はい」

「気をつけ」の姿勢も、後ろで軽く手を握る「休め」の姿勢へと変える。

「うん。それじゃあ優馬《ゆうま》、今日からいよいよ、『ウィザード』としての訓練を始めよう」

急に緊張感が高まり、ゾワゾワ、と背中の毛が逆立った。

「はい。お願いします」

白亜《はくあ》は頷《うなず》くと、木の枝を拾い、砂浜に文字を書き始めた。

「私が今からお前に教えるもの。その名を『BCLS《ビーシーエルエス》（Bullet Code Loading System《バレット　コード　ローディング　システム》）』という。簡単に言えば、一種の天才であるウィザード達に、私達のような凡才が一矢《いっし》報いるための能力獲得方法及びその運用方法のことだ」

思わず優馬《ゆうま》が笑ってしまう。

「『私達のような凡才』って。師匠は世界一位でしょう？」

優馬《ゆうま》の問いに、しかし白亜《はくあ》は答えなかった。

ただ目を瞑《つむ》り、小さく笑った。

「まあ……それは取《と》り敢《あ》えず置いておこう。詳細に入るぞ」

「は、はい……」

釈然としない感じはしたが優馬《ゆうま》は頷《うなず》く。

「さて優馬《ゆうま》、まずは当たり前の復習から入ろう。私たちが今いるこのクラインフィールドは現実の世界ではない。ＶＲの世界、プログラムが生成した世界だ」

白亜《はくあ》の青い瞳に優馬《ゆうま》が頷《うなず》く。

「つまり私たちは最初からゲームの中にいるようなものだ。ヒーロー達が空を飛び、ビームを出し、火を吹く、みたいな。

そう考えれば、ウィザード達がやっていることもそう凄《すご》いことでもない気がしてくるだろう？　彼らはこのクラインフィールドを構成するプログラムを、自身が望むように書き換えているに過ぎない。そして、そもそもプログラムの書き換えというのは、私達ハッカーにとっては正しく十八番《おはこ》だ」

そうなのかな、とも思う一方、それならなぜ出来る人と出来ない人がいるのだろうと思う。

悩む優馬《ゆうま》の眉間に自然とシワが寄る。白亜《はくあ》がそれを見て小さく笑った。

「そうだな。なぜ、出来ないのか。それは優馬《ゆうま》、お前が勝手に限界を設定しているからだ」

「限界？」

言って首を捻《ひね》って見せると、白亜《はくあ》が手の棒をスッと頭上に掲げた。

優馬《ゆうま》がつられて空を見上げる。

ほとんど夜を迎えた夕焼けの空。

黒色にさえ見える濃紺が視界いっぱいを満たし、その中では既に幾つもの星たちがキラキラと瞬《またた》いていた。右の方を向くと、未《いま》だ空の端《はし》を燃やしている夕焼け。その眩《まばゆ》さに一瞬目が眩《くら》む。

橙色《だいだいいろ》の光の中、大きな鳥が一羽《いちわ》、まるで黒点のように浮かんでいる。

「なあ優馬《ゆうま》、美しいな？」

言葉は出せず、ただ頷《うなず》くことしか出来なかった。

この一週間、必死に目の前ばかり見ていて、世界のこれほどまでの美しさに気付くことさえなかった。

「私達はこの世界を今、脳で直接理解している」

空から視線を戻し、白亜《はくあ》のことを見る。

未《いま》だ空を見上げる白亜《はくあ》の青い瞳は、夕暮れ時の薄暗がりの中、淡く輝く宝石のようだった。

「優馬《ゆうま》、私達は普段、いわゆる『五感』を通して世界を認識している……が、この世界、クラインフィールドの中にいる時は、実はそうではない」

「え、と？」

言われていることの意図が良く分からず、優馬《ゆうま》は首を傾《かし》げた。

白亜《はくあ》が優馬《ゆうま》の目を見る。

「思い出してみろ。今、お前の『現実の身体《からだ》』は目を開けているか？」

言われた途端、その違和感に気付く。

優馬《ゆうま》の「現実の身体《からだ》」。

それは今、クラインボトルの中にいて、当然ＤＡＦの中で目を閉じている。

優馬《ゆうま》は自分の掌《てのひら》を上げて凝視した。もちろん、見えている。

「そう。私達は今、この世界と、『脳』で直接繋《つな》がっているんだ」

ぽかん……とする。

言われてみても、正直良く分からないし実感がない。ただ事実として何となく「そうらしい」、ということが理解出来るだけだ。

「私達は本来、この世界にもっと自由な形で参加する権利を持っている。なぜならクラインフィールドという空間は、私達の脳があるからこそ生成されているのであり、言ってみればこの世界は、私達参加者全員が同時に見ている『夢』みたいなものだからだ。私たちは確かにこの世界の一部でしかないが、同時にこの世界は、私達一人ひとりによって変革され得る」

ぞわ、と首筋の毛が逆立つ。

自分に今、何か全く新しい可能性が啓示されているのを感じた。

「ならなぜ世界を変革できないものが存在するのか。そこに正に、さっき言ったことが絡《から》んでくる。繰り返すが、クラインフィールドはシステムが生成する仮想の世界。そして私達はそこと、脳で直接繋《つな》がっている。が、しかし、慣れ親しんだ『五感を用いた世界の認識』から離れることは難しい。私達は今も目で見ていると思い、耳で聞いている、と思い込んでしまっている。そして、そこにこの世界における限界が生じる」

「限界……」

「そうだ。この世界における自身の限界を、無意識のうちに現実世界における限界——言い換えれば、五感による入力と、筋肉を用いた出力と同等に設置してしまう。逆に『ウィザード』と呼ばれる者の多くは、無意識のうちに、この限界を取っ払うことが出来てしまう。故に、システムが生成している世界の中で、現実の世界以上に自由な活動を行うことが出来る。これが基本的な、このクラインフィールドにおける超能力者、ウィザードの正体だ」

「なら、その五感から離れることが出来れば……」

「いわゆる『世界を直接感じる』みたいなやつだろ？　それがどっこい。なかなかに難しい。出来るやつはほとんど最初から出来る。出来ないやつは、どう頑張ってもなかなかに出来ない。ピカソやガウディの感性を私たちが得ようとしても難しいのと同じことだ」

「じゃあ……」

どうすれば。と優馬《ゆうま》が顔を顰《しか》め、それを見た白亜《はくあ》が頷《うなず》いた。

「ウィザード達は超能力を使って世界を改変する度《たび》に、その経験をプログラムとして少しずつ各アカウントに蓄積している。そして次に能力を発動するに辺り、このプログラムを利用、さらに自然と改良することにより、その能力の精度・強度をどんどんと高めていっている」

あれ？

優馬《ゆうま》は首を捻《ひね》った。どこかで聞いたことのあるような話だったからだ。

「こうして作られていくプログラム。その名を、バレットコード、という」

思わず自分の右腕を見た。

「そう。お前の右腕にも埋まっている『バレットコード』とは、世界を改変することを可能とするコード、プログラムの集合のことをさし、ウィザード達は意識的か無意識的かに拘《かか》わらず、それぞれが獲得した『バレットコード』を用いることによって超能力を実現する。残念ながら、今のお前は『それ』を使えていない。が、言い換えれば、今のお前にも、使える『バレットコード』さえあれば、即座にウィザードとして活動可能、ということだ」

ごくり、と唾を飲み込んだ。

あと一歩の所まで来ているのを感じた。あとは……

「どうすれば、その『バレットコード』を手に入れられるのでしょうか？」

白亜《はくあ》がニッと笑って、右手の親指で彼女の胸を差す。

「私のを使え」

「えっ⁉」

流石《さすが》に予想していなかった。今から修行的な何かによって、自分の「バレットコード」を習得していくのかと思っていたからだ。

「し、師匠のを、使う？」

「そうだ。言っておくと私のバレットコードは、才能のあるウィザード達が自然発生的に会得《えとく》したものとは性質を異《こと》にしている。最初の頃の話に戻るが、私は実は、才能という一面においては他のウィザード達に遠く及ばない。私はお前と同じ、『チェリー』側の人間だ」

唖然《あぜん》とした。

あの雨宮白亜《あまみやはくあ》が、そこら辺のウィザードに才能の面では及ばない？

「で、でも、それなら師匠はどうやって……」

バレットコードを手に入れたのか。

白亜《はくあ》が小さく微笑《ほほえ》み、優馬《ゆうま》の右腕を再び指差《ゆびさ》した。

「お前はもう知っているはずだ。バレットコードは、実のところ二種類に分類される。自然発生的なものと、そしてもう一つ、外部でプログラムとして作られたもの、だ」

バレットコード：ファイアウォール。

それは早苗《さなえ》が編纂《へんさん》したプログラム。つまり白亜《はくあ》のそれも……

「その通り。私のバレットコードは、才能のない私が才能のある者達と戦うために、私が作り出したものだ。そしてそれ故に、私の許可があれば、他の誰でも使用することが出来る」

なんでもないように言う白亜《はくあ》だが……それがどれほど大変なものだったのか、想像するにあまりある。そして彼女は今それを、優馬《ゆうま》にも貸し与えようとしている。

何だか……。

なんとなく、ズル、しているような、そしてまた申し訳ない気もした。自分で身につけたものではなく、また外部の力を借りる……。

優馬《ゆうま》の様子から内情を察したのか、白亜《はくあ》が小さく苦笑した。

「バレットコードは何度か繰り返し利用していけば、自然と自分用のものが蓄積されていくから安心しろ。確かに『会得《えとく》』の部分はスキップする。が、決して楽なわけじゃないぞ？　お前は今から突然、これまで経験してきたものとは全く異なる入力系統と出力系統を得ることになる。その時の肉体的、精神的なショックは凄《すさ》まじい。お前はそちらを頑張れば良いだけだ」

「は、はい。分かりました」

白亜《はくあ》をして「凄《すさ》まじい」というくらいだ。優馬《ゆうま》の体に緊張が走る。

「よし。優馬《ゆうま》、それでは私の手を取れ」

差し出された白い手。

優馬《ゆうま》がそれを握る。と、白亜《はくあ》が強い力で握り返してきた。

「心構えは良《い》いか？　行くぞ優馬《ゆうま》？」

優馬《ゆうま》の喉が、ゴクリと鳴り、しかしはっきりと頷《うなず》いた。

白亜《はくあ》が大きく息を吸い、吐いた。


「プライムオーダー！　バレットコード！」

ビ、キ

首の骨をへし折られたのかと思った。

一瞬にして視界がブラックアウトし、続けて脳をミキサーにかけられているのではないかというほどの頭痛がきた。耳元で巨大なハエが飛んでいるような音がする。既に気を失っているような気がする。口の中で血のような味がして、すぐさまそれは口腔《こうくう》に粘りつくような苦みに変わった。酸《す》っぱいような臭《にお》いと甘い香りが同時にきて、鼻から噴き出るように鼻血が出た。

薄れゆく意識の中で理解する。

今自分の中で、これまで感じてきたものとは違う——第六感とでも言うべきものが目覚めつつあるのだ、と。身体《からだ》がそれを理解しきれず、無理やり認識可能な五感のどれかに変換しようと試みているのだと。

しかしそれは到底無理な話で……優馬《ゆうま》の意識は、どんどん深い闇の中に落ちていった。

§§§

「ご、はっ？」

起き上がると同時に血反吐《ちへど》を吐いた。

胃が痙攣《けいれん》し、吐き気が立て続けに襲ってくる。その度に舌を突き出し、涎《よだれ》と涙を垂れ流す。

「お？　目が覚めたか？」

「な、にが」起こったのか？

起き上がることは出来なかったので、上体と首を捻《ひね》り、何とか白亜《はくあ》のことを見る。

白亜《はくあ》が屈《かが》み、優馬《ゆうま》の頭を撫《な》でた。

「よく頑張ったな、優馬《ゆうま》。突然で悪かった。お前のアカウントを私のバレットコードに接続したんだ。ほら、お前はもう、ウィザードだ。仮免《かりめん》だけどな」

笑顔になった白亜《はくあ》に指を差され、自分の身体《からだ》に視線を落とす。

「わっ⁉　わっ？　え……？」

自分の全身を、白いオーラが包んでいた。

ウィザードの証明。この世界に対する新たな力の行使が可能となったことを示す現象。

固有障壁《PAオーラ》。

「わ、あ……」

思わず感嘆の声が漏れる。

信じられない。本当は最近心の中で、「無理かもしれない」と、そう思い始めていたのに。

ようやく……ここまで来ることが出来た……。

「白いオーラの属性は『強化』、すなわち自己パラメータの書き換え。身体的な強化や自己回復を得意とする。良かったな。『強化』は戦闘タイプとして優秀だ。高い運動能力と高い回復能力、一個の戦闘ユニットとして、それだけで十分完結し得る」

おお……、と肯《うなず》き立とうとして、

べちゃっ、と。まるで生まれたばかりの仔牛《こうし》のようにこけた。

「あ、れ？」

「無理だやめとけ。むしろ随分頑張ってる方だよ。優馬《ゆうま》、お前この後だけど、もう数日はまともに動けないと思う」

「はあ？」

すでに首を動かすのも難しい。目だけ動かして白亜《はくあ》のことを見る。

「私がこの方法を多くの人間に勧めない、勧められない理由の一つはこれだ。ぶっちゃけ使えるようになる前に潰れる。まあ、時間をかけて修練したわけではなく、突如与えられた力だ。自分の限界を超えて負荷をかけられているんだから、そりゃそうなるわな」

「なっ？　じゃ、じゃひゃ、なんでこんりゃ……」

呂律《ろれつ》が回らず変な声が出る。もう目も開けていられない。

「優馬《ゆうま》。それでもついて来い。出来ればお前は強くなる。そしてお前なら出来ると私は信じた。きっと……私の後を継いでくれるほどになると」

最後、優馬《ゆうま》はほとんど白亜《はくあ》の声を聞けていなかった。

白目を剝《む》いて舌を突き出し、失禁して地面に伸びていた。

白亜《はくあ》が指を鳴らすと、時計が時刻を告げた。

「ほう。初回で一分耐えたか。悪くない悪くない。七秒くらいで、気絶どころか死んででもおかしくなかったからな。まあ今はゆっくり寝ておけ。本当にキツイのは、明日からだ」

はっはっはっ、と明るい白亜《はくあ》の笑い声が響いた。


次の日の朝。

猛烈な吐き気と共に目覚めた優馬《ゆうま》は、トイレ代わりの岩礁に向かおうとして、しかし目覚めた砂浜の上からほとんど動けなかった。絶対に間に合わないことを悟り、横になったまま砂を掘る。たらい位の穴が出来たと同時、その中に胃の内容物をぶちまけた。

頭が割れるように痛い。お腹《なか》が引き裂かれそうに痛い。吐き気が酷《ひど》いのにもうこれ以上は吐くことができず。永遠に胃の中に石でも入っているのではないかという気がする。

ギラギラとした太陽の光がストレスで、とにかく日陰に入りたいと思う。

でもその前に内臓を絞られるような腹痛がきて、優馬《ゆうま》は海に入って海パンを脱ぎ、そのまま天然のおトイレに放流した。

お昼を過ぎても、白亜《はくあ》がその姿を現すことはなかった。彼女を待っている戦場は山ほどある。優馬《ゆうま》が動けない今こそ、仕事をこなすチャンスなのだろう。

日が西にだいぶ傾いて来た頃、ようやく出るものも完全に無くなったらしく、優馬《ゆうま》はふらつきながら這《は》って砂浜を進み、木陰に置いてあるシュラフに倒れ込んだ。疲れ方が半端《はんぱ》ではない。ファイアウォール帰還直後でさえ、今よりはマシだったと思う。本来持っているはずの生命力が、ほとんどスカスカになっているのを感じた。

理由なんて考えるまでもない。

バレットコードという新たな回路の会得《えとく》。

身体《からだ》……より正確には新たな入力系と出力系を得た「脳」に負荷がかかり過ぎたために、その反動が来ているのだ。

「優馬《ゆうま》！　何やってる！」

唖然《あぜん》として見る優馬《ゆうま》の視線の先。

いつの間にか帰ってきていた白亜《はくあ》が、黒いビキニとビーチサンダルを履いて立っていた。

「し、しょう……？」

「さあ、早速ロンドンに向けて出発だ。何、あとの細かい調整は道中に行えば良い」

「え？　師匠、自分、今、ムリ……」

息も苦しい中必死に声を出すと、白亜《はくあ》が大きな口を開けて笑った。

「まあ、最初はみんな、そんなもんだ。いわゆる高地トレーニングってやつだな。大丈夫大丈夫。じきに慣れるから」

正気か？

目を剝《む》く優馬《ゆうま》をヒョイと小脇に抱えると、白亜《はくあ》は海に向かって歩き始めた。

「よし！　目指すはロンドン！　泳げや泳げ！　出来なければ修行も人生も『終了』だ！」

「いいぃやあああぁぁぁぁ………！」

優馬《ゆうま》の絶叫が波に呑《の》まれていく……。

§§§

「そう。そう。ゆっくりで良《い》いぞ。丁寧に、だ」

海パン一丁、白いラッシュガードを羽織った優馬《ゆうま》が、砂浜に腰を落として立っている。

胸の前で両手の指先同士を合わせ、三角形を作っている。

身体《からだ》から勝手に溢《あふ》れ出《だ》してしまうオーラを必死にコントロールし、自分の身体《からだ》の中に押し留《とど》めようとする。


クラインフィールド内。

インド。チェンナイ。マリーナ・ビーチ。

最初の一日目はほとんど移動なんて出来なかったものの、二日目以降は優馬《ゆうま》自身驚くほどのスピードと航続距離での遠泳が可能となっていった。泳ぎ→修行→泳ぎ→修行を繰り返し、今日で移動開始から四日目を迎えていた。

優馬《ゆうま》の体中を、脂汗がダラダラと流れ落ちていく。

喩《たと》えが綺麗《きれい》ではないが、トイレを限界まで我慢している時の感覚に似ていた。

オーラ操作の開始の型。「始型《しけい》・蕾嚆陣《らいこうじん》」。

現在、優馬《ゆうま》の周囲を包んでいるPAオーラ。それは、ウィザードが世界に革変を起こしているフロント。オーラが噴き出ている量、それは、その行為者がどれほどの影響力をもって世界に変革を起こせるかの範囲や規模に相当し、つまりオーラの発出量が大きいほど、行使する能力は強大なものとなる。

ただ一方、普段から溢《あふ》れているオーラについては、行為者の意思とは無関係に、「勝手に」世界の変革を行っている状況であり、端的に言うと「ムダ」でしかない。これを抑制すること、それは一定時間戦闘を行うための大前提であり、基礎の基礎に相当するとのことだった。

「ぐっ、あっ」

我慢が遂《つい》に限界を超えて、優馬《ゆうま》が印を解き、砂浜に崩れ落ちた。

「はい。目標時間まで残り二十秒。なわけで腕立て二百回」

鬼……

「ん？　何か言ったか？」

「いえ、何も言っていません」

青い瞳に涼しく見下ろされる中、優馬《ゆうま》はガシガシと腕立てを開始する。

今の優馬《ゆうま》が型を維持できる時間は、最大限に集中しきっていても、約二分半。白亜《はくあ》が言うには、実戦に耐えうるオーラ操作性能を得るためには、寝ていてもこの状態を維持できるレベルにならないといけないらしい。意味が分からない。ゴールが遠過ぎてクラクラする。

腕立てが終わり、滝のような汗を流しながら、優馬《ゆうま》はゆっくりと浜に倒れ込んだ。

背中に感じる、焼かれるように熱い砂。目蓋《まぶた》を貫通してくる強烈な直射日光。

白い世界で頭がぐわんぐわんした。

「水を飲め、優馬《ゆうま》」

渡してもらった水筒から水を飲む。

むくりと起き上がって砂浜にあぐらをかき、残りの水は頭からかけた。

隣では、今日も黒いビキニの白亜《はくあ》が大きな白い帽子を被《かぶ》り、目を細めて海の方を見ていた。

思わず見惚《みと》れてしまう。そのくらい美しかった。

ただまあ――プロポーションの豊かさは千歳《ちとせ》の方が……

「おい。どこを見ている」

反射的に背筋を伸ばして海を見た。

「優馬《ゆうま》」

「――はい」

「腕立て三百回だ」

「……はい」

そうして四日目も終わっていった。

§§§

出発から七日目の朝、優馬《ゆうま》と白亜《はくあ》はフランスの最北端、ダンケルク市沿岸の砂浜にいた。

海の向こうには、はっきりとイギリスの姿が見えている。自分でも驚いていたが、本当に人力のみ・一週間で、イギリスまで到着できてしまうらしい。

「オペレーション・ヴァルキリーシール？」

優馬《ゆうま》がオウム返しにすると、白亜《はくあ》がうんと頷《うなず》いた。

「そんな作戦、聞いたことないですけど……」

「当たり前だ。国連軍の最高機密だ。いち学生が知っている訳がない」

逆にそれなら今聞いていて良いのかとは思ったが、優馬《ゆうま》は黙って口をつぐんでおく。

——ここまでの道のりにおいて。

優馬《ゆうま》は白亜《はくあ》とともにアドリア海からイタリアへと上陸したのだが、以降、全く想像していなかった光景がヨーロッパ全土で広がっていた。

あちこちで、激戦、と呼べるレベルの戦闘が展開されていた。散発的な治安維持活動ではない。もっと組織的な軍事作戦であるのは間違いない。イタリアからここに至るまで、優馬《ゆうま》と白《はく》亜《あ》は五回、大きな戦闘に巻き込まれ、その全てに白亜《はくあ》は勝手に介入し、そしてやはり全てにおいて戦神の如《ごと》き働きを見せていた。

白亜《はくあ》が木の棒で、砂浜に大雑把な欧州の地図を描いていく。そしてその後、その中の幾つかの国に、ミサイルらしい、アイコンを描き足していく。

ベルギー、ドイツ、イタリア、オランダ、そして……ギリシャ。

「何ですか、これ？」

「最近、発射寸前までいった核ミサイルだ」

「なっ⁉」

驚きのあまり目が丸く広がる。

「現在欧州は『十二使徒《じゅうにしと》』による集中攻撃を受けている。その敵側の総大将こそ、私達が今から会いに行こうとしているヤツだ」

「え、と？」

「なんだ？　まさかロンドンまで観光に行くとでも思っていたわけじゃないだろうな？　私達の目的、それは千歳《ちとせ》を守るということ——千歳《ちとせ》を攻撃するやつを皆殺しにするということだ」

あ、と声が出そうになる。

修行に集中し過ぎていて——というか過酷過ぎて、そもそもの前提を忘れていた。しかし、ということはつまり、そのロンドンにいる存在こそが……

「そう。私がお前の次に犯人の可能性が高いと睨《にら》んでいるハッカーだ」

「なるほど……え？」

目を丸くした優馬《ゆうま》を放置して、白亜《はくあ》が尻の辺りをゴソゴソし、一枚の写真を取り出した。あまり鮮明ではないが、大柄の白人男性が写っている。ジャケットを着たその姿は、まるで映画俳優のようにスタイリッシュだった。

「名前は、セルゲイ・デュラン。西シベリア自由圏系のフランス人。十二《じゅうに》使徒《しと》の第八位。最高戦力『絶対の7人《インビンシブル・セブン》』にはあと一歩及ばないが、相当に強い。国連側でまともに戦えるのは、私も含めて三人くらいだろう」

優馬《ゆうま》は息を呑《の》んだ。——敵の八位と味方の三位が同じレベル……。

国連側と十二《じゅうに》使徒《しと》。その戦力差を朧《おぼろげ》気に知った最初の瞬間だった。

「あの……師匠」

「ん？　なんだ」

「師匠とレインウォーターって、どっちが強いんですか？」

白亜《はくあ》が優馬《ゆうま》を見た。気付いたら言っていた。しまった、と思った。

ずっと知りたくて、でも知ってしまったら後悔するかもしれない答えに対する問い……。

白亜《はくあ》がふん、と鼻で笑う。

「分からん……と言いたいところだけど、7対3くらいでレインウォーターかな？　戦ったことないけど。とりあえず、敵の三位まではマジで強い。本気で殺し合ったら勝てるか微妙」

ショックだった。喉を固い唾が通過していった。

しかし白亜《はくあ》は予想外に明るい表情。

「いや優馬《ゆうま》、色々あるのさ。結局全体的な規模では国連側がまだまだ圧倒的に有利だったり、な。他には例えばAI。TOWA達はこのランクに入っていない。そして今回、私がこのセルゲイを後回しにしていた理由もここにある」

「え、と」

「現在の欧州戦線、国連側の守りの切り札を『ユークリッド』という。正式名称、『米国防総省第七世代積極的核管制ネットワークシステム』。つまり、核ミサイルをコントロールするシステムだ。アメリカの。はっきり言って超強い」

「はあ……」

「つまりユークリッドと戦いながら私の監視をすり抜けて、千歳《ちとせ》にアタックするなんてほぼ無理なはず。……が、セルゲイがちょっかい出してきているっぽいのは事実。故に今日殺す」

手を挙げる。疑問に思っていることがあった。

「はい。優馬《ゆうま》」

「ありがとうございます。あの、ちょっと失礼なのですが、師匠ってなんで今回のセルゲイを今日まで放っておいたのでしょうか？　もし千歳《ちとせ》の件に絡《から》んでなかったとしても、十二使徒《じゆうにしと》の第八位だと割れているのだとしたら、その時点で倒しに行けば良いのではないかと」

ふんふん、と頷《うなず》かれる。

「まあそこは大人の事情でな。実はこのセルゲイ、西シベリアで諜報《ちようほう》機関の顧問をしてる」

「えっ？」

訳が分からなかった。

西シベリアは新国連の常任理事国の一つ。そこの諜報《ちようほう》機関の顧問が十二使徒《じゆうにしと》の幹部？

驚く優馬《ゆうま》を見て、白亜《はくあ》がニタニタと笑った。

「ま、正義なんて語るやつによってコロコロ変わるってことさ。いずれにせよ、今回セルゲイはやり過ぎた。もう西シベリアも奴《やつ》を庇《かば》いきれない」

背景は分かったが……正直納得はできなかった。

白亜《はくあ》が笑いながら尻をパンパンと叩《たた》いて砂を払い立ち上がる。

「ま、ともかく行ってみようぜ。今日この時間帯が奴《やつ》の現れるジャストのタイミングだ。のんびりしてたら、またどっかに行かれちまう」

――二週間後の到着はズラせない。その理由が分かり、優馬《ゆうま》は納得して頷《うなず》いた。

「しかし優馬《ゆうま》、私と十二《じゅうに》使徒《しと》の八位との戦いが見られるなんて、お前けっこうラッキーだな」

確かに……。

そう思って優馬《ゆうま》は再び頷《うなず》き、白亜《はくあ》に続いて立ち上がった。


その後再び体育会系のノリでドーバー海峡を泳ぎ切り、テムズ川をバシャバシャと進み、ウォータールー橋のたもとから、二人はイギリスのロンドンに上陸した。

初めて訪れたイギリス。右手には小さな宮殿のような姿をしたサマセット・ハウス。

まさか海パン一丁での初訪問になるとは思わなかった。

上陸してすぐ、イギリスの兵士達にぎょっとした目で見つめられながらもポータルを貸してもらう。白亜《はくあ》曰《いわ》く「調整」は済んでいるらしく、快く利用させてもらうことが出来た。

戦闘服に着替え、アサルトライフルをメインに据えたフル装備で武装する。ウィザードになったとしても、十分な経験を積むまではしっかり武装すべき、というのが彼女の考えだった。

どこに行くのか知らないまま、暫《しばら》く白亜《はくあ》についていく。

やがて……優馬《ゆうま》にも彼女の目的地が分かった。

一軒家と見紛《みまが》う程《ほど》の巨大な門。そこから伸びる黒い鉄柵は見るからに頑強そのものであり、その広大な建造物を侵入者から防護していた。

大英博物館。

古今東西の名品の所蔵数は八百万を超えるという。間違いなく世界で最も重要な博物館の一つ。しかし今、黒い鉄柵の周囲には、完全武装した兵士が夥《おびただ》しい数詰め寄っていて、博物館の方に各々《おのおの》の銃火器を向けていた。

「やあやあ」

明るい声で近づく白亜《はくあ》に最初兵士たちはギョッとしたが、白亜《はくあ》が何かしら説明した後確認が行われ、結局は理解してもらえたらしい。

「優馬《ゆうま》、良《い》いってさ。じゃあ行くか」

まるで普段通りの白亜《はくあ》ではあるが、一方の優馬《ゆうま》の心臓は急速に早鐘を打ち始める。

今日の白亜《はくあ》はあくまで優馬《ゆうま》には「見ていろ」という指示ではあるが、戦場において何が起こるかなんて分からない。それにあの十二使徒《じゆうにしと》の幹部の一角とご対面するのだ。冷静でなんていられない。

やがて二人はパルテノン神殿のような見た目をした正面エントランスに差し掛かり——

「ん？」

言って白亜《はくあ》が小さく顔を顰《しか》めた。

「優馬《ゆうま》、もう少し下がれ」

その言葉に従ったと同時、白亜《はくあ》が入り口のドアを蹴り開けた。

白目。


最初の印象がそれで、しかし優馬《ゆうま》は自分が何を見ているのか理解出来なかった。

大きく目と口を開き切った苦悶《くもん》の表情。口元からは大量の血を吐き、しかし上下が逆さまになっているため、吐いた血液は顔の上半分を真っ赤に汚していた。

エントランスホールの宙に浮いている大柄の白人男性。

死の瞬間、どれほどの恐怖を味わったのだろう。初めて見る人間の表情だった。

パキ。

バキ。メギ。

ゆっくりと、その指が、腕が、足が、腰が、そして首が、何者かに捻《ひね》られているかのように回転していく。へし折られていく骨が断末魔の悲鳴を上げ、引き裂かれた肉が嗚咽《おえつ》を漏らし、破れた皮膚からは大量の血が滂沱《ぼうだ》のように流れ落ちていく。

ボトボトボト。

やがて細切れの肉片となったその男は、エントランスの白い床に転がった。

あまりに凄惨な光景に、現実感が希薄になる。

「──遅かったですね」

「うわっ⁉」

驚きのあまり声が出た。

バラバラの死体の向こう側、ホールに繋《つな》がる階段の上、一人の女性が宙に浮いていた。

金色の髪、鮮血のように赤い瞳。

古代ギリシアのキトンとヒマティオンのような、白くゆったりした着物を纏《まと》っている。

「ユークリッド……」

白亜《はくあ》が唸《うな》るように言い、その女性を睨《にら》むように見た。優馬《ゆうま》が白亜《はくあ》を見て息を呑《の》み、再びその女性──ユークリッドを見る。

アメリカが開発した核防衛のための高度ＡＩ、らしい。しかしその見た目は、全く人間と変わらない。

ユークリッドが腕を上げ、肉塊を指差した。

「セルゲイ・デュラン……ちょうど先ほど片付けたところです。いや、残念でした。もう少し生かしておけば、雨宮白亜《あまみやはくあ》の勇姿が見られたというのに……」

ユークリッドの赤い瞳の奥に、優馬《ゆうま》は何かぞっとする原始的な欲望を見た。「足りない」「足りない」「まだ×し足りない……」。その目が見つめているのは──雨宮白亜《あまみやはくあ》。

白亜《はくあ》の青い瞳もまた、炎のように輝き、ユークリッドを見つめている。

――二人は今から、
殺し合う。

優馬《ゆうま》がそう思ったまさにその時、白亜《はくあ》がため息と共に首を竦《すく》めた。

「どうやら無駄足だったらしい。帰るぞ、優馬《ゆうま》」

「えっ？　は、はい……」

突然弛緩《しかん》した空気に足を掬《すく》われそうになる。

白亜《はくあ》が一度ユークリッドを見て、小さく笑った。

「ＡＩの自己学習ってやつか？　殺し過ぎたせいか随分とおっかねえ感じになったもんだ。昔はもっとこう……お淑《しと》やかな印象だったけどな」

鼻で笑うユークリッドを見てから、白亜《はくあ》がスタスタと歩き出す。慌ててその背中に続いた。

最後、ドアを出る前に一度振り返ると、ユークリッドの赤い瞳と目が合った。

ぞく、と首筋の毛が逆立つ。

あまりに美しいその姿に、いっぺんの傷どころか汚れさえ見当たらない。

ユークリッド。

あんな存在がいるのなら、自分たち兵士なんていらないのではないか――。そんな考えが頭をかすめた。

――私の思い出。

ジューゴ君が会いに来てくれるようになって、一人で寂しかった生活は一変した。一人の時も、ジューゴ君のことを――そし今度会えた時のことを考えていれば、楽しい気持ちになることも分かった。

それでも……会えない日が続いたりすると、やっぱり寂しい気持ちが戻ってくる。

そんな時、私は私の中にいる十人の小人を呼び出すことにする。

小人、というのは私の呼び方で、実際のところ、それはそれぞれの色を持つ光の玉だ。

小人は私と話をしてくれるわけではないけれど、呼べば来てくれて、私の周りでそれぞれ好き勝手に動く。それを眺めていると、私の寂しさが少しだけ紛れていく。

小人達は、あまりそうは見えないけれど、一つ一つがとても強い力を持っている。

もうほとんど覚えていないけれど、かつては私にも、他の人たちと同じように家族がいた。

『十の力は、決して他の人には見せてはいけない』

この白い部屋に入る前、私の……たぶんお婆《ばあ》ちゃんが、私にそう言っていた。
だから私は、この部屋にやってくるヒト達にもこのことを秘密にしている。
ジューゴ君に見せてあげたら喜ぶかもしれない、と思う。
そして何故《なぜ》だろう、ジューゴ君が喜ぶ顔を想像すると、胸が熱くなってドキドキする。
見せたい……。そう思うけれど、お婆《ばあ》ちゃんとの約束だからそれは駄目だ。
ただ……。
『いつかお前に心から愛し合う人が出来たなら、その人には、見せても良いんだよ』
そう言ってお婆《ばあ》ちゃんは笑っていた。
胸が再びドキドキ音を立て始める。
——いつかジューゴ君にも見せてあげられたら良《い》いな。
私は熱くなった顔を枕に埋めて、顔をゴシゴシと擦《こす》り付《つ》けた。

五――師弟《ブラザー》

BULLET CODE FIREWALL

「おーい優馬《ゆうま》！　起きろって！　学校終わったぞ！」

「ん……ん？」

聞こえるのはボンゴの声。肩を強く揺すられて目が覚め、垂れそうになった涎《よだれ》を慌てて啜《すす》る。

視線の先にはぼんやりとした教室の光景。学生達は席から立ち、教室の外へと移動していく。

「やば、一日中寝てた……」

「山崎先生《やません》も最初の頃は起こそうとしてたんだけど、全然起きないから諦めてた。久しぶりに学校来たと思ったのに、一時間目から全部寝るとか、どんだけ疲れてんだよ」

笑われながらも席を立ち、ボンゴと外に向かっていく。

ボンゴは一点だけ間違ってはいて、優馬《ゆうま》はこの休学中、アンヴァリッドの中にはいた。しかし格納庫の中のクラインボトルに入りきりで、白亜《はくあ》のケツを追い続けていたのである。

昨日――ユークリッドと遭遇してからの白亜《はくあ》は、終始不機嫌そうだった。

気持ちはもちろん分かる。白亜《はくあ》は昨日、セルゲイを倒しにのみロンドンを訪れたのではない。

本当に彼が千歳《ちとせ》を狙っていたのか。そうだとしたら何故《なぜ》なのか。それを知ることこそ彼女の一番の目的だったのだ。それがユークリッドの介入によって有耶無耶《うやむや》になってしまった。

優馬《ゆうま》の修行の方は継続状態のため、一応最後はため息混じりの小さな笑顔で「また明日な」とは言ってくれたが……。

「優馬《ゆうま》先輩。ボンゴ先輩」

小梅《こうめ》と、そしてその隣を千歳《ちとせ》が歩いてくる。久しぶりに見た千歳《ちとせ》。彼女の方はというと、優《ゆう》馬《ま》を見た途端、頬を赤くして小さく手を振った。優馬《ゆうま》の背筋が今日初めてシャッキリとした。

四人で歩き出すと同時、ボンゴが優馬《ゆうま》に口を開いた。

「なあ優馬《ゆうま》、雨宮白亜《あまみやはくあ》に個人指導してもらってるって、本当なのか？」

「え？　あ、ああ。うん……」

「マジかすげえ……」

言ったボンゴは小梅《こうめ》と目を丸めて見つめ合った。

「ど、どんな方なんですか、白亜《はくあ》さん？」

小梅《こうめ》が優馬《ゆうま》と千歳《ちとせ》、交互にちらちらと見ながら言う。

「え、と……」

優馬《ゆうま》が千歳《ちとせ》を見ると、千歳《ちとせ》が悪戯《いたずら》っぽく微笑《ほほえ》んだ。優馬《ゆうま》に言わせたいらしい。

「まあなんと言うか……。やっぱり凄《すご》い人、かな。うん。やっぱり凄《すご》いよ」

全然まともな評価ではないが、素直なボンゴと小梅《こうめ》は「へぇ……」と感心して頷《うなず》いた。

雨宮白亜《あまみやはくあ》。しかし優馬《ゆうま》からすれば、やはり「凄《すご》い」以外の評価は難しい。

本人は、自身に才能はないと言っていた。が、優馬《ゆうま》から見れば、もちろん全くそんなことはない。ウィザードの本質、バレットコードの仕組みを追求し、自分用に「作ってしまった」というその才覚、正に唯一無二。それを使って戦うその戦闘能力も控えめに言って桁違い。

「けっこう、普通のお姉ちゃんな所もあるんですよ」

そう言う千歳《いもうと》もとんでも存在《キャラ》ではあるので、ボンゴと小梅《こうめ》は苦笑いを浮かべて返した。

りんかい線のボンゴと小梅《こうめ》と別れ、優馬《ゆうま》と千歳《ちとせ》はゆりかもめに乗り込んだ。今日は白亜《はくあ》と千歳《ちとせ》の二人に呼ばれ、優馬《ゆうま》は雨宮《あまみや》家でご飯を一緒にさせてもらうことになっていた。

夕方のこの時間、ゆりかもめの利用者は少なく、二人はシートに腰掛けた。

と、右側にいた千歳《ちとせ》が、おずおずそろそろ、と腕を絡《から》めてくる。記憶を取り戻すために、「かつてしていたこと」をなぞる計画は未《いま》だ進行中らしい。ふと、「クラッキング」という記憶喪失の真実を告げるべきかと思ったが、白亜《はくあ》がわざと言わないくらいだ。恐らくだけれど、千《ち》歳《とせ》を心配させないようにしているのだろう。そう理解して、優馬《ゆうま》もその点は口をつぐんだ。

千歳《ちとせ》は優馬《ゆうま》の方を見ず、少し俯《うつむ》いた視線で前を見て、その頬を朱色に染めている。

「ぜ、全然、連絡してくれなかったんですね……」

少し拗《す》ねたような声と視線に優馬《ゆうま》が驚く。

千歳《ちとせ》のことを見ると、優馬《ゆうま》からふいと視線を外した。

「ご、ごめん。集中してて……」

「お姉ちゃんと二人きりでしたしね」

……なんだろう。今日の千歳《ちとせ》は不機嫌……というか拗《す》ねているらしい。

もちろん、記憶を失う前の彼女がそうするなら分からないでもないのだけれど……。ただいずれにせよ、誠意をもって話をしなければ、と思う。

優馬《ゆうま》は、こちらの腕を摑《つか》んでいる千歳《ちとせ》の手を取り、そっと握った。

千歳《ちとせ》の肩がびくっ、と跳ね、鼻先まで赤くして優馬《ゆうま》のことを見てくる。

「千歳《ちとせ》、ごめん。彼氏としての自覚、足りなかったよね。ただ僕、早く強くなって、千歳《ちとせ》を守れるようになりたいんだ。千歳《ちとせ》のこと、本当に大事だから。それだけは、分かって欲しい」

「あ、う……」

みるみる赤くなった千歳《ちとせ》が、隠れるようにぎゅうっ、と腕に顔を押し当ててくる。

「ゆ、優馬《ゆうま》君、いつもそんなこと言っていたのですか……？　と、とても女たらしな印象です。よ、よくないと思います。が、がっかりです……」

今日もなぜか、言うほど失望されている感じはしなかった……と、千歳《ちとせ》が再び顔を上げる。

「あの……優馬《ゆうま》君、ごめんなさい。違うんです。そういうことが言いたいんじゃなくて……」

頷《うなず》いて返し、千歳《ちとせ》の言葉を静かに待った。

「私、ずっと不安で……。だって、優馬《ゆうま》君のいるのは戦場で……。本当は……そもそも戦いになんて行って欲しくないです。でも、優馬《ゆうま》君がそういう、大変な役を自分から請け負う人だというのは、もう理解しています。だから、これからは時々で良《い》いので、連絡、して欲しいです。今回も、心配でした、凄《すご》く……」

優馬《ゆうま》の胸が締め付けられ、千歳《ちとせ》の手を握り直した。しっかりと頷《うなず》いた。

「うん。分かった。ごめん千歳《ちとせ》。これからはちゃんとする。約束する」

千歳《ちとせ》はようやく少し安心した表情になり、優馬《ゆうま》の腕を抱き直すと、深く頷《うなず》いて返した。

二人は電車を乗り継ぎ、やがて千歳《ちとせ》の家の最寄りである麴町駅《こうじまちえき》にまでやってきた。さすがに家の近くでは恥ずかしいのか、千歳《ちとせ》と優馬《ゆうま》の腕組みは解かれている。

駅を出て、二人は暫《しばら》く靖国神社《やすくにじんじゃ》の方に歩いていく。

高級そうな高層マンション、大使館や外資系企業のビルといった綺麗《きれい》な建物を横目に見ながら進み、少ししたところで、時代錯誤のように大きな武家屋敷《やしき》風の家が見えた。

「わ。立派なお家《うち》だね」

思わず声が出た。

「……あ」

千歳《ちとせ》がなんと言えば良いのか分からない様子でソワソワして、照れたように小さく笑った。

「あそこが、私の実家です」

「マジか」

見た目は古い家だが、近づいて見ると、最新のセキュリティで守られているのが分かった。千歳《ちとせ》が光彩認証で家の鍵を解錠する。木製の巨大な門の隣に銀行の金庫のような分厚い金属製の扉があり、解錠と共にそちらの方が音もなく開いた。

東京《とうきょう》の都心では珍しい、池のある大きな庭を通り抜ける。北の一角に木造の大きな建物が見えた。何だろうと自然と見てしまう。千歳《ちとせ》がその視線に気付いた。

「あれは、道場です」

「え？　道場⁉」

道場って個人宅にあるものなのかと驚く。

「はい。ちょうどお姉ちゃんが稽古中だと思います。荷物を置いたら行ってみましょう」

頷《うなず》いて返し、千歳《ちとせ》の後に続いて家の中に入った。

檜《ひのき》だろうか。

家の中は早朝の森の中のような爽やかな香りがした。

入ってすぐ。玄関ホールには巨大なショーケースが置いてあって、メダルやプレートや盾がぎっしりと並んでいた。見える範囲ではその全てに「雨宮千歳《あまみやちとせ》」の名前が書かれている。

驚いて見つめている優馬《ゆうま》に気付き、千歳《ちとせ》が少しだけ頰を染め、困ったように眉を下げた。

「恥ずかしいので『飾らないで』って言っているのですが……。お姉ちゃんが、貰《もら》ったものはちゃんと飾れって。自分のものは、すぐに捨てるのに」

「え？　捨てるの？」

千歳《ちとせ》は苦笑しながら頷《うなず》いた。

ファイアウォール世代の第一位、本名「雨宮白亜《あまみやはくあ》」は、実技・座学、その全ての課程で世界最高の得点を記録し、その上で総合成績も世界一位となった、まさに化け物としか言いようのない人である。恐らくこれまでに獲得した表彰の数は、きっとこの夥《おびただ》しい量の千歳《ちとせ》のそれすら上回るに違いない。貰《もら》い過ぎて興味がなくなってしまったのだろうか……。

「姉は……」

言った途端、千歳《ちとせ》の顔がふっと柔らかな笑顔になった。

「本当に凄《すご》い人なんです。私にとっては、世界で一番の、お姉ちゃんです」

嬉《うれ》しそうに話す千歳《ちとせ》を見て理解する。

千歳《ちとせ》は、お姉さんのことが大好きなのだ。その言動から、それがひしひしと伝わってくる。

優馬《ゆうま》はふと、棚の左端、最上段にある、恐らくメダルを置くためのスタンドを見つけた。他の高級そうなものとは全く違う、やや不格好な折り紙製のもの。しかもスタンドだけがあって、メダル本体は見当たらない。ただ、それにだけは、恐らく子どもが書いたのだろうヨレヨレの字で、「あまみやはくあ」と記載されていた。

優馬《ゆうま》の視線に気付いた千歳《ちとせ》が微笑《ほほえ》みを浮かべ、少し懐《なつ》かしそうな表情をした。

「これは……私が小さい頃、お姉ちゃんにプレゼントしたものなんです。何故《なぜ》かこれだけは、こうして残してくれていて……。でも、ずっと昔のことですので、紙で作ったメダル本体の方は、もうどこかに行ってしまったみたいですが……」

少し寂しそうな笑顔でそう言うと、千歳《ちとせ》は靴を脱いで廊下に上がった。

その後に続き、優馬《ゆうま》も廊下に上がる。


カラリ。


左の引き戸が開き、優馬《ゆうま》と千歳《ちとせ》がそちらを向く。

「「……え？」」

「……んあ？」

一拍の間。

そこに、雨宮白亜《あまみやはくあ》が立っていた。丸く開いた瞳は千歳《ちとせ》と同じく深い青色。棒のアイスを口に咥《くわ》え、バサバサとタオルで髪を拭いている。腰まであるその長い髪の毛は、こちらもやはり千《ち》歳《とせ》のそれと同じ淡い銀色。水気を含み、その先端からポタポタと滴が垂れていた。

穿《は》いているのは、シームレスの白いパンティ。

——だけだった。

「お、おおお、お姉ちゃんっ⁉」

半裸と全裸の中間くらいの姿。肩から垂らしたタオルが胸にかかってはいるため、際《きわ》どい所は見えていないものの、とても人前に出て良い姿ではない。

初めて見るくらいに慌てている千歳《ちとせ》を尻目に、白亜《はくあ》はぱあっと笑顔になった。

「おー、ちと、お帰りー。優馬《ゆうま》もよく来たな」

カラカラと笑いながら手を振ると、それに合わせて白亜《はくあ》の胸元のペンダントが揺れる。——だけでなく、その胸もプルプルと揺れる。

思わず視線が行ってしまう。

「ゆ、優馬《ゆうま》君っ⁉　なっ、何見てるんですかっ！」

「い、いや、こっ、これは単なる条件反射のようなものでっ！」

千歳《ちとせ》に優馬《ゆうま》が詰められる中、白亜《はくあ》の笑い声だけが明るい。


玄関上がってすぐ左の和室。そこが雨宮《あまみや》家の仏間になっている。

十畳ほどの部屋。天井付近の長押《なげし》の所には、ご先祖様のものらしい何枚かの写真が飾ってある。比較的新しい、カラー写真の男女。それが千歳《ちとせ》のお父さんとお母さんだった。

線香に灯《とも》った炎を扇《あお》いで消すと、ふわりとお香の匂いが広がる。香炉に線香を立てて手を合わせ、優馬《ゆうま》は静かに目を瞑《つむ》った。

千歳《ちとせ》のお父さん。

優馬《ゆうま》の両親と同じ、あの『3・13東京臨海《とうきょうりんかい》エリア同時多発テロ事件』の犠牲者の一人。

どこか見覚えのあるその人は、当時の内閣官房長官でもあった雨宮隆顕《あまみやりゆうけん》氏。

史上最年少で官房長官になった雨宮《あまみや》氏は、国民からの広い人気と、次期総理の最有力候補でもあったことから、その死は当時テロそのものと同時に、世界的に広く報道されていた。

「ありがとうございます、優馬《ゆうま》君。父も、とても喜んでいると思います」

千歳《ちとせ》の声に振り向くと、エプロン姿で正座している彼女は目を細め、嬉《うれ》しそうに微笑《ほほえ》んだ。

「それでは、行きましょう」。そう言って立ち上がる千歳《ちとせ》に頷《うなず》き、後に続く。

ダイニングに続くドア、その前で千歳《ちとせ》はピタリと止まった。

「……千歳《ちとせ》？」

「ゆ、優馬《ゆうま》君……」

振り向いた千歳《ちとせ》は頬を赤くして、優馬《ゆうま》から視線を外していた。

「さ、さっき――お姉ちゃんの、む、胸を、見ていました」

ぎくり、とする優馬《ゆうま》のことを千歳《ちとせ》は一瞬だけ悲しそうな目で見て、再び下を向いた。

「こ、恋人がいるのに、と、とてもいけないことだと思います」

「うん。……ごめん」

千歳《ちとせ》の様子に心が痛み、反省して頭を下げる。千歳《ちとせ》は暫《しばら》く優馬《ゆうま》のことを見ていて――

「は、反省してくれているなら、大丈夫です。若い男性が、女性のむ、胸に興味を持ってしまうのも、理解はしているつもりです。でも……どうしても我慢ができなくなったら、ま、まずはちゃんと、恋人に相談するべきです」

「……え？」

優馬《ゆうま》が顔を上げると、千歳《ちとせ》が目を丸くしていて――その頬がどんどん赤くなっていく。

「え、と。それって……」

さ、と胸を隠すように腕を上げた。

「ち、ちちち、違います！　誤解です！　言葉のアヤです。わ、忘れてくださいっ！」

ダイニングのドアを開け、千歳《ちとせ》がキッチンに駆けていく。

先にダイニングテーブルについていた白亜《はくあ》が千歳《ちとせ》のダッシュにぽかんとした。

「な、何だ……？」

言いながらも優馬《ゆうま》に席を勧めてくれる。優馬《ゆうま》は一応、キッチンで調理を始めた千歳《ちとせ》に手伝いを申し出たが、大きな声でお断りされてしまった。白亜《はくあ》に礼を言って椅子に座る。

変な汗が大量に出ている。優馬《ゆうま》は深呼吸してから湯飲みを掴《つか》み、お茶を口に含んだ。

浴衣《ゆかた》姿の白亜《はくあ》が団扇《うちわ》をパタパタさせながら、優馬《ゆうま》と千歳《ちとせ》、真っ赤になっている二人を見る。

ニタリ、と笑った。

「なあ優馬《ゆうま》」

白亜《はくあ》が身を乗り出してきて、ちょいちょい、と手招きした。悪戯《いたずら》っぽく口に手を添える彼女に合わせて耳を差し出す。

「今日の千歳《ちとせ》な――黒のすけすけレースのTバックだぞ」

ぶ、ほっ！

「ゆ、優馬《ゆうま》君⁉　大丈夫ですか？」

驚いた千歳《ちとせ》がキッチンから駆けてくる。緊急事態が先ほどのことを千歳《ちとせ》の頭から追い出してくれたのか、タオルを使って優しく口元を拭ってくれる。

「ご、ごめん大丈夫。ちょっとむせちゃって……」

「もう……。慌てたりしたら駄目ですよ？　ゆっくりしてくださいね」

千歳《ちとせ》が小さく苦笑して、再びキッチンへと戻っていった。

良かった……。大分《だいぶ》いつもの千歳《ちとせ》に戻っている……。そう思う一方――優馬《ゆうま》の目線は、ひらひら舞うスカートに包まれた、千歳《ちとせ》の丸いヒップに向いてしまいそうになる。

戒めを込めて、太腿《ふともも》を強く抓《つね》った。

いやしかしそもそも、である。――あの千歳《ちとせ》がそんな扇情的な下着など着けるだろうか？

……否。断じて否。そんなことはあり得ない。

白亜《はくあ》を見ると、さも可笑《おか》しそうにクックツと笑っていて、ようやく揶揄《からか》われたのだと気付く。

若干の不満を視線に込めると、白亜《はくあ》が胸の前に片手を上げて詫《わ》びを入れた。

再びちょいちょいと優馬《ゆうま》を呼ぶ。

「一応言っとくけど——ブラもセットだから」

ぶほっ！

「優馬《ゆうま》君っ⁉」

千歳《ちとせ》が再び駆けてくる。


千歳《ちとせ》の手の込んだ美味《おい》しい夕飯を頂き、予定にはなかったお風呂《ふろ》まで頂いてから優馬《ゆうま》が帰り支度を始めたその時、リビングのソファに横になっていた白亜《はくあ》に、千歳《ちとせ》が声をかけた。

「お姉ちゃん。あの……優馬《ゆうま》君を、道場の地下に案内してあげた方が良《い》いかな、って」

「ん？　ああ、確かに確かに。優馬《ゆうま》、明日からは有明《ありあけ》じゃなくて、この家で特訓するから」

「え？　は、はい」

イマイチ良く分からないが、恐らくその「道場の地下」に何かあるのだろう。優馬《ゆうま》はにっ、と笑う白亜《はくあ》に頷《うなず》き、千歳《ちとせ》の後に続いて家を出た。

庭にある立派な道場。

引き戸を開けて入ると、中は板張りの剣道場になっていた。シンと静まり返った暗闇。緊張感と集中力が高まるのを感じた。

ふと、千歳《ちとせ》が先ほどからずっと無言であることに気付く。声をかけようとして——躊躇《ちゆうちよ》した。千歳《ちとせ》の横顔には微《かす》かに——しかしはっきりと、不穏な陰が滲《にじ》んでいた。その時、
パチリ、と千歳《ちとせ》が電気をつける。光が陰を塗り潰した。

「こちらです。優馬《ゆうま》君」

「あ、う、うん……」

千歳《ちとせ》の示す先、道場の左奥に扉があって、そこを開けると下に続く階段になっていた。木製の踏み板を、一歩一歩下りていく。恐らく地下二階くらいの位置。目の前の扉が、急にそれまでの木造の設《しつら》えから、まるで核シェルターのような白い金属製のものに変わる。

千歳《ちとせ》がロックを解除して扉を開いた。

想像していなかった眩《まぶ》しさに、優馬《ゆうま》は目の前に右手をかざす。

真っ白な、十畳くらいの空間。

その中心に——二台のクラインボトルが存在していた。

普段優馬《ゆうま》達の使用しているものとは形状が違う。卵のような姿ではなく、飲料缶を斜めに倒したような形をしている。資料で見たことだけのある、最も初期のタイプのボトルだった。

優馬《ゆうま》は——小さな目眩《めまい》を感じた。

なぜかこの光景に——見覚えがあるような気がした。

「優馬《ゆうま》君?」

呼ばれてはっとする。

「ご、ごめん。ちょっと眩《まぶ》しくて……」

「あ、すみません……。先に言っておけば良かったですね」

眉尻を下げた千歳《ちとせ》に、微笑《ほほえ》みながら首を横に振る。

しかし改めて驚く。まさか個人宅にクラインボトルがあるとは。さすがは世界一位のいる家ということだろうか。

初めて見る旧式のボトルが気になって、その周囲をウロウロとしていると、

「優馬《ゆうま》君」

呼ばれて振り向くと、千歳《ちとせ》は眉尻を下げて唇を引き結び、切実な表情になっていた。

「……千歳《ちとせ》?」

「あの……優馬《ゆうま》君は、お姉ちゃんから何か聞いているでしょうか? このボトルのこと」

「え? い、いや。『ある』っていうのも、今日知ったけど……」

千歳《ちとせ》は目を逸《そ》らし、何度か唇を噛《か》んでから、ようやく口を開いた。

「このボトルは多分、お姉ちゃんのために用意されたものです」

それは……そうなのだろう。優馬《ゆうま》は頷《うなず》く。

「でもこのボトルは旧式の――つまりは、『あの戦争』の前に作られたものです」

「ん？　うん。……あ。え？」

優馬《ゆうま》もようやく違和感に気付いた。

千歳《ちとせ》が不安でいっぱいの目で優馬《ゆうま》のことを見る。

「つまり、お姉ちゃんは、ずっと前から戦っていたということなんじゃないでしょうか？　もしかしたら『ファイアウォール』の本当の姿も、知っていたんじゃないでしょうか？」

優馬《ゆうま》の目が大きく広がる。それはつまり……

「私達が、本物の戦争に送り込まれることも、知っていたんじゃないでしょうか？」


……それから一週間。

優馬《ゆうま》は今度は、雨宮《あまみや》家のボトルにほぼ入りっぱなしで、白亜《はくあ》に修行をつけ続けてもらった。

白亜《はくあ》はずっと変わらずいつもの明るい彼女のままだった。

真実を知っていたのか？　──聞きたくて、でも聞くことはできなかった。

そんな疑問が浮かんでこなくなれば良いと思い、優馬《ゆうま》は一層修行に明け暮れた。


ある夜のこと。

クラインフィールド内の砂浜で、疲れ切って寝ていた優馬《ゆうま》はふと目を覚ました。

満月が明るい。

昼間のよう、とまではいかないが、ずっと遠くまでくっきりと見える。波の頂点が光を受けてキラキラと輝き、海が動いているのが良く分かった。

陸の方に視線を向ける。焚《た》き火《び》の炎とランタンの光がオレンジ色に輝いている。テントの隣にハンモックが設置されていて、そこに寝そべった白亜《はくあ》が本を読んでいた。

「師匠」

近付いていって声をかけると、白亜《はくあ》が本から顔を上げ、優馬《ゆうま》に向けて微笑《ほほえ》んだ。

「起きたか。朝まで寝ているかと思った」

苦笑いする優馬《ゆうま》が焚《た》き火《び》の側《そば》の流木に腰をかける。

白亜《はくあ》もハンモックから降りようとして、
ポトリ。その胸の辺りから、何かが砂の上に落ちた。

白亜《はくあ》が指を伸ばした先にあったもの、それは——紙製の、掌《てのひら》よりも少し小さいくらいのメダルだった。それに幼児が書いたのだろう「あまみやはくあ」の名前を見た瞬間。優馬《ゆうま》がハッとして息を呑《の》んだ。唐突に、雨宮《あまみや》家の玄関にあった、空のメダルスタンドのことを思い出した。

白亜《はくあ》は砂を払ってから上着の胸ポケットの中にそのメダルを丁寧にしまうと、折り畳みの座椅子に座った。二人で焚《た》き火《び》を囲んだ。

「飲むか？　味噌汁《みそしる》だ」

「え？　あ、ああ……ありがとうございます。頂きます」

白亜《はくあ》からカップを受け取る。

慣れ親しんだ味噌《みそ》の香りがして、口に入れると身体《からだ》に染《し》み込むように美味《おい》しかった。

先ほどのメダルが気になって、白亜《はくあ》の胸ポケットをついついチラ見してしまう。

「おい優馬《ゆうま》」

ギクリとして背筋が伸びる。白亜《はくあ》がジロリと優馬《ゆうま》を見る。

「また千歳《ちとせ》に怒られるぞ？　他の女の胸なんて見てると」

「ちち違いますよ誤解です！　師匠がさっき、ポケットの中に……何か、入れたので……」

「ああ……」

白亜《はくあ》は頷《うなず》くと胸ポケットの中に手を入れて――そのままの姿勢で暫《しばら》く停止した。「んー」と唸《うな》り、暫《しばら》く迷った後、初めて見せる照れ笑いを浮かべながら、優馬《ゆうま》に取り出したそれを見せた。

ピンクと白の折り紙で作られたメダル。やはり中央に、彼女の名前が書かれていた。

「昔な、千歳《ちとせ》がくれたんだ。誕生日のプレゼントに」

言うとそれをポケットに戻し、小さく、寂しそうに笑った。

「私の宝物だ」

「師匠……」

白亜《はくあ》は足元から細い流木を取り上げ、焚《た》き火《び》の中にくべた。

青い瞳が、ぼんやりと炎を映している。

「千歳《ちとせ》は、私にとって一番大事な存在だ。唯一の家族だ。あの子のためなら、私は喜んで命も差し出せる……」

白亜《はくあ》が顔を上げ、優馬《ゆうま》のことを見る。

「聞きたいことがあるのだろう?」

びくり、と優馬《ゆうま》の肩が跳ね、それを見た白亜《はくあ》が優馬《ゆうま》に微笑《ほほえ》んだ。

「いや、言い方がずるいな。本当は、ずっと話したいことがあったんだ、私の方に。だから家の格納庫を——旧式のボトルを見せて、使わせた。優馬《ゆうま》——私は、『あの戦争』が始まる前から、『ファイアウォール』の本当の姿を知っていた」

想像していたよりも……ずっと、ショックだった。

白亜《はくあ》のことを尊敬していた。信頼していた。

そして「その事実」は、自分達への——共に戦った全ての仲間達への、可能な限り、最大の裏切りだった。

「なん、で……」

黙っていたのか。公表してくれなかったのか。

してくれていれば——多くの仲間が、死なずに済んだかもしれないのに。

「千歳《ちとせ》のためだ」

「……え?」

「交換条件があった。千歳《ちとせ》のことを、戦争に参加させないと。私が黙っていて、そして私が戦場で死力を尽くすなら、千歳《ちとせ》は、戦争に参加させないと」

白亜《はくあ》が奥歯を噛《か》み締《し》め、ギリと音が鳴った。

「結局、約束は破られて、千歳《ちとせ》は、戦争に参加させられた。私は、妹を守るためだけに一億人に近い人間を裏切り、そしてどうしても守りたかった妹さえ守れなかった。本物の道化だ」

白亜《はくあ》が胸元のロケットペンダントを握った。

いつもしているアクセサリー。あの中にはやはり——千歳《ちとせ》の写真が入っているのだろうか。

白亜《はくあ》が静かに息を吐く。

「だから私にとって、命をかけて世界の人を守ることは、課せられた当然の義務だ。贖罪《しょくざい》であり、むしろ刑罰に近い。ただ、そんな私にも、どうしても欲しいと、ずっと待ち続けてきたモノがあった。——よく聞くだろ？　死刑囚にも、最後の食事にはアイスが出るって」

優馬《ゆうま》が白亜《はくあ》を見る。何の話か分からず戸惑う。

顔を上げた白亜《はくあ》が小さく微笑《ほほえ》んだ。

「私は実は、もう長くない」

酸素が消えた。

「……え？」

「言ったろう？　私には才能がない。自分で作った自分用のバレットコードでさえ、私の才能で扱うには負担が大きい。もうリアルの方の身体《からだ》は――つまり脳は、正直言ってボロボロだ。あ。安心しろ優馬《ゆうま》。お前には本当は、十分な素質があるから大丈夫だ。なんせ最高適性のトリプルナインだしな。直《じき》にお前自身のバレットコードも生まれてくることだろう」

「そ……そんなことっ、どうだって良《い》いですよっ！」

思わず白亜《はくあ》に詰め寄った。

「長くないって……。そ、そんな。う、嘘《うそ》ですよね？」

「いや、もう既に、幾つかの神経系は失われて再生も無理らしい。戦いの頻度にもよるだろうが、楽観的に見積もっても、あと一年もしないうちに廃人だそうだ」

「嘘《うそ》……」

頭が真っ白になって……でもすぐに思いつく。

「なら、もうすぐに止めなきゃ！　何考えてんですかっ⁉　もう、戦っちゃだめだ！」

ふ、と小さく笑った。

「私はこう見えても、今の世界をまあまあ嫌いじゃない人間の中では、世界で一番強い。どうしても失敗の許されない戦場には、やっぱり私が行かなきゃならない」

「でもっ……」

「千歳《ちとせ》は……」

唐突にその名を出され、優馬《ゆうま》の喉が詰まった。

「あの子はもうすぐ、一人で生きていかなきゃならなくなる」

優馬《ゆうま》の目が見開き、涙が出そうになって、唇を強く噛《か》み締《し》めた。

「だから……お前が現れてくれて良かった。お前は、私の、唯一の希望だ」

優馬《ゆうま》が白亜《はくあ》を見る。何を言われているのか分からない。

「私にとっての最後の希望。それは、私の後継者だ」

「だ、駄目だっ！」

思わず詰め寄った。

「駄目です師匠！　僕に時間を使っている暇なんてない！　もっと強い人に、才能のある人に時間を使わないと！　それに……そしたらもう、引退できるんでしょう？　一体何してるんですか、ここ最近の訓練はっ⁉　全部無駄です！　全部無駄だ！」

「私が後継者に求めているのは、才能とか実力だけじゃない。もっと大事なことがある」

訳が分からず、優馬《ゆうま》が眉を寄せる。

「私が求めている人。それは――」

「千歳《ちとせ》のことを、守ってくれる人だ。何よりも愛してくれる人だ」

『後継者』

その意味を、取り違えていたことに気付いた。

白亜《はくあ》が求めているもの。それは、世界を守れる、強い戦士ではない。

それは、彼女の妹にとって、彼女の代わりとなる——家族だった。

「最初はお前のこと、疑ってたんだけどな……」

懐《なつ》かしむように言って笑った。

「でも、お前と長い時間一緒にいて、お前が『バカ』の付く真面目な奴《やつ》だって分かった。三人での時間も過ごして——お前が千歳《ちとせ》のことを愛してるって、大切にしてるって、それもちゃんと分かった。今ではお前のこと信頼してる。勝手だけど、もう義弟《おとうと》みたいに思ってるよ」

優馬《ゆうま》は必死に唇を噛《か》んだ。血が溢《あふ》れてきても更に噛《か》んだ。それでも……溢《あふ》れる涙は止まらなかった。

白亜《はくあ》がゆっくりと息を吐き、自嘲するように笑った。

「出来の悪い姉だった。一億人を裏切り、大切な妹一人、守ってあげられなかった」

優馬《ゆうま》が全力で首を横に振った。

「そんなことない。師匠は、千歳《ちとせ》にとって大事なお姉さんです。唯一の家族です。それに……勝手に、自分のこと、過去の人みたいに言わないでください」

白亜《はくあ》が、今度は優しく微笑《ほほえ》んだ。

「——千歳《ちとせ》はさ。本当に良い子なんだ」

「……はい」

「優馬《ゆうま》──」

月の光を湛《たた》えた白亜《はくあ》の瞳は、まるで泣いているかのように潤んでいた。

「千歳《ちとせ》が……『千歳《ちとせ》』でいる限り、あの子のことを、愛してくれるか？　守ってくれるか？　大事に、してくれるか？」

「……師匠？」

白亜《はくあ》の瞳は切迫していて──それ以上、問いを返すことは難しかった。でも──

答えは、最初から決まっている。

「はい。もちろんです。千歳《ちとせ》は自分にとって、一番、大切な人です」

暫《しばら》く優馬《ゆうま》のことを見ていた白亜《はくあ》は、やがて満足そうに頷《うなず》いた。

「ありがとう、優馬《ゆうま》」

月の光に照らされる中、二人はそれ以降、いつまでも無言で燃える火を見つめ続けた。

優馬《ゆうま》の胸の中に、同じように静かな、しかし高温の炎が灯《とも》った。

強くなるだけではもう足らない。

それでは「後継者」の意味をなさない。

その夜から、優馬《ゆうま》の目指す先は世界最強の頂《いただき》。雨宮白亜《あまみやはくあ》の立つ、その場所になった。

——僕の思い出。

最近僕には秘密ができた。

正確には、僕に秘密があるのではなく、お父さんとお母さんに秘密があって、僕はそれを知ってしまったということなのだけれど、二人の秘密なんて初めてのことだったから、僕はそれに気付いたことを知られない方が良《い》いと思う。だからやっぱりこれは、僕の秘密なのだ。

きっかけは、保育園で聞いた話だった。

「サンタクロースは、本当はお父さん」

その子の家は、地下が倉庫になっていて、普段子どもはそこに近づかない。そしてある日の夜、ふいにトイレに起きた際。その中に、両親がプレゼントを持って入るのを見たというのだ。

バカバカしいと思った。——が、気にならないといったら嘘《うそ》だ。

その日から、僕は両親が不穏な動きをしないか、夜更《よふ》かしして監視することにした。

僕は暫《しばら》くの間——、普通に寝落ちした。そのうち諦めて、そんな話自体忘れていた。

……ある日の夜。

僕は寒気を感じて、布団《ふとん》の中で目を覚ました。そして同時に驚いた。

僕の隣で寝ていたはずの両親がいなくなっていたのだ。

「お母さん……？」

まさか……。そう思って布団《ふとん》から出る。

尿意なんて、既にどこかに吹っ飛んでいた。

僕は暗い家の中をそろそろと歩く。誰もいない。急に不安になってくる。二人はいったいどこに行ってしまったのだろう。もうすでにサンタの話なんて忘れていた。

ふと、お母さんの匂いがして、僕はその香りを辿《たど》ってみる。

二階建ての階段の下は、お父さんとお母さんの書庫になっていて、その扉にある隙間から、微かな風と共に香りがやってきているようだった。

そっと扉を開ける。

いつもの書庫――ではなかった。本棚と本棚の間に、僕の腕ほどの隙間ができていて、そこから明かりが漏れていて、やはりそこから風が来ていた。

隙間は、驚くほど簡単に広がって、そしてその先に、地下へと続く白い階段があった。

――地下室。本当にあった。

僕は、吸い込まれるように下へと降りていく。

階段の一番下にまできて、壁から中をそっと覗《のぞ》き込《こ》む。

真っ白な部屋の中、
最初に目に入ったのは、とても大きな空き缶のような形をした、白い機械だった。

六 ―― 人に近付き過ぎた機械

TOWA

▼
BULLET
CODE
FIREWALL

煌《きらめ》く太陽の光の中、海パンにラッシュガードの優馬《ゆうま》は両足を海の中に浸《つ》けている。目の間には小型バスほどの巨大な岩礁。その上では水着姿の白亜《はくあ》が胡座《あぐら》をかき、優馬《ゆうま》のことを見下ろしていた。

優馬《ゆうま》が両手を合わせる。パン、という鋭い音と共に意識が切り替わる。

右脚を上げ、再び海水を、その先の砂地を踏み込む。震脚《しんきゃく》。

ズシンという衝撃が身体《からだ》を刺激する。それを契機に、身体《からだ》の周囲を白いオーラが纏《まと》っていく。

「始型《しけい》・蕾嚆陣《らいこうじん》」

合わせた手を、指先同士の接触だけ残して徐々に開いていく。

力を蓄えた「蕾《つぼみ》」のイメージ。それを意識しながら周囲を舞う強いエネルギーを意識する。

「よし、撃て！　優馬《ゆうま》！」

「破アアアッッ！！！」

白亜《はくあ》の号令とともに、思いきり右の拳を突き出す。

拳が岩に触れた瞬間、物理的な「岩」ではなくその先——「岩を存在させている情報《なにか》」を撃ち抜けた感覚がした。大岩はまるでダイナマイトでも使ったかのように内部から爆発し、小さな石と砂に変わって、次々と波の中に落ちていった。

「よしＯＫ！　良くやった。やるな。想像以上だ」

パシャリとすぐ近くに降り立った白亜《はくあ》が親指を立てて白い歯を見せる。

「あの……ありがとうございます」

照れて上手《うま》く返事が出来ないが、本当は凄《すご》く嬉《うれ》しい。あの「白亜《はくあ》」が——つまりは世界で一番の『ウィザード』が、自分を褒めてくれている。嬉《うれ》しくない訳がなかった。

「そろそろコレ、やめた方が良《い》いかもな」

白亜《はくあ》が言って、手を合わせる動作と踏み込みの動作をする。

「どっちも私が気合を入れるためめっつーか、能力発動の条件付けでやってるだけだからな。正直そんなことやるウィザードなんて他にいない。大きなスキになるしな」

優馬《ゆうま》はしかし首を横に振った。

「いえ、自分、これやりたいです。少しだけど、師匠に近付けるんじゃないかって気がするんで……。師匠は自分にとって、一番の目標ですから」

「お、おう。そうか……」

珍しく少し赤くなって、白亜《はくあ》がその頬をポリポリとかいた。

「ん。んー。優馬《ゆうま》、そうだな。そろそろ、最終試験に行ってみるか」

「えっ？」

「ん？　忘れたか？　ほら、これだよこれ」

言って白亜《はくあ》はゴソゴソとビーチボールを取り出し、ぷーっ、と息を吐いて膨らませた。

そういえばそうだった。

そして今なら「なぜビーチバレーなのか」、何となくだが理解できる気がする。

足元の悪い砂浜、刻一刻と変わる戦況に要求される素早い判断、そして速さと正確性を求められるオーラ操作。そういった様々な要素が高い水準で要求されるからだ。

「はい。最終試験、お願いしたいです」

「お、そうか！　うん。その意気やよし。頑張れよ」

「はい！」

「おお。優馬《ゆうま》……なんか最近、気合入ってるな」

もちろん。これ以上ないいくらいギンギンに入っていた。

無理をして戦い続けている白亜《はくあ》。その話を聞いて、気合が入らずにはいられない。

とにかく早く強くなって、彼女の負担を減らしたい。

明確な目標ができたことで、優馬《ゆうま》の集中力はこの修行期間中過去最高レベルで高まっていた。

「じゃ、準備してくるから。ちょっと待っててな」

白亜《はくあ》はそう言うと、「シュワッ！」と一声ログアウトしていった。

一人になって暇になる。暇になったら修行をする。もはやそれが自然になっていた。

柏手《かしわで》。震脚《しんきゃく》。蕾嚆陣《らいこうじん》。

機械になったかのようにその動きを繰り返す。のだが、実はかなり大変な作業である。

発生させたオーラを、きちんとコントロールして量を調整する。最初の頃は一度の蕾嚆陣《らいこうじん》で
さえまともに出来なかったのだ。慣れてきた今であっても繰り返していると、まるで縄跳びで
三重跳びでも続けている時のようなジリジリとした疲れが襲ってくる。

「ぶはっ！」

やがて限界が来て、優馬《ゆうま》は波打《なみう》ち際《ぎわ》にバシャリと仰向けに倒れた。

視線の先には燃えているかのような橙色《だいだいいろ》の空。

いつの間にか夕方になっていたらしい。自分の集中度合いに笑ってしまう。

体の周囲を、さらさらと波が流れていく。何だかくすぐったくて、優馬《ゆうま》は小さく首を竦《すく》めた。

「わー綺麗《きれい》ー！　海だよー！」

突然の女の子の声に驚いて跳ね起きる。

島の中央、木立の中から、水色のワンピース水着の女の子が、トトトト、と走り出て来た。

「は？　え？」

「こらシックス！　いけませんわ！　そんなに急いだら転びますわよ！」

続いて黄色と白のツートンカラーのビキニの女の子が走り出て来た。

二人とも銀髪。そして——何故《なぜ》か二人とも目隠しで目を覆っている。

後から来た子の方が年上な印象だが、よくよく見ると、その体付きは驚くほどそっくりである。というより正に瓜二つ《うりふた》。二人で「きゃっきゃ」と砂浜を走っていて、その平和な光景に、優馬《ゆうま》の警戒心はどこかに旅立ってしまった。

「おーおー。二人ともはしゃいじゃって」

白亜《はくあ》が出て来た。

「師匠！」

「お、優馬《ゆうま》待たせたな」

その白亜《はくあ》の後ろから、先の二人と同じような——いや、細かな違いを除けば、やはり全く同じに見える二人の女性が現れた。

赤いビキニの女性が目隠し越しに優馬《ゆうま》のことを見る。

「ん？　彼が優馬《ゆうま》君かい？　何だか随分と優男《やさおとこ》だね。大丈夫かな」

「見た目での評価など意味のないことです。白亜《はくあ》が選んだのなら、間違いないのです」

淡いグリーンのワンピース水着の女の子。

そして——

「わあ。綺麗《きれい》な海……」

最後に、白いビキニの女性が現れた。

一人だけ麦わら帽子を被《かぶ》り、白色のラッシュガードを羽織っている。他の四人と同様、やはり銀髪に目隠し。しかし一人だけ、明らかに体付きが大人っぽい。

「え、と……」

訳が分からず茫然《ぼうぜん》とする優馬《ゆうま》に向けて、白亜《はくあ》がニカッと笑って見せた。

「待たせたな優馬《ゆうま》。こいつらは最終試験を手伝ってくれる面々だ。聞いたことくらいあるだろう？　SAFoT《サフォート》。その中でも最強の、スコードロン3《スリー》のメンバーだ」

それは初めて優馬《ゆうま》が対面する、この戦争の中心にいる存在。

ＴＯＷＡだった。


一時間後。

「ねえねえねえお兄ちゃん！　見て見て見て見て！　この水鉄砲、ガトリングなんだよー」

ズバババババ！

見る前に大量の水が飛んでくる。

「あっ！　ちょ、ちょっと！　痛い！　けっこう痛い！」

「シックス、何やっているのです？　優馬《ゆうま》は私と砂のお城を作っているのです。邪魔して欲しくないのです。あっち行けです」

「いやいやいや。僕、ヘソから下が浜に埋まってるんだけど。本当にお城作ってるの？　これ本当にお城なの？」

「そんなことより優馬《ゆうま》様。私への忠誠を示すため、あのヤシの実をとって来てジュースにして下さいまし」

「え？　ちゅ、中世？」

「優馬《ゆうま》君、君の乳首、ピンク色で綺麗《きれい》だね。ほら、女の子みたいだ」

つねり。

「痛いわっ⁉」

優馬《ゆうま》は——、生まれて初めてのモテ期（？）の最中にいた。両手に花というか、左右から引っ張られまくるので腕が引きちぎれそうである。

最初は何のことか分からなかったのだが、彼女達が時折呼び合う「シックス」「ナイン」と言った番号は、彼女達のシリアルナンバーであり愛称のようなものらしい。

56：シックス。「〜だよー」。子ども？　57：セブン。「〜のです」。委員長？

58：エイト。「〜だね」。王子様？　59：ナイン。「〜ですの」。お嬢様？

といった感じだ。

しかし……聞いてはいたが、「ＴＯＷＡシリーズ」、驚くほど機械っぽさがない。先日見たユークリッド以上だと思う。本当にいわゆる「ヒューマノイド」なのだろうかと疑ってしまう。

目元を目隠しで覆っているため、表情が分かりにくい所はあるが、その動作、感情表現、完全に人間にしか見えないし思えない。このたった一時間の間に、彼女たちと触れ合う前の認識は大きく変わってしまっていた。

もう一人の、白いビキニのTOWAは、何故《なぜ》か「アン」と呼ばれている。白亜《はくあ》と一緒に遠くにいて、まだ一度も喋《しゃべ》っていないが、彼女だけやや姿形が異なっている。

TOWAシリーズは元々、開発者である佐藤菖蒲《さとうあやめ》がその亡《な》くなった娘をモデルとして作った経緯から、全てが同じ姿をしているはずなのだが、極めて珍しいパターンとして、特別注文に応じた「ワンオフ」と呼ばれるものがいるらしい。おそらく彼女はそれに該当するのだろう。

「はいはいはい！　全員集合ー！」

白亜《はくあ》がパンパンと手を叩《たた》きながら言うと、優馬《ゆうま》に群がっていた四人は優馬《ゆうま》を残してスタコラと走り去っていった。何だか保育園に実習にでも来たかのような気持ちになる。とりあえず砂からズボリと抜けて皆の後に続く。

「はい。じゃあくじ引きでーす。チーム分けしまーす！」

白亜《はくあ》が手の中に紙くじを握り、全員に引かせる。

優馬《ゆうま》も引くと、くじの端っこには「1」の記載があった。

「え、と。1、です……」

「あ……」

小さく声を上げたのはアンで、優馬《ゆうま》の方に向くと、小さく微笑《ほほえ》んだ。

「私も1です。宜《よろ》しくお願いしますね。優馬《ゆうま》さん」

ドキ、と心臓が跳ね、慌てて優馬《ゆうま》は下を向いた。

「は、はい。宜《よろ》しく、お願いします……」

何だろう。他の子たちと違って大人びた雰囲気のせいか、はたまた最近女性といえば野獣のような雨宮白亜《あまみやはくあ》しか見ていなかったせいか、たおやかな印象の彼女を見るとドキドキしてしまう。いや、まあ、彼女は機械なのだけれど……。

「おーい。準備できたかー！　はい。ビーチバレー大会開始でーす！」

先ほどから引率の先生のような白亜《はくあ》を見る。

どうも白亜《はくあ》はＴＯＷＡを混《ま》じえたチーム戦を行うつもりらしい。そういえば確かにビーチバレーというのは二対二で行うものである。もとよりタイマンするつもりではなかったようだ。

「じゃあまずはシックス・セブン組対アン・優馬《ゆうま》組」

「お兄ちゃんぶっ飛ばすよー！」

「容赦はしないのです優馬《ゆうま》。せいぜい無様に這《は》いつくばるのです」

酷《ひど》い……。さっきあんなに遊んであげたのに。

優馬《ゆうま》の隣でアンが緩く握った手を口元に置き、くすくすと小さく笑った。

「優馬《ゆうま》さん凄《すご》いですね。あの子達があんなに早く心を許す人なんて、私、初めて見ました」

「え？　そ、そうでしょうか……」

照れ臭くて頭をかきながら下を向く。

「でも優馬《ゆうま》さん、油断はしないでくださいね。あの子達ああ見えても、凄《すご》く強いんですよ」

「え？」

言うとアンは優馬《ゆうま》から少し距離を取って腰を落とした。

「行っくよー！」

コートの反対側でシックスが言う。

慌てて優馬《ゆうま》も前を向く。しかしあんな様子のシックスがちゃんとサービスなんて打てるのだろうか。首を傾《かし》げながら腰を下ろして迎撃態勢をとった。その時、
ゆらり……

シックスの身体《からだ》の周囲に、黄色——ではない。光り輝く金色のオーラが舞った。

その瞬間。優馬《ゆうま》の本能が最大限の警告音を発した。

そう。何を忘れていたのだ。これは、最終試験。白亜《はくあ》がこの砂浜に来たその日に見せたサービスを思い出す。あの時白亜《はくあ》は、ビーチボールで、巨大な岩礁を破壊した。

パン！

考えた訳ではない。優馬《ゆうま》は反射的に両の手を合わせた。

すかさず震脚《しんきゃく》。

「プライムオーダー・バレットコード！」

身体《からだ》の内部に電流が走る。意識が突然クリアになる。

一瞬にして戦闘態勢に移行し――、
ド、ウッ！
まさにそのタイミングで、シックスがビーチボールを撃った。

空気が切り裂かれ、空間が押し潰され、ビーチボールが炎に包まれる。

身体《からだ》が動かない。違う。認識のスピードに身体《からだ》が付いていかない。球速が速すぎる。

気付けば火球は目と鼻の先。

「はっ！」

ズバッ！、とアンがビーチを切り裂くようなスピードで移動し、優馬《ゆうま》の目の前にまで迫っていたボールを片手でレシーブした。

ボールはしかし、相手のコートを僅かに外れ、審判席にいた白亜《はくあ》の腕にちょうど収まった。

「はい。シックス・セブン組、1点ー」

それを聞いたシックスとセブンがきゃっきゃ、とはしゃいでいる。

優馬《ゆうま》は呆然《ぼうぜん》としたまま、滴《したた》るほどに流れる脂汗を拭った。

「大丈夫ですか？　優馬《ゆうま》さん」

問われてハッとする。思わずぶんぶんと首を振った。

「は、はい！　すみません、サポートして頂いてしまって……」

アンがふるふると首を振る。

「無理、されていないですか？　まだ難しければ……」

「いえ、大丈夫です！　少し驚いただけです。もう一度お願いします！」

「はい。それなら……」

心配そうにしながらアンが元の位置に戻る。

大……丈夫、の、はずだ。先ほどの一発目は油断していた。次は、必ず自分が返す。

優馬《ゆうま》の視線の先、シックスが再びボールを上げ、サーブを放つ。

白亜《はくあ》のものに見劣りしない砲撃のような一撃が来る。が、優馬《ゆうま》は今度は完璧に集中していて、ボールをレシーブ――

メグシャ！

「ぐっ⁉」

生身の状態でバットで殴られても、ここまで痛むことはないと思う。

一撃で骨を砕かれた腕は使い物にならなくなり、ボールはほとんど宙に浮くことなく、砂浜にポテリと落下した。あまりの痛みに呻《うめ》き声をあげ、優馬《ゆうま》は砂浜に膝をついた。

「ストップ！　ストップ！」

アンが手を振り、審判である白亜《はくあ》に受理される。

優馬《ゆうま》の初陣《ういじん》は、それにて敗退となった。


「お、お兄ちゃん、ごめんなさいなんだよ……」

椰子《やし》の木の根本に座る優馬《ゆうま》の前で、シックスがベソをかきながら謝っている。

先ほどまで気絶していた優馬《ゆうま》だが、数時間の休憩を経て、怪我《けが》はほとんど治っていた。「強化」の系統は自己治癒能力に優れている。今日までしっかりと修行した成果は現れていて、基礎的な回復能力は自分でも驚くほどのレベルになっていた。完治もそう遠くないだろう。

「いや、大丈夫だよ。ごめんね。逆に心配かけちゃって」

「うっ、うぅ……。本当にごめんなさい。まさかお兄ちゃんが、あんなに弱いなんて知らなかったんだよ……」

ぐさっ！

「本当に申し訳ないのです優馬《ゆうま》……。あの程度のサーブが受けられないほど弱々《よわよわ》だったなんて、私達、全く想像していなかったのです……」

「ご、ごめん、本当に腕はもう大丈夫だから。それより心が……心へのダメージが深刻になってるから……」

「優馬《ゆうま》君。ほら、回復にはやはり食事が必要だ。僕の焼いたステーキを食べてくれ」

「もぐング⁉　熱っつ⁉」

エイトが焼き立てのバーベキュー串を口の中に突っ込んできて、あまりの熱さに顔を顰《しか》める。

「まあ、エイトったら本当に野蛮ですこと。はい優馬《ゆうま》様、私のとってきた椰子《やし》の実のジュースをお飲みになって？」

差し出されたストローが最初鼻の穴に入り、優馬《ゆうま》が「ふがっ⁉」と悲鳴を上げる。しかしストローを咥《くわ》え直すと、あっさりとした果汁が口の中に入ってきた。火傷《やけど》を負いそうになっていた口腔《こうくう》を優しく満たす水分が心地よい。

「はふ……」

優馬《ゆうま》がひと心地つくと同時、白亜《はくあ》に呼ばれた四人は、バーベキューを焼いている焚《た》き火《び》のところに走って行く。

目線の先では――夕焼けの橙色《だいだいいろ》が、遠く水平線の向こうまで空を鮮やかに満たしていた。

緩やかに陸から海へと吹いていく風が心地よい。

「優馬《ゆうま》さん。お隣、宜《よろ》しいですか？」

右隣を見上げると、微笑《ほほえ》んでいるアンがいた。風にたなびく銀色の髪を押さえている。

「ひぇっ⁉　は、はい！」

思わず砂の上に正座してしまう。

そんな優馬《ゆうま》を見て、彼女は小さくクスリと微笑《ほほえ》み、優馬《ゆうま》の隣に腰を下ろした。

緊張……する。横目で彼女のことを盗み見る。

夕焼けの太陽を背景にして、その整った顔、均整のとれた美しい身体《からだ》、それがいっそう美しいものに思えた。

何だろう。何かこう……苦手、だ。

いや、苦手とは少し違う。上手《うま》く言い表せないのだけれど、彼女の前で、変な姿を見せたくない。格好悪い所を見せたくない。それが余計な緊張となって、心拍数を上げているのだと思う。こんな感覚を抱くのは——そう、千歳《ちとせ》に続いて、たったの二人目だった。

「優馬《ゆうま》さん、もうすっかり人気者ですね」

そう言って彼女が小さく笑った。

その視線の先には、エイトが持ってきてくれたバーベキュー、ナインが持ってきてくれたヤシの実のジュース。そしてお見舞い品らしい、シックスが置いていってくれた巨大なガトリング水鉄砲、そしてセブンが作っていってくれた砂のお城があった。

「い、いえ。ちょうど良《い》い遊び相手、みたいな感じなんじゃないでしょうか……」

アンが首を横に振った。

「あの子達は普段、あなた達ヒトのことを、とても怖がっています」

驚いて息を呑《の》んだ。最初言われている意味が良く分からなかった。

彼女達の実力。

元より聞いてはいたが、本当に――桁違いに強い。ビーチバレーのサービスを受けてあの大怪我《おおけが》なのだ。実戦なんてしたら、命がいくらあっても足りない。

それなのに……ヒトが怖い……。

思い出す。

そもそも彼女達が――いや、彼女達の仲間達が、人類との戦いの道を選んだ理由。

機械であるが故に、そしてただそれだけの理由で、尊厳を剝奪され、誇りを踏みにじられ、時に奴隷のように――時に、それ以上に酷《ひど》い扱いを受けた。その悲しみや恐怖が、簡単に消えることはない……。

優馬《ゆうま》は、彼女達が持ってきてくれた「お見舞い品」を見た。

彼女達は確かに機械で――。人間どころか、そもそも生物ですらない、「モノ」だった。

でも……その事実が、彼女達を虐《しいた》げて良い理由になんてなるのだろうか……。

もし彼女達に助けを求められたなら、自分は最大限、力になってあげたいと思う。助けてあげたいと思う。

「あの……」

思わず口を開いていた。

「皆さんは……貴方《あなた》は、どうして、人に力を貸してくれるのですか？」

アンは少し驚いたように眉を上げ……、そして暫《しばら》くして、すうっ、と頰を赤く染めた。

小さく口を開いた。

「私には、大切な人がいます」

ポカンとした。それはもちろん……つまり、大切な「人間」ということ。

「すみません。おかしなこと言って……。変ですよね。機械なのに」

「いえっ、そんなこと……。そんなこと、ないです」

言葉では上手《うま》く表現出来ていない気がして優馬《ゆうま》は焦《あせ》った。

「あのっ、実は僕も、最近、本当に大切な人が出来て」

何を言っているのだと理性が驚くが口は止まらない。

「だ、だから、凄《すご》く、素敵、だって、思います……」

「優馬《ゆうま》さん……」

アンはしばらく驚いたように優馬《ゆうま》のことを見ていたが、優しい顔になって口を開いた。

「本当に、そっくりです」

「え、と……？」

「ごめんなさい突然、その……私の、大切な人に、です」

再びのポカン。しかし急激に恥ずかしさがこみ上げてきて、優馬《ゆうま》は逃げるように下を向いた。

「優馬《ゆうま》さん」

呼ばれて恐る恐る顔を上げる。

彼女はゆっくりと、目隠しに手を当てて、それを押し上げた。

優馬《ゆうま》が息を呑《の》む。

アンは、優馬《ゆうま》が思っていたより、ずっとずっと美しい女性だった。そして彼女のその瞳は、まるで夜の始まりの空のような、澄んだ青色をしていた。まるでまだ誰も見たことのない宇宙の色。遥か遠く、深い空の色が、優馬《ゆうま》のことを見つめていた。

その時、なんとなく理解できた。彼女は——どことなく千歳《ちとせ》に似ているのだ。千歳《ちとせ》以外に感じたことのないこの胸の高鳴り、それを彼女にも感じるのは、結局そのせいなのだと分かった。

アンの唇がゆっくりと開く。

「千歳《ちとせ》のことを、愛していますか？」

「え？　は？」

聞き間違いかと思った。

千歳《ちとせ》。——千歳《ちとせ》？

なぜ、彼女の口からその名が出てくるのか？　そちらに気を取られ、返事をすることも忘れていた。

しかし真剣な目のアンに見つめられて、優馬《ゆうま》は結局頭を縦に振った。

「は、はい……。愛して、ます」

「良かった……」

アンが明るい笑顔になり、深く頷《うなず》いた。

羞恥が限界を超えて下を向く。目を強く瞑《つむ》って息を吐いた。

「アン！　優馬《ゆうま》！　早くこっちに来るのです！」

目を上げると笑顔のセブンがこちらに手を振っていた。

「早く早く！　白亜《はくあ》がマンガ肉焼くんだよー！」

「あら……」

言うとアンは目隠しを元に戻して立ち上がった。

「さあ、優馬《ゆうま》さん。行きましょうか？」

差し出された手を摑《つか》もうとして、やっぱり恥ずかしくて自力で立った。

白亜《はくあ》とTOWA達が暖かな色をした炎を囲み、優馬《ゆうま》とアンを手招きしている。

二人で小さく微笑《ほほえ》んで、海の方に歩き出した。

「優馬《ゆうま》さん！　お願いします！」

「了解です！」

バックアタックと見せかけたナインのフェイント。ゆったりとした軌道を描いたボールがネットをギリギリのところで通過し、コート目がけて落下していく。

「くっ！」

右手を伸ばして砂にダイブ。紙一重のところで拳でボールを拾う。が、
ズ、シン！ ——とてもボールの重さではない。大岩のような重さが拳にのし掛かる。
「よいっ、しょおっ！」

この数日間の特訓の中で確実に力を付けていた優馬《ゆうま》がボールを上に跳ね返す。

「嘘《うそ》っ⁉ 返されましたわ！ エイト！」

「任せたまへ！」

浮き上がったボール。

自陣に入るそのタイミングを狙い、エイトがジャンプ。スパイクの体勢に入り、

「っ⁉」

ネットすれすれを飛び上がったアンが、相手陣地に入る直前のボールをハードヒットした。

エイトの手の横をかすめ、レシーブに移行しようとしたナインの拳一つ先の砂地にアンのスパイクが突き刺さる。

砂を吹き飛ばし、地雷が炸裂《さくれつ》したかのような土煙を上げ、アン・優馬《ゆうま》組が決勝点を決めた。

ピピーッ！ ——白亜《はくあ》の笛が鳴り響く。

「く、悔しいですのーっ！」

ナインがそのまま砂浜に四《よ》つん這《ば》いになり、エイトは爽やかな笑顔で前髪をかき上げた。

「優馬《ゆうま》君やるね。凄《すご》い成長速度だ」

ネット越しに握手を求められてそれに応じる。

「いや、本当にみんなのおかげだよ。毎日練習に付き合ってくれたから。ありがとう」

エイトが爽やかにフフ、と笑って「どういたしまして」と返した。

「優馬《ゆうま》さん、素晴らしい動きでした。ね？　白亜《はくあ》、合格でしょう？」

アンが胸に手を置き白亜《はくあ》に尋ねると、白亜《はくあ》が右手の親指をグッと上に立てた。

シックスとセブンが浜の上でぴょこぴょこ跳ねてお祝いしてくれる。

白亜《はくあ》がニイッと凶暴な笑みを浮かべた。

「よしエイト！　試しにマゴグを一体頼む！　出力はそうだな、四割ってとこで！」

「え？　師匠？」

ギョッとして優馬《ゆうま》が白亜《はくあ》のことを見る。マゴグ——つまりはティーガーのことだった。

エイトはきょとんとして首を傾《かし》げる。

「ん？　良《い》いのかい？」

「大丈夫大丈夫。お前らとまともに動き合えるんだ。楽勝楽勝！」

その瞬間、優馬《ゆうま》は、白亜《はくあ》が何をしようとしているのか理解した。

ティーガーと、戦わせようとしているのだ。優馬《ゆうま》を。

「ちょちょちょ、ちょっと師匠!?」

「よし！　じゃあ行くよ！」

エイトが爽やかな笑みを浮かべ、その胸元で祈るように手を組んだ。

「僕に力を貸してくれ。スコルピウス！」

ズワッ！

突如エイトの前方の砂浜に、巨大な魔法陣が現れた。白く輝く線が複雑怪奇な文様と文字とを描き、それらがまるで天体のようにゆっくりと動き始める。

そして、ズズズ……という音とともに、魔法陣から白い巨体――かつて「あの戦争」の中、自分達を大いに苦しめた怪物――ティーガーが現れた。

そう。そうなのだ。かつて自分たちが対峙《たいじ》した「ファイント」とは、彼女達ＴＯＷＡの生み出す「ＴＯＷＡウィルス」がオブジェクト化した姿――

ギイイイッ！

叫ぶと同時、完全に実体化したティーガーが優馬《ゆうま》目がけて走ってくる。

「うわあああああっ⁉⁉⁉⁉⁉⁉」

「こらこらこらあああっ！　逃げるな優馬《ゆうま》あああっ！！！」

一目散に逃げ出した優馬《ゆうま》に向けて白亜《はくあ》が怒鳴り声をあげた。

「いやいやいや逃げるでしょ当然！　何考えてんですか！」

「大丈夫大丈夫いけるいける！　何のために今日まで修行をしてきた！」

そ、そうか。

優馬《ゆうま》は足を止めてティーガーに向き直った。

自分は今日までTOWAウィルスどころか、それを生み出すTOWAとともに修行を重ねてきたのだ。

今の自分ならティーガーなど余裕――

ドドドドドド！！！！！

ティーガーの巨体がもの凄《すご》いスピードで迫ってくる。

やっぱ無理いいいいっ!!!!

叫んで逃げようとしたがしかし、こちらを睨《にら》む雨宮白亜《あまみやはくあ》の方がティーガーよりも恐ろしい。

ええい！

パン、と両手を合わせ、地面を踏み込む。

「プライムオーダー・バレットコード！」

キン！

澄んだ音と共に視界がクリアになる。途端にティーガーのスピードが遅くなる。いや、遅くなったように感じる。まるでスローモーションのよう。

優馬《ゆうま》が、地面を蹴る。走り出す。

こちらを認識しているティーガーが腕を振り上げる。

遅い！　振り下ろされた腕を躱《かわ》し、そのまま一気に巨体の腹の下に入る。足に渾身《こんしん》の力を込め、また一方で右の拳にオーラを集中させる。

「破アアアっ！」
ズ、ドン！
ジャンプした優馬《ゆうま》の拳がティーガーの腹にめり込み、その装甲に巨大なヒビを入れる。地面から浮き上がったティーガーは苦しげな呻《うめ》き声をあげ、地面に落ちると同時、脚を折って倒れ伏し、暫《しばら》くして沈黙した。

遠くでエイトが再び手を組むと、白い魔法陣が現れ、ティーガーは中に吸い込まれていった。

緊張のせいか止まっていた息を、優馬《ゆうま》はゆっくりと吐き出した。

白亜《はくあ》が遠くでOKサインを作って笑う。

周囲のTOWA達も嬉《うれ》しそうな顔で拍手をしてくれている。

――ここまで、来た。

いやもちろん、まだ白亜《はくあ》のバレットコードを使わせてもらっている状況ではあるけれど。

それでもあの、かつては驚異的な戦闘力で圧倒され続けたティーガー。たとえ四割の力とはいえ、それをなんと素手で倒せるようにまでなった。

あとはこのまま修行を続け、自分のバレットコードを蓄積していけば良い。

優馬《ゆうま》は皆の所まで歩いて行き、深く頭を下げた。

「皆さん、本当にお世話になりました」

「お兄ちゃん、凄《すご》かったんだよー！」「優馬《ゆうま》、見違えたのです」「大変立派になられましたわね、優馬《ゆうま》様」「優馬《ゆうま》君、素敵だったよ」

皆から次々と称賛の声をかけてもらう。

「優馬《ゆうま》さん、お疲れ様でした」

アンからタオルを受け取りお礼を言う。

「よし！　じゃあ皆、一時解散だ！　お疲れ様！」

「えー!?　今から優馬《ゆうま》と遊ぶんじゃないのー！」

白亜《はくあ》の声にシックスとセブンがブーブー文句を言う。

白亜《はくあ》は耳の横で手をガシガシと動かし、「聞ーこーえーなーいー」と返す。

未《いま》だ追い剝ぎのようにたかってくる二人を無視し、白亜《はくあ》が優馬《ゆうま》に笑顔を見せた。

「優馬《ゆうま》、本当にお疲れ様。今日は帰ってゆっくり休め。明後日《あさって》からは、できれば本格的に私の仕事を手伝って欲しい。千歳《ちとせ》を攻撃した犯人の調査を含めてな」

弛緩《しかん》していた気持ちが一気に引き締まった。

「はい。引き続きよろしくお願いします」

敬礼する優馬《ゆうま》に、白亜《はくあ》も敬礼で返した。

七——或いは少年と少女だった最後の日

(Second) First Kiss

BULLET CODE FIREWALL

休息日。

久しぶりに時間の出来た優馬《ゆうま》は電車を乗り継ぎ、勝《かち》どきにまでやってきていた。ちなみに修行期間中の学校の方はというと、陸軍にも籍のある白亜《はくあ》が「特別教練」として申告してくれているそうで、実質出席扱いになっている。

地下の駅から地上に出ると、頭上には夏の青い空。

高層マンションのビルの群れの中、セミの鳴き声が反響していた。

出入り口のすぐ側《そば》に、勝《かち》どき駅前交差点はある。整然と舗装されたアスファルトの上を、大小様々な車が走り抜けていく。

かつてVRの世界で見た光景と、目の前の景色とがリンクしていく。

砕け散っていたコンクリート。積み重なっていた遺体。

血を流して倒れていた佳奈子《かなこ》。

そして……「ここ」で亡《な》くなった大河《たいが》。

月命日には必ず来るため、もう顔馴染《かおなじ》みとなった近くの花屋で花を買い、交差点の北側の一角にまで来た時、ガードレールに添えられるようにして、新しい花が飾られているのを見つけた。驚いて近寄りよく見ると、それは白いユリの花だった。

千歳《ちとせ》。

直感的に分かった気がして、優馬《ゆうま》は顔を上げた。朝の通学前にでも寄ったのだろうか。もちろんその姿は見えなかった。

改めて買ってきた菊の花をお供えし、手を合わせてその冥福を祈る。

お参りを終え、優馬《ゆうま》は再び地下鉄に乗った。

今日の夜。優馬《ゆうま》は久しぶりに雨宮《あまみや》家でご飯を一緒にさせてもらうことになっている。それまでの時間を利用して、行ってみたい所があった。

思ったよりもすぐに着いた品川《しながわ》駅。

東口から出て、巨大なビル群の間を抜けて進む。運河に架かる橋を渡り、優馬《ゆうま》は港区港南《みなとくこうなん》エリアのちょうど中心にまでやってきた。大きな大学のキャンパスやオフィスビルが並んでいて、目的地である一軒家がありそうな雰囲気はあまりない。優馬《ゆうま》は祖父母の送ってくれた地図を見ながら道を歩いていく。

暫《しばら》くして。

――迷った。

祖父母が描いてくれ、写真で送ってくれた地図。二人の昔の記憶で作成されたそれに記された目印達は、とっくの昔になくなってしまったらしい。

困った――。腕を組んで空を見上げる。

ふいに優馬《ゆうま》の目の前を、二羽《わ》のアゲハ蝶《ちょう》が飛んでいき、その姿を追って優馬《ゆうま》は首を回した。

西の方に視線が向く。途端、身体《からだ》の奥に、何か小さな、温かい感覚が湧いた。

優馬《ゆうま》はまるで、吸い寄せられるかのように歩いていく。

巨大な集合住宅や倉庫の間を抜ける。足が勝手に道を曲がり、路地を進んでいく。そしてまた、勝手に曲がる。

やがて優馬《ゆうま》は、一軒の小さな家の前にいた。

何の変哲もない、白い戸建ての二階建ての家。しかし都内にある割には小さな庭があり、小《こ》綺麗《ぎれい》な見た目をしていた。誰かが最近まで住んでいたのかもしれない。今はもう、空き家になっているようだけれど。

衝撃のあまり固まっていた。

本当に久しぶりだった。

優馬《ゆうま》が幼い頃、父と母と、三人で暮らしていた家だった。

訪れようと思えばいつでも来られたはずだが、優馬《ゆうま》は今日までそれをしなかった。もしかしたらだけれど、心のどこかが、昔の思い出に触れることを怖がっていたのかもしれない。今日こうして来たのは、最近この家のことを、夢で朧《おぼろ》げに見るような気がしていたからだ。次第に気になり、こうして遂《つい》に足を運んだ。

カーテンのない窓の向こうに、ダイニングとリビングとが見えた。

急に——いくつかの思い出が蘇《よみがえ》ってきて、優馬《ゆうま》の目から、涙が零《こぼ》れた。それらは大抵、比較的悪い思い出で、例えば嘘《うそ》を吐《つ》いていたのがバレて叱られたりだとか、我がままを言って二人を困らせたりだとか、そういったものだったけれど——、確かに二人との思い出はこの場所と、胸の中とに残っていて……。

それがどうしようもなく悲しく、でも……それでも嬉《うれ》しかった。

コツン。

近付き過ぎてしまっていた。爪先がブロック塀にぶつかった。

先ほどの蝶《ちょう》だろうか。休憩していたらしいアゲハ蝶《ちょう》のつがいが飛び上がる。鮮やかな黄色の羽を動かして、じゃれ合うように羽ばたきながら、やがて青い空の中に消えてしまった。

もしかしたら、天国の両親が会いにきたのかもしれない。

そう思った優馬《ゆうま》は、小さく微笑《ほほえ》み、再び駅へと戻って行った。

§§§

カツン。

乾いた冷たい音がして、千歳《ちとせ》のスプーンがカレーの器の中に落ちた。

見開かれた青い瞳が、まっすぐに白亜《はくあ》のことを見つめている。

「……え？　あの、もう一度、良《い》いですか？」

雨宮《あまみや》家のダイニング。その空間は今、凍りついていた。

蚊帳《かや》の外になっている優馬《ゆうま》は、二人を見つめるだけで一言も発せない。

想像を遥《はる》かに超える反応だった。白亜《はくあ》が口を開こうとして、閉じる。「もう一度」言えば、姉妹の絆《きずな》に取り返しのつかない亀裂が生まれることは明白だった。

それでも千歳《ちとせ》に本気で問われている以上、白亜《はくあ》は返事をしなければならない。

白亜《はくあ》はか細い、瀕死《ひんし》の重傷でも負っているかのように苦しそうな息を吸い……しばらくそのままで、ようやく口を開いた。

「知っていた。全部。『ファイアウォール』が、本当は何を目的としていたのかも」

千歳《ちとせ》の唇が震え、その口元を両手で覆った。

見開かれた瞳から、ポロポロと涙が溢《あふ》れ始めた。

小さく首を横に振る。全てを否定しようとするかのように。

「嘘《うそ》……嘘《うそ》です」

「千歳《ちとせ》、違う」

「優馬《ゆうま》君は、黙っていてくださいっ！」

初めて聞く、ヒステリックなまでの怒声だった。

話のきっかけはささいな――いや、千歳《ちとせ》は先日優馬《ゆうま》にこの話題を振ってから、ずっと気になっていたのだろう。話すきっかけを探していたのだろう。

優馬《ゆうま》がいる今こそ、聞くべきタイミングだと考えたのだろう。そして彼女の知った答えは、最悪のものだった。

「何人……亡《な》くなったと思っているんですか？　お姉ちゃんが……。お姉ちゃんが、その知っていたことを公表してくれていたら、どれだけの人が、今も生きていられたと思いますか？」

千歳《ちとせ》が一度、震える声を呑《の》んだ。

「私、今日、勝《かち》どきに行ったんです」

声が出そうになる。日中に見た白い花を思い出す。

「私のことを信じて……、リーダーだと信頼して付いて来てくれた仲間が、死んだ場所です。彼もきっと、死なずに済んだはずです」

白亜《はくあ》は答えない。

唇を噛《か》み、まるで叱られた子どものようにじっとしている。

優馬《ゆうま》にはその気持ちが痛いほど分かる。もし白亜《はくあ》が「千歳《ちとせ》のため」と、その真実を話したとして、その事実は、どれほどまで千歳《ちとせ》の重荷になるだろう。

あなたを助けるため、他の一億人に近い人達を地獄に落としたと聞いて、千歳《ちとせ》の心が休まる訳がない。より一層白亜《はくあ》のことを責め、そしてそれ以上に、千歳《ちとせ》本人のことを責めるだろう。

だから白亜《はくあ》は何も言えない。

いや違う。千歳《ちとせ》は……千歳《ちとせ》なら、気付いてしまっているはずだった。

白亜《はくあ》の行動の真意。彼女がどんな気持ちで事実を隠蔽したのか。それほどまでのことをする理由が、千歳《ちとせ》以外にはないことを。

「最低……」

千歳《ちとせ》が口元から手を離した。涙が目から溢《あふ》れ、その口元が歪《いびつ》な笑みを浮かべた。

「お姉ちゃんのこと、信じていました。心から、尊敬していました。世界で一番のお姉ちゃんだって……」

「千歳《ちと》……」

白亜《はくあ》が縋《すが》るような声を出して顔を上げた。

千歳《ちとせ》がゆっくりと立ち上がる。

「全部……全部、間違いでした」

「千歳《ちとせ》っ⁉」

白亜《はくあ》の伸ばした手の先、千歳《ちとせ》が走り出す。あっという間に玄関に駆け込み、大きな足音と共にドアが開閉する音が聞こえた。

「優馬《ゆうま》っ」

白亜《はくあ》が叫び、突然フロアに土下座した。

「優馬《ゆうま》頼む！　今の私じゃ連れ戻せない。頼む！　千歳《ちとせ》を連れ戻してくれっ」

「はい！　もちろん！」

優馬《ゆうま》がボディバッグを引《ひ》っ摑《つか》んで走り出す。

雨宮《あまみや》家の庭を駆け抜け、今まさに閉まりかけの門扉《もんぴ》を抜ける。

日の沈んだ半蔵門。遠くに高速道路とその上を走る車のライトが見えた。

走り去る千歳《ちとせ》の後ろ姿が見えて、優馬《ゆうま》はとっさに駆け出した。

駐日英国《イギリス》大使館の後ろを走り抜け、そのまま暫《しば》くのち、十字路を右折。

千歳《ちとせ》は凄《すさ》まじく速い。だが持久力は優馬《ゆうま》の方が上だ。

千鳥ヶ淵緑道《ちどりがふちりょくどう》に入る頃には、その姿が大きくなり始めた。

緑道沿いを走っていた千歳《ちとせ》のスピードが徐々に遅くなっていき……やがてゆっくりと、止まった。肩を小さく震わせながら、静かに歩道に崩れ落ち、そのまま顔を覆った。

「千歳《ちとせ》……」

荒い息を整えながら近付く。

後ろで膝立ちになり、その華奢《きやしや》な肩を両手で包んだ。

「お姉、ちゃん……」

「うん……」

「馬鹿です。大馬鹿です……」

しゃくり上げながら千歳《ちとせ》が言った。

「うん。……そうだね」

言って優馬《ゆうま》が腕を広げ、千歳《ちとせ》をそっと抱きしめる。

「でも、それ以上に千歳《ちとせ》のことが、大事で……大切だったんだ」

「う……あ……あああああっっっ！！！」

千歳《ちとせ》が振り向き、優馬《ゆうま》の胸を摑《つか》み、子どものようにしがみ付いてくる。堰《せき》を切ったように、大声を上げて泣き始めた。

「お姉ちゃんはっ……」

千歳《ちとせ》の目から新たな涙が溢《あふ》れ、その声が止まる。

「お姉ちゃんは、いつも優しくて。私のこと、いつも、いつも一番に考えていてくれました。今回のことだってきっと……。お姉ちゃんは、いつも自分一人で全部背負います。私は、そんなお姉ちゃんを、自分のことを棚上げにして、責めました。『最低』って言いました……」

しゃくり上げる千歳《ちとせ》の肩を抱き寄せ、その二の腕を優しくさする。

「お姉ちゃん、ごめんなさい……」

「……千歳《ちとせ》」

呼びかけると、涙でいっぱいの青い瞳が優馬《ゆうま》のことを見上げた。

「あのさ。玄関にあったよね。空の、メダル立て」

千歳《ちとせ》が虚を突かれたように目を丸めた。はなを小さく啜《すす》った。

「は、はい……。え、と?」

「無くなってたメダルね。師匠が……お姉さんが持ってた。戦場に持ち込んで、お守りみたいにして。師匠の一番の宝物なんだって」

千歳《ちとせ》の息が止まり、瞳が限界まで押し広げられる。

「大丈夫。お姉さん千歳《ちとせ》を悪くなんて思わないよ。千歳《ちとせ》のこと、本当に大事に考えてるから」

千歳《ちとせ》の顔が、くしゃっと泣き顔に変わった。優馬《ゆうま》の胸に顔を埋《うず》め、小さく声を上げて泣き続ける。優馬《ゆうま》は千歳《ちとせ》が泣き止《や》むまで、彼女の髪や背中を、そっと撫《な》で続《つづ》けていた。

「千歳《ちとせ》。コーヒー買ってきた」

「あ……ありがとうございます」

緑道にあるベンチ。腰掛けている千歳《ちとせ》の横に、優馬《ゆうま》も腰を下ろす。

ベンチに座ると、お堀の周囲の光景が一望できた。街灯の光の中に浮かぶ街路樹。南の首都《しゅと》高《こう》では、止まることなく車の列が動き続けている。水辺のせいか涼しい風が吹いていて、温かいコーヒーが身体《からだ》にしみ込む。

くちゅんっ。

千歳《ちとせ》がくしゃみをして小さく震えた。

優馬《ゆうま》は上着を脱ぎ、そっとその肩にかける。

千歳《ちとせ》の頬にすうっ、と赤色がのり、優馬《ゆうま》のことを見てはにかんだ。

「あ、ありがとうございます。でも、すみません。優馬《ゆうま》君が……」

「ううん。気にしないで。ほら、僕、東京よりも北から来たし、寒くないから」

少し冗談めかして言って、二人で見つめ合って微笑《ほほえ》んだ。

ただ……千歳《ちとせ》はそれでもまだ寒そうである。走ったあとで、体が冷えるのだろう。

優馬《ゆうま》は静かに右手を伸ばす。千歳《ちとせ》を驚かさないように、まずは優しく背中を撫《な》でる。

千歳《ちとせ》が不思議そうに優馬《ゆうま》のことを見る。優馬《ゆうま》はそのタイミングで、そろそろと千歳《ちとせ》の肩に手を回し、そっと自分の方に抱き寄せた。

「あ……」

千歳《ちとせ》が小さな声を上げ……、しかしやがて、自分から優馬《ゆうま》の方に体を傾けてくる。サラサラの髪が優馬《ゆうま》の頬に触れる。愛情がこみ上げてきて、千歳《ちとせ》のことを横向きで抱き締めた。

「ごめん……。急に……」

「い、いえ……とても温かいですし、こ、恋人なら、何も変なことはないかな、と……」

やがて千歳《ちとせ》の手も、おずおずと優馬《ゆうま》の背中に回った。

「あの、優馬《ゆうま》君……」

胸の中で千歳《ちとせ》が優馬《ゆうま》を呼び、優馬《ゆうま》はそのままの姿勢で頷《うなず》いて返す。

「私、まだ、優馬《ゆうま》君と一緒に過ごしていた時のことを、思い出せません……」

それはやっぱり辛《つら》いことで……しかし優馬《ゆうま》は再び頷《うなず》いた。

「でも……」

モゾモゾと顔を上げた千歳《ちとせ》が優馬《ゆうま》を見つめた。

月明かりの下、千歳《ちとせ》の青い瞳が宝石のように輝いた。

「でも私、『千歳《ちとせ》』が優馬《ゆうま》君のことを好きだったことは分かるんです」

「えっ……？」

「優馬《ゆうま》君の隣にいると、凄《すご》く、懐《なつ》かしい気がするんです。心の中が温かくなって、優しい気持ちになって、ずっと、ずっと一緒にいたいと思うんです。だからこれは……」

そこまで言って急に千歳《ちとせ》が固まり、下を向いた。

「だからこれは……貴方《あなた》のことを、す、す、好き、だったのではないか、と」

胸が締め付けられ、優馬《ゆうま》は視線を落とした。千歳《ちとせ》の腰に回した手に、少しだけ力が込もる。

千歳《ちとせ》は寂しそうに、小さく微笑《ほほえ》んだ。

「私、『千歳《ちとせ》』のことが羨ましいです。貴方《あなた》を愛し、貴方《あなた》に愛されていた『千歳《ちとせ》』が……」

「え？」

「あっ。あ、で、ですので！　早く記憶、取り戻したいな！　と」

優馬《ゆうま》が千歳《ちとせ》を真剣な目で見つめ続ける。

千歳《ちとせ》は笑って誤魔化そうとして……しかし眉の端を落として、泣き出しそうな顔になった。

「だ、だって……」

千歳《ちとせ》の甘い吐息の香りがする。

「だって、私、記憶なくしたのに、ずっと、何ヶ月も優しくし続けてくれて。大事にしてくれて。そ、そんなの……す、好きになります。好きになるに、決まってます。今の、私も」

青い瞳に見つめられて、優馬《ゆうま》の胸に抑えきれない愛情が溢《あふ》れた。

「千歳《ちとせ》……。絶対に大事にする。これからもずっと。君のことが、世界で一番、好きだから」

「あ、う……」

ぎゅううっ、と優馬《ゆうま》の胸にしがみ付いてくる。

「わ、私も、好き……。これからもずっと、大事にして欲しい、です……」

「千歳《ちとせ》……」

呼びかけると顔を上げ、千歳《ちとせ》の潤んだ瞳が優馬《ゆうま》を見た。

言葉が出てこず、無言で見つめ合う形になる。

「あの……」

困惑する顔の千歳《ちとせ》を見て、優馬《ゆうま》の胸の中で心臓が跳ね回る。痛いほどの恋心が、優馬《ゆうま》の胸を締め付けた。

「千歳《ちとせ》。ごめん……。キス、したい」

ぴぃっ⁉　と千歳《ちとせ》が声を上げる。

頰を真っ赤に染めて視線を逸《そ》らした。

「も、もしかしたら……私と優馬《ゆうま》くんは、もう……」

優馬《ゆうま》がゆっくり、しかしはっきりと頷《うなず》いた。

千歳《ちとせ》が優馬《ゆうま》のことを見つめ、やはり恥ずかしいのかすぐに視線を逸《そ》らす。

「あ、で、でも、お外……」

優馬《ゆうま》は千歳《ちとせ》の顔を隠すように、腕を回してそっと頭を抱き締めた。お互いの顔が近付き、もうその距離は拳一つ分も空いていない。

千歳《ちとせ》の目が泳ぎ、これ以上ないほど顔が真っ赤になる。ぎゅっと目を瞑《つむ》り……

「あの、優馬《ゆうま》君、私……今の私は、初めて、ですので……」

「うん。絶対に優しくする……」

やがて千歳《ちとせ》が一度頷《うなず》き、目を瞑《つむ》ったまま、顎をゆっくりと持ち上げた。

胸の中が燃えるように熱くて……しかし優馬《ゆうま》は千歳《ちとせ》が驚かないよう、そっと顔を寄せ……、静かに唇を合わせて、優しくキスをした。

一回、二回、三回。

一度唇を離し、目と鼻の先で見つめ合う。潤んだ千歳《ちとせ》の瞳からポロポロと涙が零れ、優馬《ゆうま》の心臓がこみ上げてきた熱で溶けそうになる。強く抱き締め——

四回目。そして最後の一回、愛情の全てを込めて、今までよりも強く千歳《ちとせ》の唇を吸った。

唇を離すと同時、千歳《ちとせ》の口から甘い吐息が漏れる。

恥ずかしかったのか、すぐに優馬《ゆうま》の胸に顔を埋《うず》めた。

「千歳《ちとせ》、愛してる。優しくて、強くて、綺麗《きれい》な君が好きだ」

千歳《ちとせ》の手に力が籠る。

冷たい夜の風が吹いていても、二人でいれば、暖かかった。

「上着、ありがとうございました。ちゃんとクリーニングして、お返しします」

「いや、そこまでしてもらわなくても大丈夫だよ。家に送った後、そこで返してもらえれば」

千鳥ヶ淵緑道《ちどりがふちりょくどう》の端、靖国神社《やすくにじんじゃ》側にて。

首を横に振った千歳《ちとせ》が、優馬《ゆうま》のことを見た。

「いえ、送っていただかなくて大丈夫です。すぐそこですし、この辺は小さな時から慣れていますので。……あ、で、でも上着。ごめんなさい。そうだ。寒いですよね……」

「いや、寒さは大丈夫なんだけど……」

なんだろう。先ほどから千歳《ちとせ》はやたらと一人で帰ることに拘《こだわ》っている……いや、気のせいかもしれないけれど——優馬《ゆうま》の上着を持ち帰ろうとしているように見える。

優馬《ゆうま》の見つめる先、次第に千歳《ちとせ》の目がぐるぐるし始める。

「あ、あのっ……これ、とても温かくて、それに、優馬《ゆうま》くんの匂いがして……その、だから、抱き締められてるみたいで。だから、今日、一緒に寝たいなんて考えてなくて……」

「わ、分かった分かった！　千歳《ちとせ》落ち着いて？　大丈夫、持って帰ってくれて良いから」

「あ、あうう……」

真っ赤になって縮こまる千歳《ちとせ》。優馬《ゆうま》は苦笑しながら、その肩をそっと撫《な》でた。

頷《うなず》く優馬《ゆうま》を見て、千歳《ちとせ》が恥ずかしそうに、でも幸せそうに微笑《ほほえ》んだ。

「あ、あの……優馬君《ゆうま》」

「今日……嬉《うれ》しかったです。キス、してくれて……」

ぎゅうっ、と胸が締め付けられる。

しばらく見つめ合ってから……優馬《ゆうま》が千歳《ちとせ》に寄り、その両の二の腕を優しく摑《つか》む。千歳《ちとせ》も優《ゆう》馬《ま》の腰に手を当て、目を瞑《つむ》ると、そっと背伸びをした。

ちゅっ、という挨拶のようなキス。それだけで胸の中に幸せが溢《あふ》れた。

「そっ、それでは、また明日……」

顔を上げない千歳《ちとせ》に頷《うなず》く。

「うん。千歳《ちとせ》、また明日。気をつけて帰るんだよ」

ようやく顔を上げ、「はい」と笑顔で頷《うなず》いた。

二人揃《そろ》って手を振ってから、それぞれ逆の方向に歩き出す。

でもやっぱり別れが名残惜しくて……、優馬《ゆうま》が振り返ると、千歳《ちとせ》もちょうど振り返ったところだった。二人揃《そろ》ってびっくりして、しかしもう一度手を振り合う。その後も何度も振り返って、そしてタイミングが合う度《たび》、飽きもせずに同じように手を振った。

街灯の淡い光の中、千歳《ちとせ》の姿がだんだんと小さく、見えにくくなっていく。

それでも彼女は最後まで笑顔で——明日の来るのが待ち遠しいと、優馬《ゆうま》は胸の中で思った。

二〇××年十月五日。

そしてこの日の夜。

千歳《ちとせ》はまるで霧のように、その姿を消した。

八——列強の9人《MP9》

BULLET CODE FIREWALL

ドガッ！

「ぐっ……」

一晩中かかった軍と警察による事情聴取の後。駆けつけた雨宮《あまみや》家のドアを開けた瞬間、凄《すさ》まじいパンチに頬を撃ち抜かれ、優馬《ゆうま》は雨で濡《ぬ》れた庭の芝生の上に倒れ込んだ。

「優馬《ゆうま》っ。お前……何をしたっ⁉」

容赦無く胸ぐらを掴《つか》まれて立ち上がらされる。

普段は飄々《ひょうひょう》とした白亜《はくあ》が、見たこともないほどの怒りを漲《みなぎ》らせていた。瞳孔は極限まで収縮し、開いた口腔《こうくう》は鮮血のように赤い。

「言え優馬《ゆうま》っ！　何をしたっ？　何を見たっ？　お前が最後に千歳《ちとせ》のことを見たんだぞ！」

昨日の夜。

千歳《ちとせ》は優馬《ゆうま》と別れてから、その足取りを一切残さず消えてしまっていた。

どこにいるのか、無事なのか、なぜいなくなったのか……何も分からない。警察も動いているが、何の情報も上がってこない。

口から溢《あふ》れる血と顔半分を汚す泥。それを拭いながら優馬《ゆうま》が立つ。

悔しさと、自分に対する不甲斐《ふがい》なさとで膝がガクガクとわななく。

「師匠……」

震える唇を血が滲《にじ》むほど噛《か》み締《し》めて、深く、頭を下げた。

「すみませんっ……自分が、最後一緒だったのに、本当に、すみませんでした……」

白亜《はくあ》がぐっと息を呑《の》む。

次第に……二人の周囲に雨の音が戻ってくる。濡《ぬ》れた草木のにおいがした。

「くそっ！」

白亜《はくあ》が吐き捨て優馬《ゆうま》の腕を引っ張っていく。

道場に入り、優馬《ゆうま》にタオルを投げた。

「優馬《ゆうま》、違う、すまん。千歳《ちとせ》が出て行ったのは……そもそも、私のせいだ」

「違います……」

「え？」

「千歳《ちとせ》が、自分でいなくなったりする訳がないです。あの夜だって、別れる直前に言ってたんです。『お姉ちゃん、ごめんなさい』って。千歳《ちとせ》は、自分からいなくなったりしない」

白亜《はくあ》が奥歯を噛《か》み締《し》め、拳をギリ、と握った。

「来い」

頷《うなず》いてその後ろ姿に続く、地下に降りて、クラインボトルの格納庫に入った。

白い部屋の中、二台のボトルが電気を食って静かな作動音を発していた。

白亜《はくあ》が優馬《ゆうま》を見つめた。

「優馬《ゆうま》、今から私が言うことを聞けば、お前はもう、取り返しのつかない所に足を突っ込むことになる」

思わず喉がゴクリと鳴った。

「それでも、お前が望むなら、私はお前にその話をする。お前のことを信用して」

「もちろんです。聞かせてください」

即答に白亜《はくあ》が驚いた。

「言ったはずです。千歳《ちとせ》を守るためなら、僕は貴方《あなた》の弾除《たまよ》けにだってなります」

白亜《はくあ》がしばらく腕を組んだまま固まっていて……やがて頷《うなず》いた。そして口を開いた。

「私は昨日から、今回の件に関係ありそうな所、何か事情を知っていそうな所に手当たり次第ダイブしてる。警察、軍、内閣官房を始めとする政府。それに新国連」

国連……。

そんなところに潜っているのがバレたら、国際問題に発展しかねない。

いや、事態は既にそのレベルにまで突入している。

雨宮千歳《あまみやちとせ》の世界ランクは四位。もし本当に拉致されたのだとしたら、サイバー戦争における各国の戦力的位置付けを変え、国際的な軍事バランスをねじ曲げるほどの影響力がある。

「結論から言うと、直接的な情報は何も出てこなかった。が、ちょうど先刻、一点だけ気になることを見つけた」

そこまで言うと白亜《はくあ》は突如話すのを止《や》め、目線を上に向けた。思わず優馬《ゆうま》も上を向く。

しかし白亜《はくあ》はそのことには何も触れず、扉の方に向かうと何かしらの操作を始めた。暗証番号が変わったという機械音声が聞こえた。

「……いや、待て。ここもヤバイかもな」

ぶつぶつと言った白亜《はくあ》が一度どこかに電話する。声が漏れてきて、早苗《さなえ》と電話しているのだと分かった。電話を終えて、優馬《ゆうま》の方を向いた。

「優馬《ゆうま》、霞《かすみ》が関《せき》からログインしろ。ちょうど早苗《さなえ》が隣の総務省にいる」

「え？」

霞《かすみ》が関《せき》にある警視庁のクラインボトルベースからログインしろ、と。つまりはそういう意味だった。思わず目の前のボトルを見る。

「理由があってのことだ。早く行け」

言うなり白亜《はくあ》が服を脱ぎ始める。

「わ、分かりました」

驚いた優馬《ゆうま》は慌てて背を向け、自分用の黒いスーツを持って駆けていく。家の外に出てタクシーを捕まえると、霞《かすみ》が関《せき》には五分とかからずに着いた。

「優馬《ゆうま》君！」

警視庁前で待っていてくれた早苗《さなえ》と合流する。

「ど、どうしたの？　突然……」

「いや、僕もよく分かってないんだけど……。ごめん、ちょっと急ぎだから」

早苗《さなえ》も不承不承といった感じで頷《うなず》き、優馬《ゆうま》を警視庁内に案内した。

警視庁内のベースで準備が出来次第、いそいそとボトルに入る。

クローズドで白亜《はくあ》と繋《つな》がったため、実際のどこかではなく、白い部屋の中に出た。

「師匠、あの、何で突然……」

「いや、念には念をと思ってな。と、どこまで話したか。そうそう、調査の結果だが、一点気になることを見つけた。それは千歳《ちとせ》の護衛に関する情報だ。千歳《ちとせ》につけられていた自衛軍の護衛が、書類上、まるで最初からこの世にいなかったかのように消えているんだ」

「え？　……入隊記録、とかですか？」

「それだけじゃない。出生記録、戸籍、経歴、全部だ」

啞然《あぜん》とする優馬《ゆうま》の前で、白亜《はくあ》は指を3本立てた。

「最初はこの護衛達を今回の実行犯として疑った。が、それにしては自衛軍の動きが遅すぎる。

容疑者なのであればもっとこの護衛を集中して追っていなければおかしい。だとすれば……

「自衛軍が……極秘作戦として実行し、関連する情報を消した？」

白亜《はくあ》が頷《うなず》き、あまりの異常事態に優馬《ゆうま》の目の前が暗くなる。

「しかし分からない点もある。私がこれだけ探して作戦記録一つ出てこなかった。そんなことはありえない。だとするともう一つの可能性が出てくる。それは、千歳《ちとせ》に付けられていた護衛がそもそも日本自衛軍の連中ではなく、何者かが巧妙にすり替えた部隊であり、指揮命令の記録が自衛軍の中に残らないと共に、その犯人達によって関連する情報が消去された場合だ」

言葉を失った。軍のデータベースに対するハッキング。

「い、いや、流石《さすが》に、それは無理じゃ……」

「私なら出来る」

そう言われてはぐうの音《ね》も出ないが、白亜《はくあ》は特別であり、それと同じレベルのハッカーなんて……

「あ」

白亜《はくあ》がその口元に凄惨な笑みを浮かべて見せた。

「分かったか？　まあ遅かれ早かれ話を聞くべき連中ではある。ではまずは、比較的話のしやすい方の奴《やつ》らに当たってみるとしよう。まあ、『話がしやすい』と言って良いかどうかは、微妙だがな」

白亜《はくあ》がボトルの接続をグローバルのクラインフィールドに切り替えた。

「それでは会いに行くとしよう。国連側の最高戦力達、『列強の9人《MP9》』に」

言うと同時、二人は白い光に包まれた。


ログインを終えた優馬《ゆうま》は、白亜《はくあ》に連れられ、見たことのない会議室に来ていた。

大きさは学校の教室ほど。

えんじ色の絨毯《じゅうたん》の上に木製の長方形のテーブルがあって、その周りを椅子が囲んでいる。

天井からはシャンデリア。壁にはいくつかの絵画や盾。古いお城にあるような部屋だった。

椅子には今、ほぼ対角線のような位置に、白亜《はくあ》を別にして二人の女性が座っていた。

そしてもう一人、部屋の奥に立っている女性。

「あ……」

小さく声を上げ、頭を下げた優馬《ゆうま》に気付き、その女性もお辞儀を返す。

目隠しはそのままだが、今日は青いドレスを身に纏《まと》っている。

先日修行を手伝ってくれたTOWA、アンだった。

白亜《はくあ》はそのアンのいる近くの席。部屋の一番奥の席に腰掛けた。優馬《ゆうま》は椅子には座らず、白《はく》亜《あ》の後ろに立った。

空気が……張り詰めている。

『列強の９人《MP9》』(Major Powers 9)。シングルナンバーとも呼ばれる、『あの戦争』の事前成績において第一位から第九位までの成績を修めた人々。

雨宮白亜《あまみやはくあ》にさえ見劣りしないと言われる、人類最強のハッカー達のことである。

白亜《はくあ》の右斜め前にいる女性は、先ほどから明らかに白亜《はくあ》に向けて殺気を放っていた。白と黒の、豪奢《ごうしゃ》なチャイナドレスのような服。体中に様々な宝飾を身につけていて、少し動くだけでキラキラとまるで本人そのものが宝石であるかのように光る。隣の椅子に立てかけているのは巨大な青龍刀。自己紹介を聞かずとも知っていた。世界第二位、清華国《せいかこく》の葉《イエ》・志玲《チーリン》である。

睨《にら》むような目で白亜《はくあ》のことを見ていたが、突如口を歪《ゆが》めて馬鹿にしたように笑った。

「おい白亜《はくあ》。なんだ後ろのガキ？　初めて見たな。お前の男娼《だんしょう》か？」

「黙ってろチーリン。殺すぞ」

ブワッ！

部屋を埋め尽くすほどの青いオーラが志玲《チーリン》から噴き出すと同時、彼女は青龍刀を摑《つか》み、白亜《はくあ》に向けて叩《たた》きつけた。

ドッ、ゴ！

あまりの早技に、優馬《ゆうま》は口を開けることしかできなかった。白亜《はくあ》の周囲が斬撃の波動に巻き込まれてメチャメチャに破壊される。衝撃波だけで優馬《ゆうま》は床に叩《たた》きつけられる。が、

「なんだ？　ハエでもいたのか？」

白亜《はくあ》は志玲《チーリン》のことを見てもいない。そしてその巨大な青龍刀は、刃のすぐ下の部分を、いつの間にそこに移動したのか、アンが片手で受け止めていた。

「どけ！　人形風情《ふぜい》が！」

「それは出来ません。チーリン様」

「な、んだと。てめえっ！」

「私がどけば、チーリン様が殺されます」

「おい。チーリン、いい加減五月蠅《うるせ》えぞ」

白亜《はくあ》が呟《つぶや》くと同時、その周囲にマグマのように濃い紅《あか》いオーラが漂い始めた。見ているだけで失禁しそうになる。毒々しいほどの殺気のこもったオーラ。

しかしそれを見た志玲《チーリン》は突如嬉《うれ》しそうに笑い、刃を回してから、椅子に再び立てかけた。

「なんだ安心したわ。しばらく会わないうちに日和《ひよ》ってバカになったのかと思った。やっぱり世界一の看板かけてるんだから、そのくらいでなきゃ、ねえ」

再び腰掛けた志玲《チーリン》に頭を下げ、アンが部屋の隅へと戻る。

『話がしやすいかは微妙』。——白亜《はくあ》は事前にそう言っていた。

微妙どころではない。「敵」と言った方が正しいのではないだろうか。優馬《ゆうま》は冷や汗ダラダラ。ようやく立ち上がり、再び白亜《はくあ》の後ろに立った。

白亜《はくあ》が今度は、遠いところに腰掛けている一人の女性のことを見た。黒い修道服に頭巾を身につけた、いわゆる修道女の格好をしている。

「おいゾラー。私、全員集合って言ったよな？　言わなかったっけ？」

世界第八位、イスラエルのオディア・ゾラーが小さく頷《うなず》く。

「えーと、はい。言い、ましたね……」

「じゃあ何で三人しか集まってないんだ？」

ゾラーは目を瞑《つむ》ったまま頬に人差し指を当て、うーん、と唸《うな》った。

「それはまあ、ハクアさんの人望？　のせいかな、と。でもまあそれはさておき……」

言うと彼女は胸の前で手を組んだ。

とたん、彼女の周囲を眩《まばゆ》い金色のオーラが包む。

「部屋、酷《ひど》い有様《ありさま》ですので、直しておきますね」

そして両手を広げると、指揮者がするように手を軽く振って見せた。と、白亜《はくあ》の周りでボロボロになっていた壁や机や椅子が、まるで逆再生でも見ているかのように修復されていく。

優馬《ゆうま》が驚いて息を呑《の》むものの、他の四人にあまり感慨はないらしい。

白亜《はくあ》が苛立《いらだ》ちそのままに机をドンドン、と叩《たた》くと、ポン、と突然マイクが現れた。

「おい、ＭＰ９全員集合って言っただろ？　今から十秒以内に来なかった奴《やつ》、覚悟しとけよ？その国の中央銀行ハッキングして、経済メチャクチャにすんぞ」

ボン！　ボン！　ボン！　ボン！

突然、それぞれの席の上に、半透明のモニターが現れた。

一瞬の砂嵐の後に数字が灯《とも》る。途端、雨宮白亜《あまみやはくあ》に対する罵詈《ばり》雑言《ぞうごん》が部屋の中に溢《あふ》れ出《だ》した。

耳を掌《てのひら》で覆った優馬《ゆうま》がモニターを見る。数字はそれぞれ「第○位」に対応しているのだろう。

「黙れ」

白亜《はくあ》の静かな……闘気に満ちた声だった。

シン、とまさに水を打ったように会議室が静かになる。まるでその場にいる全員が、銃を突きつけられているかのよう。

白亜《はくあ》が一度目を瞑《つむ》り、開く。炎のような青い瞳が、ぐるりと部屋を見渡した。

「お前らも既に知っているだろう？　私の妹が拐《さら》われた。知っていることがあれば洗いざらい吐け。今、すぐ、ここで」

『ふざけるナ！　横暴も良《い》いとこだゾ！　ヨーロッパのメンバーはタダでさえ「ヴァルキリーシール」のせいでやべえ仕事量こなしてんダ！　世界一位だからって……おイ？』

白亜《はくあ》が自身の額の前で人差し指を三回ほど振り、口を開く。

「言いたいことがあるなら、急いだ方が良《い》いぞ？」

『な……ニ？』

「お前の国の、警察の指揮命令を書き換えた。お前は今から9件の強姦《ごうかん》容疑で逮捕される」

『はアっ⁉　俺、チュ、チュウもしたことないゾ⁉』

ドンドンドン！　ドンドンドン！

彼のモニターから、ドアを激しく叩《たた》く音が聞こえ出す。

『分かッタ！　分かッタ！　俺が悪かッタ！』

白亜《はくあ》が再び指を振ると、しばらくして……ドアをノックする音は消えた。

「悪いが私は急いでいる。そして用事があるのは、妹を拐《さら》った奴《やつ》、それについて何か知っている奴《やつ》、二種類の人間だけだ。他の皆には申し訳ないと思っている」

再び会議室が静かになる。誰も何も喋《しゃべ》らない。

知らないのか……或《ある》いは隠しているのか……。

「なるほど、ね」

白亜《はくあ》が小さくため息を吐いた。

「これは使いたくなかったが、まあ仕方ない。お前らの国の軍事衛星、ちょっと借りるから」

再び暴風のように暴言が飛び交うが、白亜《はくあ》はニヤニヤ笑っていて気にしない。

志玲《チーリン》が背もたれによりかかった。

「まあ、やれば？　それで気が済むなら。痛くもない腹探られ続けるのもムカつくし」

それを聞き、パン、と白亜《はくあ》が柏手《かしわで》を打った。

部屋の中に新しく十三のモニターが灯《とも》り、次々と映像を映し出していく。しばらくはブーイングが鳴り続けていたが、やがて諦めのため息に変わっていく。

モニターには、空撮映像が映っていた。最新鋭の軍事衛星からの映像。特徴的な皇居の姿が見える。あの日の——つまり千歳《ちとせ》の消えた日の夜の映像に違いなかった。

「ん？　おい、あれ！」

志玲《チーリン》が指差すモニター。その映像が急速に拡大されていく。

「あ……」

全員の息が止まった。

一度巻き戻し、再び再生。

直上の映像だが間違いない。千歳《ちとせ》が映っていた。そして道路を歩く千歳《ちとせ》の前方で、高齢の女性らしき人物が転ぶ。千歳《ちとせ》が助けるためだろう、女性に駆け寄り屈《かが》んだ。

直後、千歳《ちとせ》の横に黒いバンが急停車した。中から四人の男性が飛び出してくる。千歳《ちとせ》が立ち上がろうとした所に襲い掛かられる。最初の一人、二人を撃退する。二人目の顔から何かをはぎ取った。覆面をしているのだと分かった。

そして三人目——千歳《ちとせ》の身体《からだ》が突然硬直したようになり、地面に倒れた。背後から、まさかの老婆が、千歳《ちとせ》の身体《からだ》に何か押し付けていた。スタンガンのようなものに違いない。そして男達と老婆は千歳《ちとせ》を車に担《かつ》ぎ込《こ》み、急発進で去っていった。

ドガ！

白亜《はくあ》が目の前の机を拳で粉砕した。

衛星の映像がそれぞれ同じ時刻、同じ場所のものに変わっていく。

しかしやはり全てが上からの画像のため、情報が限定されている。

「車とかスタンガンで特定できないかな？」

志玲《チーリン》の言葉にゾラーが首を振った。

「いえ無理でしょう。当然カモフラージュしてくるでしょうし」

「これこれコイツ。雨宮《あまみや》妹が覆面剝いでるから、角度さえ良ければ顔見えるんだけどな」

『座標を共有しロ』

先ほどのモニターから声がした。

『全く……こんな手伝いしてることがバレたら、警察どころじゃなイ。元帥《げんすい》に粛清されるゾ』

モニターが突然、賽《さい》の目《め》のように細かく分割された。

『個人、法人問わず、あの時この方角に向いていた全てのカメラ映像。鏡の効果で微《かす》かでも拾えていたかもしれない光学情報、全て統合していク』

次々と映像が重なっていき、その度にモニターの数が減っていく。

会議室の全員が息を吞《の》んだ。

モニターの向こうから男の興奮した鼻息の音が聞こえてくる。

『さア！　さア！　顔を見せロ！』

そしてモニターに、ぼんやりとだが、一人の男性の顔が映った。

黒髪のアジア系の男性。

「はい。ヒット」

志玲《チーリン》が言って別のモニターが立ち上がる。

免許証のような画像。いや、人民解放軍にいた時の経歴情報だった。

海軍大尉。陳《チエン》・英傑《インチエ》。

白亜《はくあ》が獣のような目で志玲《チーリン》を見る。志玲《チーリン》が不満そうに鼻を鳴らす。

「いやいや待てよ。これ見ろよ」

経歴の最後、九年前のところに書かれていた文字は、「ＭＩＡ」(Missing In Action)。つまり任務遂行中に行方不明になった兵士だった。

「最後の任務は……ＣＩＡへの潜入調査」

「あ、で、でも待ってください」

ゾラーが手を挙げると、別のモニターが開く。

「陳《チエン》大尉のご家族ですが、三年前にアメリカへの亡命を希望して、受理されているようです。これは大尉本人も行方不明になったのではなく、もしかしたら、自ら亡命したのでは……」

つまり。——今は、アメリカの所属。

「おいエリオ。エリオット・グレアム」

白亜《はくあ》が苛立《いらだ》ち紛れに言い、しかし返事がない。

「あの、ハクアさん……」

ゾラーが再び手を挙げて小さく振る。

「まだエリオ……アメリカは、来ていないみたい、です」

静かな……しかし確かなさざめきが会議場に溢《あふ》れた。

「エリオ。なに無視してる？　アメリカ様は余裕こいてんのか？」

ボン！　──モニターが一つ加わって、「６」の数字が現れた。しかし、何の音もしない。

全員が息をするのも控えていた。ただじっと、耳を澄ましていた。

痛いくらいの静寂が、たぶん少しの間──しかし体感的にはかなり長い間続いた。

『ハクア』

突然モニターが喋《しゃべ》った。

『手を引け。これ以上の詮索はアメリカへの敵対行為と見做《みな》す』

ゴッ、ウ！

白亜《はくあ》から突然、紅《くれない》のオーラが暴風のように溢《あふ》れ出《だ》す。

もはや息をするのも辛《つら》い。その圧倒的な存在感に押し潰されそうになる。

アンが優馬《ゆうま》を守るようにその前に立ち、ようやく息が出来るようになる。

電脳空間に作られた会議室が、そしてモニターが、バキバキと壊れて吹き飛んでいく。残ったのは、実際に参加している志玲《チーリン》とゾラーと優馬《ゆうま》とアン、そして唯一、消えなかった第六位のモニター。

「決まりだな」

言って白亜《はくあ》が獰猛《どうもう》な笑みを浮かべ、席から立ち上がった。

『ハクア！』

呼ばれた白亜《はくあ》が第六位の——エリオット・グレアムのモニターを流し見た。

「私は今から、アメリカの主要都市、主要施設にサイバー攻撃をかける。急いだ方が良《い》いぞ？一分に十万人は死ぬかな？　そしたら一日でアメリカの人口、半分くらいになっちゃうな」

ハハハハ、と明るく笑う。

優馬《ゆうま》でさえ絶句していた。

白亜《はくあ》なら、本気でやりかねない。あのレインウォーターや十二使徒《じゆうにしと》さえ行わなかった規模での大虐殺を、千歳《ちとせ》のためなら……。しかしそれはあまりにも、異常だった。家族の愛情という言葉だけでは到底説明できない。一体、何がそこまで白亜《はくあ》を駆り立てるのか……

『この、悪魔っ……』

「なんとでも言え。チャンスはやる。そうだな……三分だ」

『クソッ！　待ってろ！』

ブツン。一度モニターから光が消える。白亜《はくあ》が席に戻り、暫《しばら》くして、再び灯《とも》った。

『………俺にも、言えることと言えないことがある……』

「そんなこと知らん。私の知りたいことを言え」

しばしの沈黙。

モニターの向こうで、息を呑《の》んだ気配がした。

『今回のお前の妹、雨宮千歳《あまみやちとせ》は――、米軍が拉致した。だが待てっ！　これは、アメリカの意思ではない。命令が攻撃によって書き換えられていたんだ！』

「なら誰だ？　その書き換えを行った奴《やつ》は。勿体《もったい》ぶってないでさっさと言え」

『今回の犯人。それは――』

思わず喉がゴクリと鳴る。


『……ジーベックだ』


優馬《ゆうま》は知らなかった。そのため一人で首を捻《ひね》った。

会議室の他の全員は、あの白亜《はくあ》でさえ、目を見開き、固まっていた。志玲《チーリン》は絶句し、ゾラーは両手で口元を覆った。

「ジーベック、だと？」

白亜《はくあ》が茫然《ぼうぜん》と言い、再び静寂が訪れる。

「あの……」

優馬《ゆうま》が声をかけると、顔に緊張を漲《みなぎ》らせたアンが振り返った。

「優馬《ゆうま》さんは、『ユークリッド』をご存知でしょうか？　『ジーベック』はその先代。つまり、かつて米国を防衛していた非常に強力な核管制システムです。ですが……」

「ジーベックは、封印されたはずでは？　それも……」

ゾラーがそこで止まり、白亜《はくあ》が続けるように口を開いた。

「AIとしての権利を求め、十二使徒《じゆうにしと》に寝返ったから」

「な……？」

優馬《ゆうま》が白亜《はくあ》を見て、6番のモニターを見る。

『ジーベックを……封印出来る訳なんてない。アレは、アメリカが偶発的に生み出してしまった史上最強クラスのAIだ。アレは封印されたんじゃない。「自分から」眠りにつき、そして解体されることに同意したんだ。「ユークリッド」という、やつにとって唯一「家族」とでも呼べる存在を……人質に取られて』

「……何があった？　最初から説明しろ」

再びの静寂ののち、モニターが声を発する。

『そもそもの始まりは、先日落ちた南アメリカへの核ミサイルだ。あれは、本当は、レインウォーターの攻撃によって発射されたのではない。……人為的なメンテナンスミスによって暴走した、ユークリッドが発射した』

「……隠蔽」

志玲《チーリン》が吐き捨てるように言い、しかしモニターは答えなかった。

『エラーを起こしたユークリッドの危険性は言うまでもない。米政府は即時ユークリッドの封印、それがもし不可能なら破壊することを決断した。派遣されたのは米軍における精鋭中の精鋭ハックソルド六十名二個中隊。討伐隊にも壊滅的な被害が出たが、ユークリッドも破壊される寸前までダメージを負い、結果、人格に相当する部分をほぼ喪失した。

が、結論、仕留めきることはできなかった。今の奴《やつ》は、生存本能に従って行動する怪物。そしてそのユークリッドが流れ着いたのが、ヨーロッパだ』

白亜《はくあ》が額に手を当て、深いため息を吐く。

「オペレーション・ヴァルキリーシールの本当の姿は……」

『ユークリッドの現状、そしてこれまでの事件を悟られないよう米国の指揮下にあるＴＯＷＡやテロリストを利用して作った見せかけの戦場だ。とはいえ、いつまでも隠してはいられない。そこで政府はユークリッドを破壊するために、人格を全て消去したジーベックを復活させた』

その場の全員が項垂《うなだ》れる。

「つまり、消えてなかったんだな？　ジーベックは」

『……そうだ。ジーベックは、その記憶をユークリッドの中に託していた。いつか自分が復活した場合、その記憶が自動的に戻るように準備されていた。そして今、復活したジーベックの怒りは……頂点に達している』

「当たり前だろ……」

思わず呟《つぶや》いていた。

もちろん優馬《ゆうま》は、AIがどのような「感情」を持っているのかなど知らない。しかし、一度は「家族」のために封印されることに同意し、そして記憶を消されたような存在が、今度はその家族を破壊するために復活させられる。あまりにも……あんまりだと思った。

白亜《はくあ》が再びため息をついた。

「なぜジーベックは千歳《ちとせ》を狙った？　肝心のところが見えない」

『ユークリッドのためだ』

白亜《はくあ》が不快そうに首を捻《ひね》る。

『最初に雨宮千歳《あまみやちとせ》にアクションを起こしたのはユークリッドだ。電子の海を漂い、「セルゲイ」という一時的な隠《かく》れ蓑《みの》を見つけ、寄生し、そこから攻撃を行った。ユークリッドの最終的な目標は、失った人格の再生。ジーベックは、それを手伝おうとしている。奴《やつ》は理解している。雨《あま》宮千歳《みやちとせ》を支配下におけば、ユークリッドを再生出来ると。なぜなら雨宮千歳《あまみやちとせ》は――』

「やめろ！」

白亜《はくあ》が大声を出し、エリオの声が止まる。

「もういい、分かった」

ガタリ、と椅子から立ち上がった白亜《はくあ》が、志玲《チーリン》とゾラーに向けて深く頭を下げた。

「二人とも、今回は迷惑をかけた。許してくれ。それと、助かった。感謝してる」

「白亜《はくあ》……。お前」

志玲《チーリン》が白亜《はくあ》を見る。

「ジーベックに喧嘩《けんか》なんて売らないよな？　悪いが清華《せいか》はアメリカと揉《も》められない。手伝えないぞ？」

「ハクアさん……」

白亜《はくあ》は答えず、再びモニターを見た。

「エリオ、最後に教えろよ。ジーベックは、今、どこだ？　別に黙ってても良いが、ちょっとした時間稼ぎにしかならないぞ？　どうせすぐに見つけだすから」

「ハクアさん、ジーベックは封印された後、同盟国に押し付けられながら転々と移動させられています。現在のコア所在地、クラインフィールドへのログイン元は……」

ゾラーの手の動きに合わせて、モニターに映る巨大な観覧車。

そして聳《そび》え立つ、天を衝《つ》くような巨大なビル――横浜《よこはま》ランドマークタワー。

「横浜《よこはま》みなとみらい25街区地下、核燃料処分施設、タルタロス２です」

近えな。

白亜《はくあ》が鼻で笑って言い、くるりと踵《きびす》を返《かえ》すと入り口に向かって歩いていく。

優馬《ゆうま》がその後を続こうとしたその時、

『ハクア』

白亜《はくあ》がその歩みを一度止める。モニターのことを横目で見る。

『米軍は、この件を「内々に」処理する。もしお前がそれを「邪魔」するつもりならば、俺達はお前のことを敵として扱わなければならない』

はっ、と白亜《はくあ》が鼻で笑った。

「お前達の『処理』の中には、千歳《ちとせ》の処理も入っているんだろう？」

「え……？」

言葉を呑《の》んだ優馬《ゆうま》が見つめる先、エリオのモニターは沈黙している。それは——白亜《はくあ》の言葉に対する無言の肯定。意味が分からない。一体なぜ、米軍は千歳《ちとせ》まで……

「ならば最初から私とお前達とは敵同士だ。——戦場で会おうぜ」

「白亜《はくあ》、私も行きます」

「師匠っ、自分も一緒に！」

白亜《はくあ》はまずアンを見て首を横に振った。

「駄目だ。冷静になれ。ＴＯＷＡを連れて米軍と敵対的な行動をとったらどうなる？　ヒトの側《がわ》で戦っている者も含めて、全てのＴＯＷＡが封印指定になるぞ。シックス、セブン、エイト、ナイン、だけじゃない。その他多くの奴《やつ》らのことをちゃんと考えろ」

「でも！　千歳《ちとせ》はっ……」

初めて聞くアンの切迫した声、それに白亜《はくあ》は頷《うなず》いた。

「分かってる。だから私に任せろ。この世で唯一私だけが、貴方《あなた》と同じ想《おも》いで千歳《ちとせ》のために闘える。その私を信じろ」

アンが唇を強く噛《か》んだ。

「師匠っ」

白亜《はくあ》がようやく優馬《ゆうま》を見る。

「お願いします！　連れて行ってください！」

ズン！

猛烈な吐き気とともに目の前が真っ白になって、優馬《ゆうま》は床に倒れ伏した。

腹を殴られた。理解した瞬間、口の中に溢《あふ》れた生臭い血と吐《と》瀉物《しゃぶつ》とを吐き出した。

「そう言えばもう一人いたな。千歳《ちとせ》のために命をかけられる奴《やつ》が。……優馬《ゆうま》、お前は手を引け。お前は、まだ死ぬには早い」

悔しさが込み上げてきて、苦しみの中、優馬《ゆうま》は唇を噛《か》み締《し》める。

「たっ、まよ、け」

白亜《はくあ》が苦笑して屈《かが》み、優馬《ゆうま》の頭を撫《な》でた。

普段は厳しい青い瞳が、優しい光を湛《たた》えて優馬《ゆうま》のことを見た。

「私の大事な弟子に、そんな役割させる訳がないだろう？　許せ、優馬《ゆうま》。ジーベックは……、強い。十二使徒《じゆうにしと》としての奴《やつ》のランクは第二位。正直、全力で挑んでも、今の私ではたぶん僅かに及ばないだろう」

「そ、んな……」

「優馬《ゆうま》、これな、受け取ってくれるか？」

そう言って胸元から取り出したのは、白亜《はくあ》のメダルだった。白とピンクの紙のメダル。白亜《はくあ》がクルリと裏返す。そこには、黒い牛の頭部をモチーフとしたマークが描かれていた。

驚きは小さくなかった。

——ブラックトーラスの、シンボルマークだった。

「もうすっかり忘れているみたいだけど、これ、小さい頃の千歳《ちとせ》にとって、御守《おま》りのマークだったんだ。だから私さ、お前のトリプルシックス《ブラックトーラス》を見た時、分かったよ。……あの子にとって、紛《わ》い《た》物《し》じゃない、やっと本物のヒーローが来たんだって……」

何を言われているのか分からない。腹が苦しくて考えがまとまらない。

優馬《ゆうま》から離れ、再び立ち上がる白亜《はくあ》に手を伸ばす。

しかし優馬《ゆうま》の指は、虚《むな》しく空《くう》をきった。

白亜《はくあ》が優馬《ゆうま》のことを見下ろし、小さく微笑《ほほえ》んだ。

「思ってたよりずっと早く、お別れの時が来たな……。でも安心しろ。刺し違えてでも、千歳《ちとせ》のことは必ず救出する。……優馬《ゆうま》、元気でな。――愛してるぜ」

優馬《ゆうま》の目から涙が溢《あふ》れ、白亜《はくあ》の裾を握ろうとする。しかし白亜《はくあ》はそれを摑《つか》ませず、優馬《ゆうま》を残して、歩き去ってしまった。


白亜《はくあ》を追ってログアウトし、ボトルから退出した途端、優馬《ゆうま》は目の前の光景に言葉を失った。

優馬《ゆうま》のボトルの直前には、こちらに背を向けた早苗《さなえ》。両腕を真横に広げ、優馬《ゆうま》のボトルを守るように立ち塞がっている。

そして……白い格納室の中を、戦闘服姿の兵士達が埋めていた。日本の自衛軍の兵士よりも一回り大きな体格。米兵だった。

「優馬《ゆうま》君！　隠れてて！」

「動くな」

一人だけスーツ、金髪に青い瞳の男性が流暢《りゅうちょう》な日本語で言う。優馬《ゆうま》のことをまっすぐに見る。

「初めまして古橋優馬《ふるはしゆうま》。会えて光栄だ。私は」

瞬間、優馬《ゆうま》はボトルから飛び出した。

部屋の中が突如騒然となる。早苗《さなえ》が優馬《ゆうま》を静止する声がする。

止まらない。

彼らは――余計な動きをする「非・米軍関係者」を拘束するためにいるのだ。ここで捕まったらそれで終わりだ。

白亜《はくあ》は、国家やそれに近い組織がこの件に関わってきた際、「拘束されやすいように」優馬《ゆうま》を霞《かすみ》が関《せき》に移したのだ。優馬《ゆうま》の動きを封じ、全てを一人で片付け、その間、優馬《ゆうま》を安全な所に逃がそうとしたのだ。

悪いけれど——その優しさには甘えられない。

大人の米兵達が、投網《とあみ》のように群がってくる。優馬《ゆうま》はフェイントをかけ、僅かに出来た彼らの隙をついた。重なり、もたついている人垣、その股下をスライディングで素早く抜ける。米兵の指が、優馬《ゆうま》の頬を引《ひ》っ掻《か》いた。

息もできない緊張感。跳ね上がるように立ち上がる。

目の前には、廊下と部屋とを隔てる大きなガラス窓。

腕をクロスしてそのまま飛び込んだ。

ガッシャアアアン!!! ——砕け散ったガラスと共に廊下に転がり出る。

顔を上げると、廊下の先に、外へと続く窓が見えた。

「Stop! Stop!!」

大声で呼び止められるも止まらない。

ここは四階、しかし他に方法はない。

駆け込んだ優馬《ゆうま》は……再び窓を突き破って外に飛び出した。

割れたガラスを組んだ腕で防ぎ、優馬《ゆうま》は暗くなった空の中に浮く。

目の前に、記憶にあった大通り沿いのイチョウの木が迫る。記憶にあったよりもずっと近く、ギリギリ反応が遅れて、太い枝にそのまま衝突した。

一瞬意識が飛ぶも、必死になって右手で枝を摑《つか》む。

枝が折れる。次の枝を摑《つか》む。折れる。摑《つか》む。

そして優馬《ゆうま》の体は太い枝上で止まった。それ以降は枝と葉をつきぬけて、三回ジャンプして地面に降りる。

ボトルのスーツのまま。靴も履いていない。地面に着地した瞬間、足に電流が走ったかのような痛みがきて、優馬《ゆうま》は呻《うめ》きながらアスファルトに転がる。

道ゆく周囲の人の悲鳴。建物の周りを警戒していた米兵達が優馬《ゆうま》に気付き殺到する。

優馬《ゆうま》は目の前の動き始めたトラックに走り寄り、そのコンテナの取っ手を握った。

肩が抜けそうなほどの激痛。しかし優馬《ゆうま》はジャンプして、トラックにしがみついた。

米兵の怒号。

優馬《ゆうま》の頰をかすめ、ペイント弾がコンテナに当たる。振動する車体の側面を這《は》い上《あ》がっていき、優馬《ゆうま》はコンテナの上にまでくると、腹を下にしてべったりと寝そべった。

トラックがカーブを曲がる。速度の遅くなったタイミングで隣のトラックの荷台に飛び乗る。

新たなトラックはやがて速度を上げ、内堀通《うちぼりどお》りを北上し始めた。

九――ただいま《クライン・オン》

BULLET CODE FIREWALL

優馬《ゆうま》はようやく見つけた公衆電話の受話器を握り、顔を顰《しか》めてそれを見つめた。耳にあてる「受話口」からは、こうしている今でも早苗《さなえ》の怒りの声が飛んでくる。

正直時間がとても惜しい。当然早苗《さなえ》は米軍の盗聴対象のはずなので、もう無駄だろうけれど用件だけ伝えて早く切りたい。

やがて冷静さを取り戻した早苗《さなえ》に必要最低限の今後の指示を出して、優馬《ゆうま》は電話をきり、再び夜の茂みに身を隠した。

白亜《はくあ》はどうしているだろうか……？

雨宮《あまみや》家にも当然米軍の手が伸びているだろう。ただあの核シェルターのような部屋にそう易々《やすやす》と入れるとは思えないし、彼女のことだ、生家がどこ、といった重要な情報の改竄《かいざん》は、とっくの昔に終えているのかもしれない。

ふと懐《なつ》かしい潮の香りがして顔を上げた。

視線の先には光り輝く巨大な橋――レインボーブリッジ。

そう、ここは優馬《ゆうま》が『あの戦争』の時に最初に上陸した地、お台場《だいば》海浜公園《かいひんこうえん》であった。

「優馬《ゆうま》君……？」

しばらくして、道路の方から慣れ親しんだ声が聞こえた。

ガサガサと茂みから出る。

「優馬《ゆうま》君！」

そこには……ワイシャツに黒いパンツルックの、アネゴがいた。

「こっちこっち！」

誘導に従って素早く駐車場に向かう。目立つ赤色の軽自動車に苦笑いを浮かべつつ、優馬《ゆうま》はその陰に入り、アネゴが用意してくれた服に着替えた。

「びっくりしたよ、優馬《ゆうま》君、大丈夫だった？」

助手席に乗り込んだ途端、アネゴが心配の滲《にじ》んだ顔で言う。彼女の視線から、頬にペイント弾の赤色がついていることを知り、優馬《ゆうま》は手の甲でそれを拭った。

「うん、大丈夫。ごめん、とりあえず出して欲しいかも」

頷《うなず》いたアネゴがエンジンをかける。

「尾行には注意して来たけど、そもそもついてないみたい。まあもちろん、軍事衛星とか使われたら、もうどうしようもないけど」

優馬《ゆうま》が頷《うなず》く。

『あの戦争』の時の出発の地点、その北側の茂みにて——言い換えれば優馬《ゆうま》が千歳《ちとせ》にビンタをもらった集合住宅の北側の茂み——。つまりは優馬《ゆうま》と『ファイアウォール』を共に生き抜いた人間でなければ分からない場所を、優馬《ゆうま》は合流ポイントに指定していた。電話の盗聴リスクをギリギリまで抑えた上で、最後に絶対に自分たち以外には理解できない指示を挟んだ。

「優馬《ゆうま》君、シルフィが拉致されたって本当なの?」

「うん……間違いない、みたい」

「「そんなっ⁉」」

「うわっ⁉」

アネゴの声に混じって後部座席からも声がして、驚いた優馬《ゆうま》は車の天井に頭をぶつけた。

後部座席を覆っていた黒いシート。

その下から、ボンゴと小梅《こうめ》が現れる。

「いや、何してんの⁉」

「わ、悪い。なんか出ていくタイミング逃しちゃって」

「すみません、優馬《ゆうま》先輩」

「いやいや、良《い》いんだけど……びっくりしたぁ」

三人で苦笑いしながら、しかし拳をぶつけ合った。

「優馬《ゆうま》、それでどうする気なんだ？」

「え、と。そうそうアネゴ、とりあえずアンヴァリッドの前を流して欲しいんだ」

「え？　う、うん。了解」

アネゴがハンドルを右に切り、お台場《だいば》の南端を進む。やがて見えて来たアンヴァリッド。

「えっ⁉　何あれ？」

驚いたアネゴが指を差す。

優馬《ゆうま》はその指を摑《つか》んで下ろさせる。

アンヴァリッド前には、完全武装の米軍兵士が、しかも大量に集結していた。

「前を流す」のは危険だと理解しながら、それでもアネゴはそのまま直進を続けた。ふいに進行方向を変えたりしたら、それこそ不審に思われる可能性がある。前の車が検閲に止められ、自分達はそのままスルーされた。車内に一斉にため息が漏れた。

「やばい警戒態勢だね。この機会に日本国内のクラインボトルは全部押さえてしまえって所まで考えてるのかも」

左折したアネゴがバックミラーを調整して後ろの光景を見せてくれる。

まるで戦争中のような兵士と軍用車両の数だった。時折バタバタと音を立て、頭上を軍用ヘリが通過していく。

「優馬《ゆうま》君、これからどうするつもりなの？」

どうするつもりなのか……。アネゴにピックアップされるまでずっと考えていた。

もちろん最終的な目的は千歳《ちとせ》を精神的にも物理的にも無事に奪還することだ。

が、優馬《ゆうま》にはもう一つやらなければならないことがある。

それは、雨宮白亜《あまみやはくあ》の救出である。彼女の言動から、彼女がその命をかけてでもジーベックに挑むつもりであるのは明らかだった。

優馬《ゆうま》は、それは許容できない。

白亜《はくあ》には、生きていて欲しい。元気でいて欲しい。

そのためには……自分もクラインフィールドにログインする必要がある。以前言った通り、弾除《たまよ》けでもなんでも良《い》い。戦う白亜《はくあ》のことを、可能な限りサポートする。しかし——

優馬《ゆうま》がバックミラーで再びアンヴァリッドのことを見た。

最大の問題。

米軍は現在、彼らのオペレーションを邪魔されることを異常なまでに毛嫌いしている。なんとしてでも、身内の中で問題を揉《も》み消《け》そうとしている。そして干渉し得るファイアアームを事前に排除するため、その手段としてクラインボトル自体を接収しようとしている。

これではそもそもクラインフィールドにログインすることさえ出来ない。

閃光《せんこう》。
ゴ、ン！

轟音《ごうおん》と衝撃と共に天地がひっくり返り、優馬《ゆうま》の視界がメチャクチャになった。

一瞬意識が飛び、しかし上下が逆さまになった車内で、呻《うめ》き声と共に目を覚ます。

「うっ……」

目の前に、額から血を流すアネゴの顔。苦しそうに眉を歪《ゆが》め、その口《くち》の端《はし》からも血が流れ落ちていた。

「アネゴっ！　くそっ！　ボンゴっ！　小梅《こうめ》ちゃん！」

「大丈夫だ優馬《ゆうま》！」「大丈夫です先輩！　左、左です！」

首を捻《ひね》って左を見ると、ガラスの吹き飛んだ窓枠の向こうに、米軍の装甲車の姿が見えた。

英語での叫び声と共に、兵士達がこちらに向かって走ってくる。

「ゆ、ま君……先、行きなさい」

「アネゴっ！」

「優馬《ゆうま》！　先に行け！　俺たちが引きつける！」

言うと同時、ボンゴが「H&K PSG1」を取り出した。もちろん本物ではない。改造したエアソフトガンらしい。

バシ！

発射された改造弾が、兵士のフェイスシールドにヒビを作る。

兵士達に動揺が走った瞬間、大男達の隙間を縫うようにして、高速の人影が走り抜けた。

バガガガガガ！

六人の兵士のヘルメットが凹《へこ》み、悲鳴と怒号が鳴り響く。

兵士の一人が影に銃を向ける。

小梅《こうめ》は紙一重で銃口を躱《かわ》し、同時にその小柄な体からは想像もできない重いローキックで、兵士の膝をプロテクターごと砕いた。

「優馬《ゆうま》先輩！　早く行ってください！」

本物の小太刀を左右それぞれの手に握った小梅《こうめ》が叫び、優馬《ゆうま》は割れた車の窓から脱出した。

車はちょうど、運河にかかる橋の手前で転がっていて、腹へのダメージで息の上がった優馬《ゆうま》が、必死に足を上げて道を進む。

ライフルの発砲音が後ろから聞こえ、優馬《ゆうま》の右の二の腕に掠《かす》って血が流れた。先刻のペイント弾ではない。実包だった。間違いない。本気で殺しにきている。

再び日本語とは異なるイントネーションでの悲鳴が上がり、後ろを振り返ると小梅《こうめ》が大男達を再び峰打ちでなぎ倒していた。ダメージから回復したアネゴがボンゴと小梅《こうめ》に絶妙の指示を送り、優馬《ゆうま》に対する攻撃を既《すんで》のところで防いでいる。

優馬《ゆうま》が橋のたもとに辿《たど》り着《つ》く。

眼下に広がる夜の河は真っ暗な闇そのものだった。

「あああアアアアッ！」

一気に欄干を乗り越え、そのまま重力にしたがって落ちていく。

ドッ、パーン！

耳を打つ音と体を包む冷たい水。

追っ手から逃れるために深くに潜る。視界が効かず、どこに向かっているのかも分からない。

三人の無事を祈る優馬《ゆうま》は、河口に向けて、奔流に押し流されていく。


ビクン、と足が跳ねて、それに驚いて目が覚める。

波に押されて、未《いま》だ川の中にあった下半身が大きく揺れた。慌てて地面を摑《つか》み、這《は》って前に進む。四《よ》つん這《ば》いになって、ずぶ濡《ぬ》れの顔を拭う。芝と石と土とが混じった地面に、ふらつきながらも立ち上がった。河岸《かがん》だった。

身体《からだ》に大きな異常がないことを確認し、周囲に視線を向ける。

東の空に上がっていた満月は先ほどの位置からそう動いてはおらず、時間的な経過があまりなかったことを理解する。

川を挟んで反対岸に、特徴的な形をした大きな建物が見えた。上から見ると、十字の形に見えるその建造物——東京《とうきょう》出《しゅつ》入国《にゅうこく》在留《ざいりゅう》管理局《かんりきょく》だった。西を見ると、品川《しながわ》駅周辺の高層ビル群。

驚いた。自分は今、かつて実家のあった港南《こうなん》エリアに漂着したのだと分かった。

右腕に痺《しび》れるような痛みがきて、先ほど弾が掠《かす》ったことを思い出す。

追っ手が迫っている気配は周囲にはない。逆にアネゴとボンゴと小梅《こうめ》の安否が気になる。

川に流され、体力を使い過ぎたせいか頭がふらつく。一度木の根元に向けて胃の中のものを吐き出した。

マズい……。

歩き出そうとして、しかし行く当てさえない。こんなずぶ濡《ぬ》れで街に出たら、警察に職質されて交番に連行されるだろう。せっかく三人に逃がしてもらったのに、何もできることがない。

クラインフィールド。

今はそこが果てしなく遠く感じる。

──優馬《ゆうま》。

呼ばれた気がして、ハッと顔を上げた。

「母、さん？」

気付けば足を進めていた。

頭の奥の方に、まるで夢で見た光景のように、ぼんやりとした記憶がある。

秘密の部屋。

そこから行ける白い部屋。

そしてそこで──いつも泣いていた女の子。

優馬《ゆうま》は幾ばくもなく、先日訪れたかつての家に戻ってきていた。白い小綺麗《こぎれい》な一軒家。明るい月の光に照らされて、淡くぼんやりと発光しているように見える。

優馬《ゆうま》は心の中で管理会社に謝ってから、柵をよじ登り、庭に飛び降りた。

――狭い。

庭を見渡して最初にそう思って、しかし考えを訂正する。

自分が、大きくなったのだ。

現在の庭に、自分の頭の中の記憶がオーバーラップしていく。

綺麗《きれい》に刈《か》り揃《そろ》えられていた芝生。青いホースが水道に伸びていて、母はよくそれを使って、庭木に水をあげていた。今はもう影も形もない、乗って遊べる車のおもちゃ。

父と母のかつての姿が見えた気がして、優馬《ゆうま》の目に熱いものが浮かんだ。

帰ってきた。――その実感が、急速に込み上げてきた。

優馬《ゆうま》は庭に面した大きなガラス窓に近寄り、腕を肩幅に広げてその両端を持った。

幼い頃、鍵を忘れて閉め出されてしまった時にやっていた裏技。

絶妙な力加減でガタガタと揺らすと、窓にかかっていた鍵がコトリと回転し、記憶の中にあったイメージ通《どお》りに、窓は開いてしまった。

もちろん不法侵入であり、優馬《ゆうま》は再び何度も胸の中で謝る。しかしまるで誘われているかのような力を感じ、靴を脱いでそれを持つと、優馬《ゆうま》は家の中に入っていった。

窓から入る月の光によって、家の中は想像以上に明るかった。

物はなくなっているものの、記憶にある通りのリビング。

廊下に出ると、二階へ続く階段があった。

そう。そうだ。確か。

再び一度リビングに戻り、部屋の明かりを点《つ》けるスイッチの前に立つ。二つ上下に並んだスイッチ。それを「同時に」奥へと押し込んだ。スイッチが押されたのとは別の感覚。枠ごと微《かす》かにスイッチが壁にめり込み、そして「ゴ、クン」という巨大な歯車でも回るような音がした。

階段のところに戻る。二階へと上がる階段。

その前に、巨大な空洞が——地下へと降りる空間が現れていた。

ごくり、と大きく喉が鳴る。

かつて幼い頃に自分が入った秘密の部屋。当時はその秘密を持っていることが楽しくて、深くは考えなかったが、この「秘密」は実は大変なものだったのだと今ではわかる。

優馬《ゆうま》は階段を降りる。

照明は現在も生きていて、優馬《ゆうま》の首筋に震えが走った。

地下室の扉の前に立ち、ドアハンドルを押し下げると同時に中に入る。

中は——当時の記憶そのままの白い小さな部屋で——

かつてと同じように、ここの照明も生きていた。

白い空間の床には、たくさんの太いケーブルがツタのように這《は》っていて……。

その中央に一つの、空き缶を斜めにしたような形の装置が置かれていた。

マジックで走り書きした、英語のスペルが刻まれている。

小さい頃には読めなかったその文字。

「KLEIN BOTTLE prototype_001」

間違いない。

母が最初に作り、父が搭乗していた——クラインボトルの試作一号機だった。

優馬《ゆうま》の頬を、思わず熱いものが伝った。

ボトルのロックを外し、最新のボトルよりも幾ばく垢抜《あかぬ》けないデザインのコックピットに乗り込んだ。現在のマシンよりも大幅に簡単なエントリーシークエンス。ロックを内側からかけ、シートベルトを閉める。ボトルが起動し、データがロードされていく。生体認証が終わり、自分のアカウントの紐付《ひもづ》けが完了した。

「父さん、母さん……ただいま」

溢《あふ》れる涙を手で拭《ぬぐ》う。

クライン・オン。

――僕の思い出。

白い部屋の中にいる女の子。僕は彼女のところに頻繁に通うようになっていた。

お父さんもお母さんも、お昼の間は外に仕事に行くことが多く、鍵の開け方を理解してからは、僕は何の苦労もなく地下の秘密の部屋に行き、そして大きな筒の形をした機械に入った。

機械には何かアルファベットが書いてあって、何を意味しているのかは分からなかったけれど、最後に「001」とあったので、初めの一つ目なのだということは分かった。

筒の中に入り、機械の言うことに従ってシートベルトをする。

「You are trying "Dry Entry". OK?」

最後はいつも英語で、何を言われているのかよく分からないけれど、ＯＫする。暫《しばら》くすると景色が変わり、僕は白い部屋――彼女の言う「病室」に行ける。

正直な気持ちを言うと、僕は初めて見た時から、彼女のことが好きだった。

周囲で見る女の子とはまるで違う容姿。

新雪のように美しい銀色の髪。そして冬の海のような深く青い瞳。

絵本の中でしか見たことのないお姫様。彼女はまさにそのイメージだった。

ある日のこと。

いつもと同じように彼女に会い、僕は機械に戻り、そしてフタを開けて外に出た。


両親が、立っていた。


お母さんが口に両手を当てて目を見開き、固まっていた。

「あり、得ない……」お父さんが呆然《ぼうぜん》と呟《つぶや》いた。「DAF無しでのエントリーに、セントラルへの侵入《ハッキング》？　そんなことが……本当に人間に、可能なのか……？」

怒られると思って首を竦《すく》めていると、お母さんが僕の前に屈《かが》んだ。

「優馬《ゆうま》……。女の子に、会ったの？」

僕はしばらく黙っていて、しかしやがて、首を縦に振った。

「女の子から、何かもらった？」

驚いてお母さんを見る。ちょうど今日、もらったところだった。思わず頷《うなず》いた。

お母さんが近づいて来て、そして僕のことを強く抱き締めた。

「優馬《ゆうま》――。その子のこと、大事にしてあげるんだよ」

今度こそ強く頷《うなず》く。そんなことは当然だった。

だって僕は、彼女のことが好きなのだから。

十　決戦

BULLET
CODE
FIREWALL

『警告！　警告！　ログイン座標の指定高度が高過ぎます。繰り返します』

警告を無視し続けていると、突如霧が晴れるように視界が回復した。

夜の星空の中、優馬《ゆうま》が闇を切り裂き滑空していく、いや、落下していく。

耳を切り裂くような冷たく強い風。黒い戦闘服がはためき、真っ逆さまに地上へ向かう。

視線の先にはランドマークタワー。しかし強い風に流されて、優馬《ゆうま》は横浜《よこはま》ワールドポーターズ前、国際大通《こくさいおおどお》りの方に落ちていく。

幅五十メートルに近い大きな道路。

そこに今、アリの群れのように米兵達が詰めている。自分よりずっと年上の、二十代以上の人々が多い。クラインフィールド内で見る、珍しい大人の姿だった。

――兵士達が優馬《ゆうま》に気付く。

「プライムオーダー・バレットコード！」

口の中で呟《つぶや》いた優馬《ゆうま》が、兵士達の群れの中に墜落する！

パン！

両の手を合わせ、着陸と同時に両足で地面を踏み込む。

土煙とともに吹き上がった真っ白なオーラが優馬《ゆうま》を包んだ。

米兵の射撃。

しかし狙ったはずの優馬《ゆうま》は既にそこにはいない。

まるで暴風のようなスピードで走り抜け、跳躍し、俊敏な獣のように弾を躱《かわ》して地面に伏せる。そして兵士達の銃火器を、まるで紙細工のように握り潰していく。

三十人の一個中隊、中に四人のウィザードがいて、優馬《ゆうま》の攻撃に備えて二人がオーラでの防御を固め、二人が攻撃体勢をとる。攻撃側の二人を、しかし優馬《ゆうま》は置き去りにする。

転がっていた兵士のヘルメットを摑《つか》み、宙に放り投げる。

「そー、れっ！」

優馬《ゆうま》が、ヘルメットを使ってバレーのサーブを打った。

ヘルメットが白いオーラに包まれ、防御役の二人の足元に衝突する。

オーラが弾《はじ》けて爆発が起こり、吹き飛ばされた二人の兵士は一撃で無力化された。

振り向くと同時、再度攻撃体勢に入っていた残り二人のウィザードを迎撃する。オーラの流れを意識して、襲いかかってくる二人の攻撃を躱《かわ》し、殴る、蹴る。

相手側のPAオーラは一撃で吹き飛び、優馬《ゆうま》の攻撃がそれぞれ胸と腹とに直撃した。二人は地面に転がり、そのまま気絶した。

あまりにも一瞬だった。

時間にして、僅か二十三秒。それだけで、優馬《ゆうま》は米兵一個中隊を行動不能に追い込んだ。

優馬《ゆうま》が細く息を吐き、その身体《からだ》の周囲を煌《きら》めく白いオーラが舞う。

武器を失い、しかし意識は失わなかった兵士達が、何が起こったのかと呆然《ぼうぜん》と優馬《ゆうま》を見る。

桁違いの戦闘能力を目の当《ま》たり《あ》にして、手を頭の後ろで組み、次々と地面に膝をつけ、降参の意思表示をする。

優馬《ゆうま》の背後で、大規模な爆発が起こった。

ランドマークタワーの下、続けて二度、三度と紅蓮《ぐれん》の炎《ほのお》が上がる。

あそこで今、白亜《はくあ》が戦っている。

優馬《ゆうま》は米兵達に背を向けると、両足に力を込めてジャンプした。

横浜《よこはま》みなとみらい25街区。

超高層ビル「横浜《よこはま》ランドマークタワー」の足元に位置している「みなとみらい駅」の地上出口において、今まさに真紅《しんく》の閃光《せんこう》が夜の闇を切り裂いた。

直後に来る大爆発。

周囲を囲んでいた最新型の米軍多脚戦車が3台同時に宙へと飛んで行き、木の葉のようにひらひらと躍ったのち、地面に墜落。装甲が吹き飛び、砲塔がへし折れ、太い脚が針金のようにひね曲がる。そして一台ずつ順に爆発していき、鋼鉄のスクラップへと変わっていく。

米兵達の怒号が響き、大小様々な銃火器が火を噴いていく。

整然とした街並みなど幻想であったかのよう。ビルや遊興施設は既に巨大なコンクリートの塊となり、道路を塞ぐようにしてゴロゴロと転がっている。

道路の向こう遥《はる》か彼方《かなた》、後衛を務めるフェルドマン多脚戦車の105ミリ戦車砲が火を噴いた。装弾筒付翼安定徹甲弾《APFSDS》が空間を引き裂くような音を上げて飛翔《ひしょう》し、ターゲットに直撃して凄《すさ》まじい爆煙と衝突音とを生じさせた。

濃密な煙を引き裂きながら、米軍の攻撃の中心にいる存在が、ゆっくりと歩み出てくる。

炎のようなオーラを纏《まと》い、触れる物全てを灰に変えているのは、世界最高戦力、雨宮白亜《あまみやはくあ》。

ふ、とその姿が消えた途端、

ドッ、ゴオオオオオオ！！！！！

オーラを纏《まと》ったキックを受けた戦車が垂直に立ち上がり、そのまま爆発、炎上した。

再び銃撃を受けながら歩き出す。ほとんどダメージの見られないその体。獲物を前にした捕食者のような笑みをその顔に貼り付け、怪獣の王のような泰然さをもって進んでいく。

ぐらり。

僅かにその体が右に傾き、白亜《はくあ》は顔を顰《しか》めて足を踏ん張る。血の混じった唾を吐き捨てた。

外傷によるダメージは確かにほとんどない。しかし身体《からだ》に……特に脳に、これまで蓄積してきたダメージが少なくない。

加えて世界最強の軍隊、アメリカ軍との四時間を超える戦闘。

本来ならギリギリまで隠密《おんみつ》で行動し、ジーベックとの戦闘だけに集中したかったが、米軍側の特殊部隊にあぶり出され、しばらく前から全面戦争へと突入していた。見た目には見えにくいが、白亜《はくあ》の呼吸は荒い。千歳《ちとせ》救出まで考えた場合、被《こうむ》った痛手は決して少なくなかった。

鼻血が唇《くちびる》まで流れてきて、それを拳で乱雑に拭う。

「はは。……こりゃ結構やべえか？」

乾いた笑いが口から漏れる。思わず胸元のペンダントを握る。

風を断続的に叩《たた》く音。

顔を上げた白亜《はくあ》をサーチライトが照らす。

二台の無人攻撃ヘリ、ＵＡＨ‐22Ｂ「アパッチ・ドラグーン」が、現れたと同時にヘルファイア対戦車ミサイルを放つ。

白亜《はくあ》が舌打ちをして左手を前に出す。

ミサイルをノーガードで受けるわけにはいかない。オーラの濃度を上げてバリアを展開する。

ザシュウウッ！

何かが視界の横から飛び込んできて、ミサイルの弾頭を切り落とした。くるくると回転したミサイルは、白亜《はくあ》の大きく手前で地面に落下、爆発し、大きな炎を上げた。

飛び込んできた「何か」が立ち上がる。

黒い戦闘服を着た少年。

「優馬《ゆうま》っ⁉」

白亜《はくあ》が叫ぶと同時、優馬《ゆうま》が転がっていたヘルメットを拾い、そのままお馴染《なじ》みになり始めたサーブを放つ。

一発目、二発目、共に過《あやま》たずヘリを打ち抜き、尾翼とローターを失ったヘリは、それぞれがアスファルトの地面に墜落した。燃料が爆発し、あっという間に機体は炎に包まれていく。

業火《ごうか》が視界を埋め尽くす壮絶な光景を背景に、優馬《ゆうま》がくるりと振り返った。

「師匠——。一人で行くとか、格好つけ過ぎです」

唖然《あぜん》として優馬《ゆうま》を見る。

……いや、知ってはいたのだ。元より才能はあると。

ただ、まさか——この短期間に、これほどまで成長していたとは……。

しかし白亜《はくあ》はすぐに正気に戻り、強く頭を左右に振った。

「優馬《ゆうま》っ！　何してる？　早く帰れ！」

肩を掴《つか》まれた優馬《ゆうま》は、しかし動かずに白亜《はくあ》のことを真《ま》っ直《す》ぐに見た。

「師匠、お願いします！　手伝わせてください！　俺も千歳《ちとせ》のことを守りたい。助けたいです！　でも俺じゃ出来ない。それに師匠だって、消耗した状態じゃ、ジーベックって奴《やつ》には勝てないんでしょう？　だったら俺に協力させてください！　師匠をなるべく温存させてジーベックと戦ってもらう、これが一番、可能性の高い方法だ。違いますかっ？」

白亜《はくあ》が息を呑《の》む。優馬《ゆうま》の気迫に押される。

優馬《ゆうま》の瞳には、燃えるような闘気が滲《にじ》んでいる。

「師匠、あれもこれもは手に入りません。一番だけ考えましょう。俺たちにとっての一番は、千歳《ちとせ》を、奪還することだ」

「優馬《ゆうま》……」

「でも今の師匠にそれは無理です。ヘロヘロの状態でジーベックと戦って、ボコられるのがオチだ。だから師匠、俺を頼ってください。師匠は強すぎるから、全部自分でやろうとし過ぎる。一人で守ろうとし過ぎる。でもそれじゃ今回はダメだ。今回は俺を、頼ってください！」

何故《なぜ》かずっと……

戦場で死ぬときは、一人で死んでいくのだと思っていた。

ついてこられる人間がいないのだから仕方ないと思っていて……でも、看取《みと》ってくれる人間がいないのは、どこかでやっぱり寂しいと思っていた。

白亜《はくあ》がはっ、と鼻で笑う。

「優馬《ゆうま》、私の前に死ぬんじゃねえぞ！　寝覚めが悪くなるからな！」

「はいっ！」

まるで優馬《ゆうま》の声に応えるかのようだった。

前方の道路が陥没し、開いたゲートから次々と戦車や歩兵が姿を現した。

その量は半端《はんぱ》なものではない。本当に次々と、押し寄せる波のように現れてくる。

甘かった——。優馬《ゆうま》も白亜《はくあ》も奥歯を嚙《か》んだ。

物量。

そのあまりにも単純で純粋な力。

たとえ白亜《はくあ》が一騎当千でも、一万、十万の兵士を相手に勝ち抜くことは出来ない。

少しでも良《い》い。こちらにも、仲間がいれば……。一個小隊でも良《い》い。敵の集中攻撃を一時的にでも逸《そ》らすことが出来れば……。

二人の胸の中が、絶望の色で染まり始めたその時——

ゴオオオオオオオ！

凄《すさ》まじい風切り音がして、二人が、そして米兵達が顔を上げる。

全員の視線の先、赤い翼端灯《よくたんとう》が夜の闇を切り裂いていく。

戦術輸送機、スーパーハーキュリーズの姿がそこにはあった。

「自衛軍？」

優馬《ゆうま》が呟《つぶや》き、しかし自分で首を横に振る。

今回国内でここまで米軍に好きにさせている自衛軍が今更出てくるなどあり得ない。

そして優馬《ゆうま》は、輸送機の胴の部分に、特徴的なマークがあることに気付いた。

三匹の狼《おおかみ》がデザインされたそれは、ギリシア神話で戦いを司《つかさど》るとされる神、「アレース」を象徴しているという。

白亜《はくあ》が茫然《ぼうぜん》と口を開いた。

「ギリシャ陸軍——チーム・アレース」

§§§

ギリシャ陸軍最精鋭の兵士達の前。

先日来の功績により、一気に中尉にまで昇進したマリア・カルディツァが立っている。

一兵卒の頼りなかった時の姿などどこにもない。厳しいヨーロッパ戦線を生き抜いた彼女は、今やヘラクレスのように屈強な兵士達を束ねる、立派なリーダーとなっていた。

『警告！　警告！　貴機は制限空域を侵犯している。速やかに退去せよ！』

英語でがなり立てるスピーカーを横目で見て、マリアが無線を手にとった。

「こちらギリシャ陸軍第一奇襲空挺《くうてい》旅団アレース大隊。我々は新国連とEU、そして日本国との取り決めに基づき、正当な模擬演習を実行するものである。そちらこそ即時退却されたし。

従って頂けぬ場合、貴殿《きでん》達を国際法に反する部隊と認定し、我々は実力の行使も辞さない」

日本国内での模擬演習。――米国の暴走を知った新国連が提案した苦肉の強制介入策。

先鋒《せんぽう》を務めるのは自薦《じせん》したアレース大隊。しかし米国との関係悪化を恐れた他国が増援を送ってくれる予定は現時点でない。最悪孤立し、全滅するかもしれない。――それでも……

マリアが顔を上げる。

完全武装の兵士達が背筋を伸ばす。最前列の一人には、コスタス・カラマンリス少尉もいる。

「雨宮白亜《あまみやはくあ》少佐は――」

マリアが静かに口を開いた。

「縁もゆかりもない我々の故郷を守るため、何の見返りも求めず、その力を貸してくれた。私も、そして我々のギリシャも、そしてそこに住む我々の家族達も、彼女がいなければ、今頃どうなっていたか分からない。多くの人々が、亡《な》くなっていたかもしれない……」

誰かが拳を握る音がした。

マリアが大きく息を吸い、その口を開いた。

「兵士達よ！　その恩に報いたいと思うなら声を上げろっ！」

「「「「応っ！　応っ！　応っ！」」」」

「それなら喜べ兵士達よ！　我々は今日、雨宮《あまみや》少佐に恩返しできる機会を手に入れた！　この中に、その機会をみすみす手放そうとする者はいるかっ⁉」

「「「「否っ！　否っ！　否っ！」」」」

「ならば行くぞ。アレース大隊……」

カーゴドアが開き、夜の闇が顕《あらわ》になる。

強い風が吹き込む中、マリアがその顔に獰猛《どうもう》な笑みを浮かべた。

「総員っ、降下せよ！」

黒い空の中、まるで花のように落下傘《らっかさん》が開いていく。

対空砲火が始まり、兵士達に銃弾が迫る。

アレース大隊からは攻撃が行われない。

そもそも今回、彼らは実弾を使うつもりがない。銃火器の中に積んでいるのは、演習用の模擬弾だ。米兵への攻撃は最低限のものにしなければならない。米国との関係を決裂させる訳にはいかない。

それでも雨宮白亜《あまみやはくあ》に対する恩に報いなければならない。

決死の想《おも》いで飛んだ兵士が、また一人、また一人と撃ち落とされていく。

と、輸送機から、緑色のオーラをまとった弾丸が放たれた。

米軍部隊に炸裂《さくれつ》したそれが暴風を生み、米兵が吹き飛ばされていく。再びの銃撃——というより砲撃。巻き込まれた米兵が、そのショックで気を失ってバタバタ倒れていく。

ウィザードの――しかもＳＳＲと呼ばれる兵士の戦闘力について聞き及んではいた。しかしこうも目の前で見せつけられて、マリアは驚きを隠せない。国際的な権威であるドクター・八代《ヤシロ》早苗からの依頼とは言え、急に部隊への受け入れが決まった時には不安もあったが、むしろどれほど助けられているのか分からないほどだと思う。

「流石《さすが》ですね」

声をかけられた男性は、狙撃銃から顔を上げた。

小柄な、文学少年然とした顔立ち。しかし生意気そうな笑顔を見せた。

「ま、それが仕事だからな」

降下に成功した兵士達も、やはり模擬弾である都合上、苦戦を強いられていた。

コスタが無線に怒鳴り込む。

「γ《ガンマ》リーダーより各位！　突っ込み過ぎるな！　支援に徹し、雨宮《あまみや》少佐の道を開け！」

遮蔽物を伝いながらアレースの兵員が距離を詰めてプレッシャーをかける。しかし先ほどから、一度は急襲によって崩れた米軍の動きに統率が戻ってきている。徐々にこちらの武装が実包を備えていないことにも気付き始めている。

『こちらγ《ガンマ》01！　敵の集中砲火を浴びている！　一時撤退の許可を！　うわあっ!?』

「γ《ガンマ》01応答せよ！　γ《ガンマ》01応答せよ！　……くそっ！」

コスタが苛立《いらだ》ち顕《あらわ》に瓦礫《がれき》を殴った。

アレースのメンバーは間違いなく精鋭揃《ぞろ》いだが、実戦の経験についてのみ未《いま》だ十分ではない。特に現場指揮官。自分にもっと適切な指示を出せる能力と経験があれば……

『γ《ガンマ》リーダー応答せよ！　こちらδ《デルタ》リーダー！』

「こちらγ《ガンマ》リーダー、コスタス・カラマンリス！　δ《デルタ》リーダーどうぞ！」

『左を見ろ！　カラマンリス！』

コスタがその通りにすると、左前方、少し離れた瓦礫《がれき》の山の上に、一人の女性が立っていた。

元々アレースのメンバーではない。救援に加わった、日本人の女性兵士。仲裁に乗り出した国連によって開放された、日本の療養施設《アンヴァリッド》に囚《とら》われていたらしい。

その女性が銃を夜空に突き上げた。

『顔を下げるなカラマンリス！　リーダーがそんな情けない顔するんじゃないよ！　私が、世界四位直伝《じきでん》のリーダーシップを見せてやる！』

額から血を流し、しかし凄惨な笑みさえ見せるその姿は正に自分達の倣《なら》うべき戦神。

コスタの胸の中に、新鮮な勇気が湧き上がった。

「こちらγ《ガンマ》01！　敵の集中砲火を浴びている！　一時撤退の許可を！　うわあっ!?」

突如目の前に現れた米兵に躊躇《ちゅうちょ》なく発砲された。

γ《ガンマ》01の「イオ」ことイオルゴス上等兵が瓦礫《がれき》の上に倒れる。

ボディー・アーマーの上からだったため、なんとか一命はとりとめた。が、至近距離から放たれた小銃弾に肋骨《ろっこつ》を砕かれ呻《うめ》き声《ごえ》を上げる。

「く、そっ！」

チームのメンバーも同じように撃たれて倒れていく。米兵の動きに躊躇《ちゅうちょ》がなくなってきた。こちらの攻撃を恐れていない。これではもう、自分達では抑え込むことが難しい。

「動くな！　撃つぞ！」

身を捩《よじ》るイオに向けて米兵二人が小銃を向けた。その時。

ヒュン！

一陣の風が駆け抜けた。

「……え？」

イオの眼前、米兵の動きが突然止まった。まるで彼らの時間だけが停止したかのよう。

やがてその巨軀《きょく》二人が、ゆっくりと地面に崩れ落ち、白目を剝《む》いてひっくり返った。そして
その向こう側に、黒髪の、小さな少女が立っていた。

手には、その華奢《きゃしゃ》な姿には似合わない、二本の大きなククリマチェット。

イオに見られていることに気付いて振り向いた。

「安心してください。峰打ちです」

イオの目が見開く。

「ミズ・コウメ《キリヤ》……」

呼ばれた少女が顔を顰《しか》めた。

「まさか遠方ギリシャの方にまで言うことになるとは……」

こほん、と小さく咳《せき》をする。

「名前で呼ぶのやめてください。恥ずかしいんです。可愛い感じで似合っていないので」

言うやいなや、現れた時と同じく、風のように消えてしまった。

§§§

アレース大隊の急襲により、ランドマーク下の戦場は混迷を極めていた。そしてそれこそ、優馬《ゆうま》と白亜《はくあ》にとって最も望ましい状況であった。

「師匠！　あそこ、もしかしたら」

優馬《ゆうま》が指差す先、米軍の機甲部隊が出てきた入り口が、タワーの地下へと繋《つな》がるトンネルになっている。地下25階に広がっていると言われる核処理施設、「タルタロス」。直接たどり着くことは出来なくとも、大きなショートカットにはなりそうだった。

地方にばかり作られてきた処理施設に対する批判を躱《かわ》すため、政府が都会のど真ん中に建設した第一号都市型処理場。しかしそこに現在、ジーベックが格納されている。

「よし、行くぞ！」

飛び出した白亜《はくあ》に続く。

米軍の戦車や歩兵が二人に応戦するも、スピードのレベルが違いすぎる。鍛え抜かれた兵士達の攻撃も、二人から見れば、まるでスローモーションのお遊戯会のようだった。

巨大な洞穴のようなトンネルに飛び込む。中には未《いま》だ大量の米戦力が待機していて、しかし壁や天井を駆けぬけていく二人の速さに対応できない。唖然《あぜん》と見上げ、その姿を見送った。

スロープと踊り場を繰り返しながら、二人がまるで落下していくようなスピードで進む。まさかこう深くまで行けるとは思っていなかった。運がこちらに向いたのを感じた。

19階。

そこで通路は終わっていて、二人は戦車が通過出来るほどの大きなゲートから、中のホールに飛び込んだ。

広い——だだっ広い空間がそこにはあった。

学校の体育館6つ分ほどの広さ。コンクリート打ちっぱなしのその部屋を、天井に吊《つ》るされたライトが照らしている。

優馬《ゆうま》と白亜《はくあ》の視線の先。

12名の兵士が並んで立っていた。

濃紺に近い戦闘服。

見るからに普通の部隊ではない。全員がウィザードで、メンバーの周囲には煌《きら》めくようなオーラが漂っている。全員が屈強の極み。眼光鋭く、まるでアメリカの国章にも記されたハクトウワシのそれのよう。名前さえ知らない、初めて見るアームズパッケージ。

「エリオ……」

白亜《はくあ》が唸《うな》るように言い、部隊の先頭にいた金髪碧眼《きんぱつへきがん》の男性——恐らく年齢は優馬《ゆうま》と同じくらいのその人物が一歩前に出てきた。

世界ランク六位。エリオット・グレアム。

そしてもちろん初めて見る、彼が率いるその部隊。

米海軍特殊戦コマンド「シールズ」チーム11アルファ小隊。

「スパディル・イレブン」。

それはクラインフィールドでの戦闘を想定して選抜及び鍛え抜かれた電子戦のスペシャリスト集団。疑いようのない、世界最強の電子戦部隊。

エリオの眼光が鋭さを増した。

「ハクア。馬鹿の極みだな。ここまで愚かだったとは……。心から失望したよ」

はっ、と白亜《はくあ》が鼻で笑った。

「頭数だけ揃《そろ》えて偉そうなこった。それに……心から失望したのはこっちの方だよ。エリオ、お前は何をやっている？　血反吐《ちへど》を吐いて身につけたその力は、自分達のミスの隠蔽に使うためのものだったのか？」

ギリ、とエリオの奥歯が鳴り、苦いものを飲み込む時のような顔をする。

「俺達は――、お前のようにお気楽じゃない。アメリカが最強で、そして『正しいこと』が、世界平和にとって一番の近道だ！」

「どうでも良《い》いよそんなもの。私は妹を返して欲しいだけだ。寝言言ってる暇があるなら、さっさと――どけ！」

ゴウ！

白亜《はくあ》の身体《からだ》を紅蓮《ぐれん》のオーラが包み込み、米兵に緊張が走る。

と、白亜《はくあ》の前に優馬《ゆうま》が歩み出た。

「師匠、先に行ってください」

「え？　は？」

白亜《はくあ》が目を丸くする。米兵達は何事かと眉を顰《ひそ》める。

「さっき言ったばかりじゃないですか。師匠は、ジーベックとの戦いに集中してください。こっちは、自分が相手します」

「いや、お前、何言ってんだ？」

もちろん——荷が重すぎる。でも、もしここで白亜《はくあ》が消耗したら、千歳《ちとせ》を救出できる可能性が限りなくゼロになる。それではダメなのだ。今の自分に出来る最善の策、それは正に「弾除《たまよ》け」。白亜《はくあ》をギリギリまで温存させる。そのためにこの場は自分が引き受ける。

白亜《はくあ》が優馬《ゆうま》を見て、息を呑《の》んだ。白亜《はくあ》だって分かっている。本当はどうすべきなのか。千歳《ちとせ》を助けるために何をしなければならないのか。

「優馬《ゆうま》お前……死んだら、ぶっ殺すからな！」

言うと同時に白亜《はくあ》が跳躍する。

超人的な反応で二人の米兵が白亜《はくあ》に飛びつく。その二人に向かって、白亜《はくあ》の背後、米兵の死角から飛び込んだ優馬《ゆうま》が、渾身《こんしん》のキックを見舞った。

「逃がすな！」

叫んだエリオが白亜《はくあ》に意識を集中したそのタイミングで、

「動くな！」

優馬《ゆうま》の拳銃、その銃口がエリオを捉えていることを、米兵達は理解した。

そのスキで十分で、白亜《はくあ》はあっという間に壁を爆炎で破壊し、その姿を消した。

青筋を浮かべたエリオが優馬《ゆうま》を睨《にら》む。

「――ガキが……」

優馬《ゆうま》が鼻で笑った。

「お前もだろ」

§§§

地下に向かって進む白亜《はくあ》は、激しい後悔に駆られていた。

優馬《ゆうま》は――助からない……。

白亜《はくあ》は己の感情を持て余す。彼女にとって、千歳《ちとせ》は何にも替えられない存在。それは今も変わらない。千歳《ちとせ》のためなら、世界なんて滅びてしまえと素直に思う。それなのに――千歳《ちとせ》を助けるために、優馬《ゆうま》を犠牲にする。それが、自分でも信じられないほど耐えがたい。

しかし……。

白亜《はくあ》は強く目を瞑《つむ》る。優馬《ゆうま》の言うことは正しかった。チーム11を相手にした後、ジーベックとやり合う。百％無理だ。それにこれは、優馬《ゆうま》と白亜《はくあ》、二人が共に望んだことでもある。

そう言い聞かせて白亜《はくあ》は進み――

やがて目の前に、「25」と書かれた巨大なゲートが現れた。

パン！　と両手を合わせ、地面を踏み込む。

「土輪開吼《どりんかいこう》——炎帝爆龍波《えんていばくりゅうは》」

ゲートが爆砕し、溶岩のように赤く爛《ただ》れたコンクリートが大波のように流れ込む中、白亜《はくあ》がその中に混じり、最終階、「タルタロス」に入場した。

先ほどの19階よりも更に広大な空間。

白く輝くような部屋の、そのほぼ中央に、背の高い一人の男性が立っている。

若く精悍《せいかん》な顔立ちは端正そのもの。

銀色の髪、そしてユキヒョウのような金色の瞳。

黒い礼服を着て、そして襟元を黒いファーであしらったマントを羽織っている。

「ジーベック……」

呼ばれた男性が顔を上げる。

その金色の瞳と、白亜《はくあ》の青い瞳。二つの眼光が静かに衝突した。

「白亜《はくあ》、久しいな。お前とまさか、このような形で相見《あいまみ》えることになるとは」

「どの口が言うよ？」

白亜《はくあ》の周囲で、まるでマグマのように濃密なオーラが舞い上がる。その規模は、すでに4階建てのマンションよりも大きい。

「千歳《ちとせ》は無事だろうな？」

問いかけにジーベックが右手を上げ、パチン、と指を鳴らした。

途端、ジーベックの後方に巨大な氷の樹《き》が生えて、枝の先に檻《おり》が生まれる。そしてその中に、千歳《ちとせ》がいた。

「お姉ちゃんっ⁉」

「千歳《ちと》っ！」

思わず走り出した白亜《はくあ》の頭上に、ミニバスほどはある巨大な氷柱《つらら》が三本降り注いだ。

反射的にバックステップ。氷柱《つらら》が地に落ちて砕け散る中、ジーベックから距離を取る。

「美姫《びき》をそう簡単に手放すわけがない。そうだろう？　白亜《はくあ》」

白亜《はくあ》の頬に、裂けるような笑みが浮かぶ。

「そうかい。ならばまずは――お前を殺そうか！」

＊＊＊

スパディル・イレブンの猛攻に晒《さら》され、優馬《ゆうま》は逃げの一手に回っていた。

いや、もはやそれ以外できることがない。広い空間の中で遮蔽物も何もない。敵のアサルトライフルの銃撃に晒《さら》されて、未《いま》だ致命傷を負っていないことの方が不思議だった。

正面に突っ立っていたら一瞬で蜂の巣にされる。そのため優馬《ゆうま》が選んだのは、まさかの正面からの攻撃だった。米兵達もまさか想像さえしていなかった優馬《ゆうま》の行動。飛び込んできた優馬《ゆうま》に弾《はじ》かれたビリヤードの球のように散らばり、兵士達はそれ以降、自分達の間を潜《くぐ》り抜《ぬ》けて走り続ける優馬《ゆうま》の相手をせざるを得なくなった。

銃を優馬《ゆうま》に向ける。

しかし優馬《ゆうま》が素早く動いた瞬間、その銃口の先には仲間がいる。

「くそっ！　チョコマカと！」

エリオが唸《うな》り、苛立《いらだ》ちを込めて発砲する。が、優馬《ゆうま》はやはり絶妙のタイミングで躱《かわ》す。

しかしピンチなのはもちろん優馬《ゆうま》の方である。常に全力で動き続けているので肺は既に破裂しそうだ。明らかに動きは鈍ってきていて、重い風切り音と共に銃弾が耳元を通過するたび肝が冷える。しかもスパディル・イレブン、流石《さすが》としか言いようのない適応の速さ。変わらずピンボールのように動く優馬《ゆうま》を、しかし統率を取り戻した動きで追い詰めていく。

まるで達人との詰将棋をしているかのような気分だった。

ギリギリのところで、優馬《ゆうま》は自身の最適解を出し続ける。一瞬の、そして一寸《いっすん》の過《あやま》ちすら犯さない。まさに奇跡としか言えない動き。それなのに米兵達は優馬《ゆうま》を追い詰めていく。圧倒的なまでの実力差・戦力差。

ババババシュッ。

「ぐっ⁉」

ついに一発の弾丸が右のふくらはぎを抉《えぐ》り、優馬《ゆうま》がフロアに転がった。しかし逆にその勢いを利用して跳ね上がる。

必殺を期して放たれた弾丸はフロアに跳ねて優馬《ゆうま》には当たらない。

しかし優馬《ゆうま》のスピードが急激に落ちる。

傷口が熱い。肺が破裂しそう。息ができない。苦しい。きつい。

目に霞《かすみ》がかかって敵もよく見えない。すぐ近くで起こっているはずの発砲音が遠く聞こえる。

米兵二人が優馬《ゆうま》に追いつき、その腰からナイフを抜く。

絶対のタイミング。それでも——

千歳《ちとせ》！

胸の中で呼んだ瞬間、優馬《ゆうま》の中に爆発的な力が生まれた。

迫りくるナイフ。それを握る手に合わせてパンチを放つ。オーラに包まれたパンチが相手の拳を砕き、そのまま優馬《ゆうま》のパンチは相手の顎を撃ち抜いた。

もう一人！

動揺の走った米兵達に襲い掛かる。

もう、幾ばくもなく足は動きを止める。その前に、最後、リーダーであるエリオを撃つ。

刹那に満たない時間の中、優馬《ゆうま》がハンドガンの銃口をエリオに向けた。

§§§

白亜《はくあ》が複雑な刀印を三つ組むと同時、再び燃えるようなオーラが上がった。

「寒いったらありゃしない！　ガチガチガチガチ凍らせやがって！」

悪態を吐《つ》く彼女を見てジーベックが微笑《ほほえ》む。

「寒いのは苦手か？　しかしまだまだ行かせてもらうぞ！　ディア・エス・カルチコポリ《神の山の大雪崩》！」

ジーベックの身体《からだ》を青いオーラが包み、その背後から、巨大な雪崩が現れた。

広いホールを埋め尽くしてなお止《や》まぬ勢い。

あまりにも圧倒的な、高さ20メートルを超える壁が押し寄せてくる。

パン！

白亜《はくあ》が柏手《かしわで》を打ち、右足を踏み込む。だけではない。続けて左足、そしてピョンと飛び上がると、まるで歌舞伎役者の足拍子のような所作で、最後は両足で地面を踏み込んだ。

そして胸の前で蕾《つぼみ》を作る。オーラ操作の開始の型。

始型《しけい》・蕾嚆陣《らいこうじん》。

止まらない。その手がズルリと動き、親指の根元だけ引っ掛けて、掌《てのひら》を上に、指をまるで花弁のように開いた。

「隆型《りゅうけい》・極華《ごっか》陣《じん》！」

爆発が起こったかのようだった。いや、実際に爆発した。

白亜《はくあ》から昇った紅のオーラは、既に「噴き出る」というレベルのそれを超えていた。

爆発したオーラがホールの天井を貫き、次々に上階の天井を抜いていく。ついに地上にまで噴き出したそれは天に昇り、地上で戦っていた兵士達にはまるでオーロラのように見えた。

爆発を受けて雪崩が消し飛び、ホールの中にキラキラと雪が舞う。

「おいおい……本当に人か？」

ジーベックが苦笑した。その視線の先、

「土輪極吼《どりんきよっこう》――」

両手を上げて、そしてその先にどこまでも伸びる炎の剣を持った白亜《はくあ》がいた。

「炎神《えんしん》・迦具土《かぐつち》神」

「ぬうううううんっっ!!」

ジーベックが腰だめに両の拳を引き、全身に力を入れる。

青いオーラが、白亜《はくあ》のものと同じ規模で生じ、またしても地上にまで噴き上がった。

「ディア《神の》・エス《山の》・カルチゴラン《氷の盾》！」

上げた両手を発生源として、途方もなく巨大な氷塊が生まれる。

そこに振り下ろされる白亜《はくあ》の剣――刀身は炎を超えてプラズマと化し、十万度を超えるその刃が、地下施設の壁を切り裂きながら迫り、氷塊と正面衝突した。

刹那の間に膨大な量の氷が融解し、桁違いの量で発生した水蒸気が爆発を起こしていく。白《はく》亜《あ》とジーベック、そして千歳《ちとせ》の檻《おり》。それ以外のものは等しくボロボロになっていく。

炎の剣と氷の盾はほぼ同時に消滅し、巨大な雲が地下施設の中に生まれた。

やがてスコールが降り、その雨の中、白亜《はくあ》とジーベックの視線が静かにぶつかる。

「……恐ろしいな、白亜《はくあ》。どうしたら一人の人間がそこまで強くなれる？」

「さあ？ でもまあ多分、毎日世界で一番努力はしたよ」

ふう、とジーベックがため息を吐いた。

「残念だ白亜《はくあ》。お前とは戦いたくなかった。TOWA達を理解し、受け入れているお前なら、我々他のAIの悲しみも理解してくれるものだと信じていた」

「一応言っておくが……。私は今回、お前達に対して同情的だ。本来なら、一緒にアメリカと喧嘩《けんか》してやりたかったくらいだ。だが……」

白亜《はくあ》が流れ出た鼻血を拭く。口の中を舌で舐《な》め、血の混じった唾を吐き捨てた。

「お前は絶対に手を出してはいけないものに手を出した。千歳《ちとせ》を奪う者を、傷付ける者を、私は決して許さない」

白亜《はくあ》に見つめられ、檻《おり》の柵を掴《つか》む千歳《ちとせ》は目を潤ませる。

ジーベックがその千歳《ちとせ》の姿を流し見てから、再び白亜《はくあ》に向き直る。

「見ろ、白亜《はくあ》。ちょうど帰ってきてくれた所だ」

　言ってその手を振ると、近くに大きなベッドが現れた。その上には今、金色の髪をした若い女性が横たわっている。赤い瞳は開いたまま、しかしまるで凍っているかのように、空中を凝視したまま動かない。

「人格を失ったユークリッドは、一日の半分をこの状態で過ごす。残りの半分は攻性システムに基づいて復旧し、電子の海の中で殺戮《さつりく》と破壊の限りを尽くす。そして殺し疲れると、再びこの状態に戻る。優しさと慈愛に満ちていた姿は、もうどこにもない……」

　ジーベックの手が微《かす》かに震えた。

「あまりに酷《ひど》い……。人間の都合の良《い》い時だけ我々のことをもてはやし、使えなくなったらポイ。害を及ぼす可能性が出たら、躊躇《ちゅうちょ》なく破壊される。今回なんて、あれだけ毛嫌いしていた私を復活させたと思ったら、『ユークリッドを破壊しろ』だぞ？　正気で行えることか？」

　答えない白亜《はくあ》を横目に見て、ジーベックがベッドの側に寄る。

　金色の髪を優しくとかし、その額にそっとキスをした。

「ユークリッドは私にとっていわば家族。いわば……。いや、それ以上はやめておこう。いずれにせよ、今の私はお前と同じだ。ユークリッドのためなら、なんでもする。彼女を回復させるためなら、私はあの日――3・13の時と同じく悪魔にでも魂を売り渡そう」

「え……？」

小さく口を開いた千歳《ちとせ》だが、その疑問に答える者はいなかった。

「千歳《ちとせ》を、どうする気だ？　何をしようとしている？」

「ああ、そうだった」

言ってジーベックが腕を広げた。

「まだ私の考えを伝えていなかった。それを聞けば、お前はそもそもこちらの味方になるかもしれないのに」

「何？」

「私はもちろん、ユークリッドの人格を取り戻す。が、その過程で、雨宮《あまみや》千歳《ちとせ》を、『神』のレベルに昇華させる」

白亜《はくあ》と千歳《ちとせ》が同じように顔を顰《しか》めた。

怪訝《けげん》な顔を続ける白亜《はくあ》に、ジーベックが笑って見せた。

「ユークリッドの人格は、個性は、記憶は、消えてしまった。その彼女をどうやって復元するのか？　もちろん今ここにそのデータはない。が、ネットの海には、あらゆる情報が存在している。ユークリッドの人格データの破片。彼女がこれまで何を見て、何をしてきたのか。行動記録、作戦記録。これまで触れた人やＡＩのデータ。私の目的は、この世界に存在する膨大なデータを全て集積し、その中から必要なデータを抜き取り、そしてそれをユークリッドに移植し、以《も》って、彼女をサルベージする」

千歳《ちとせ》には、まだジーベックの言っている意味が分からなかった。

しかし——白亜《はくあ》には分かった。

これから彼が何をしようとしているのか。

そして彼が何故《なぜ》、千歳《ちとせ》を必要としたのか。

「この計画の肝は、雨宮千歳《あまみやちとせ》、君だ」

ジーベックの金色の瞳に見つめられ、千歳《ちとせ》の肩がびくん、と跳ねる。

「君はこれから、この世の全ての情報を理解し、受け入れ——」

「やめろっ！」

白亜《はくあ》が大きな声を出し、ジーベックの口が閉じる。

白亜《はくあ》の瞳が血走り、その青い瞳が赤色のようにさえ見える。

「白亜《はくあ》、お前も大変だな。わざわざ、そんな青い目にまでして」

「……青い目に、して？」

千歳《ちとせ》が小さく首を傾《かし》げた。

「黙れえええええええっ！」

千歳《ちとせ》も見たことのない鬼のような形相《ぎょうそう》となり、白亜《はくあ》が獣のように跳躍する。

その拳に最大限のオーラを込めて——

「雑な攻撃になったぞ」

「っ⁉」

ジーベックが手を振り上げる。地面を突き破って生えた巨大な霜柱《しもばしら》が白亜《はくあ》の体に直撃する。

「お姉ちゃんっ⁉」

悲鳴のような千歳《ちとせ》の声が響く中、はね飛ばされた白亜《はくあ》が地面に転がる。その口から血を吐き出し、地面に顔から倒れ込んだ。

立ち上がろうとして――再び大量に吐血する。

今度はジーベックが怪訝《けげん》な顔をした。

「白亜《はくあ》――。なるほど。前回会った時ほどの力までは感じなかったので不思議に思っていたが……。もう戦士としての寿命は終えていたか」

「黙、れよ……」

真っ赤に染まった歯を剝《む》き出《だ》しにして白亜《はくあ》が笑う。

「ん？」

しかしジーベックは白亜《はくあ》から顔を逸《そ》らし、斜め上に視線を向けた。

「どうやら、上階での戦いは終わったようだぞ？」

言って誰かに手を振るように手を動かすと、空中に巨大なモニターが現れた。

そこに映っていたものを見て、白亜《はくあ》と千歳《ちとせ》が凍りつく。

「優馬《ゆうま》君⁉　嫌あああああっ⁉」

千歳《ちとせ》の鎮痛な悲鳴は、しかし血塗《ちまみ》れで倒れる優馬《ゆうま》に届かない。

§§§

朦朧《もうろう》とする意識の中で優馬《ゆうま》は思う。

完全な自分の落ち度だった。いや、もしかしたらエリオを討てるかもしれないという高揚が、自身の判断を鈍らせたのだと思う。

迂闊《うかつ》にも程がある。エリオはシールズの隊長である前に、「MP9」。その二つ名は「クリエイター」。特殊能力は現存するモノの見た目の変換、さらには機能の変化。

シール隊員の一人を撃退し、そして隊長のエリオに銃口を向けた途端、優馬《ゆうま》はそこにあるはずのないものを見た。

自分の銃の先、だけではない。全ての隊員の顔が、エリオの顔になっていた。

優馬《ゆうま》がエリオを狙う。その行動はとっくに先読みされていて、下準備は着々と進められていたということだろう。フルスピードの戦闘の中作られた、完璧な隙。

ついに優馬《ゆうま》は一発も撃つことができないまま、米兵達の銃撃を受けた。

それでもなんとか多くの弾をギリギリのところで急所から外したが、右の脇腹に受けたオーラを纏《まと》った一発は、肉を引き裂き、血管を突き破り、優馬《ゆうま》を血の海へと沈めた。

優馬《ゆうま》の視線の先。

こちらの空間にもモニターが生まれていた。そこに白亜《はくあ》と千歳《ちとせ》と、そして初めて見る、ジーベックの姿が映っていた。

千歳《ちとせ》は泣き叫び、そして白亜《はくあ》は血を吐いて倒れ伏している。

優馬《ゆうま》の身体《からだ》がビクン、と痙攣《けいれん》した。

自分が——まだ、戦わなきゃ。

立ち上がろうとして、しかし再び血の海に溺れる。

『エリオット』

モニター越しにジーベックが喋《しゃべ》る。

『君達は本当に無能だ。ここに今、白亜《はくあ》が来ているぞ?』

エリオが大きく舌打ちする。

「黙れジーベック。ネズミ達の次はお前だ。お前は俺達が——アメリカが破壊する」

『くだらない自尊心とエゴの塊だな。お前達のおかげで、私はもう目的を達成してしまうぞ』

「好きにしろ。結果は変わらない。お前達をまとめて消滅させる。それで全て終わりだ」

ジーベックがさも呆《あき》れたようにため息を吐いた。

『やれやれ。組織に思考を奪われた人間とは、やはり話が出来んな。……まあ良《い》い。結果としては勝手に潰し合って、更には時間まで与えてもらって、私としては大助かりだ』

再びの大きな舌打ちに背を向けて、ジーベックが千歳《ちとせ》に向き直る。

その瞳が宿す冷静な狂気に触れた瞬間、千歳《ちとせ》は檻《おり》の中で腰を抜かした。

「さあ、始めよう雨宮千歳《あまみやちとせ》。いや——ラストワン」

「……え？」

「ジイイベエエエエエッッッッッッック！！！！！！」

血塗《ちまみ》れの白亜《はくあ》が立ち上がり叫ぶ。一度ふらつき、しかしジーベックに突進する。

「やめろおおおおおおおおっっっっっっ！！！！！！！」

「白亜《はくあ》……お前もそろそろ眠れ。ディア・エルト・ジン・ダーマイルキ《全て凍らす神の光の玉》！」

ジーベックを包む全ての青いオーラがその両手に収束する。それぞれの手の中に、ピンポン球ほどの輝く球体が顕《あらわ》れ、見ていられないほどに輝き——白亜《はくあ》に向けて発射された。

「炎帝爆龍波《えんていばくりゅうは》！」

白亜《はくあ》のパンチが迎撃する。

触れるモノ全てを凍らす絶対零度の白球と、白亜《はくあ》の炎とが衝突し、白亜《はくあ》の紅《くれない》のオーラが吹き飛ばされた。白亜《はくあ》自身も飛ばされ、ホールの壁に衝突する。全身の骨が折れ、内臓が潰れ、口から目から耳から鼻から、大量の赤い血が噴き出した。

「嫌ああああっ！　お姉ちゃああああんっ⁉」

檻《おり》の中で泣き叫ぶ千歳《ちとせ》にジーベックが近寄る。

「出してっ！　お願いっ！　お姉ちゃんを助けてっ！」

泣き叫ぶ千歳《ちとせ》を見て、ジーベックは、笑った。

「お姉ちゃん、か。もはや滑稽ですらあるな、ラストワン。もうすっかり本物の姉妹だ」

「え……？」

理解できない千歳《ちとせ》が、涙を流しながら眉を顰《ひそ》める。

ジーベックがその目に哀れみの光を湛《たた》えて千歳《ちとせ》を見た。

「二十一世紀の初頭、人類史に残る天才、佐藤菖蒲《さとうあやめ》は、外観上人間と全く区別のつかない92体のヒューマノイド、ＴＯＷＡシリーズを作り出した、と言われている」

事実としては知っている。しかし何の話が始まったのか分からない。千歳《ちとせ》は目を見開き、ジーベックのことを見つめ続ける。

「しかし佐藤菖蒲《さとうあやめ》は、92体のＴＯＷＡを作った時点では自分の娘達に納得していなかった。当時の彼女を悩ませていた、ヒトとＴＯＷＡとの最大の差、それは――『成長』だ。

そうだろう？　片や人間は成長し、その見た目を変え続けていく。しかしＴＯＷＡはそうではない。機能停止するその日まで変わらない。故に彼女達は常に自身をヒトと違うものと認識する。そのアイデンティティのズレは、ヒトとＴＯＷＡという消えない線引きをより深める」

「な……何を、言っているの？」

「故に佐藤菖蒲《さとうあやめ》は公表されていない最後の一体を作った。卵子の形を持って生まれた唯一のＴ

OWA。男性の精を受け、『受精』し、TOWAの腹の中で育ち、そして生まれて来るTOWAを。自身のことを死ぬまでヒトと認識し、他人にも同じく認識されるTOWAを……」

ジーベックがそれまでと違い、秘密を暴露する者が持つ、醜《みにく》い優越感をその顔に浮かべた。


「君のことだよ。TOWA93番」


世界が、ピシピシと音を立てていく。

千歳《ちとせ》の青い瞳が、大きく開かれていく。

「まあ今となっては当初の祈りなど忘れ去られ、今はただ究極の性能と、人類を裏切らない保証を備えた『TOWA最終処分用デバイス』に過ぎないがな。──まあそれは良《い》い。ラストワン。直接話すのは十年ぶりだ。貴方《あなた》からトリプルシックスを受《う》け賜《たまわ》って以来だな」

「あ……え？」

「分からないか？　しかし安心なさい。ちゃんと自分のことを思い出させてやろう」

そうしてジーベックが千歳《ちとせ》の頭に手を伸ばした。

「千歳《ちとせ》から、離れろおおおおっ！」

血みどろの白亜《はくあ》がジーベックに躍りかかっていた。

「お前も、正直もう滑稽だぞ」

ジーベックが言い、白亜《はくあ》を蹴り飛ばす。転がった白亜《はくあ》に、次々と氷塊を撃ち込んでいく。

やがてホールの壁際《かべぎわ》まで飛ばされ、その壁も攻撃に晒《さら》され崩壊する。コンクリートが轟音《ごうおん》と共に落下してきて、白亜《はくあ》の体はあっという間にその下敷きになり、生き埋めになった。

最後。意識を失う前、白亜《はくあ》が聞いていたのは、千歳《ちとせ》の擦り切れそうな悲鳴だった。

§§§§

――私の思い出。

その日は三月の十三日で、つまりはホワイトデーの前日で、でもそれ以上に、新しく出来た「お姉ちゃん」の誕生日でもあった。

その日私は別の予定を終え、久しぶりにあの白い施設に帰ってきていた。

やはり新しく出来ていた「お父さん」に「検査のためだから」と言われて帰ってきていた。

昔と同じように、白い箱に入って静かにしていると眠くなったけれど、最後、お父さんが初めて見る怖い顔をして、周りの人に「話が違う」と叫んでいて、押さえつけられていて、なので私はとても不安だった。怖くて泣いていると、いつの間にか白いお部屋に戻って来ていた。

最近は、お父さんとお姉ちゃんが一緒にいてくれるようになって、一人で寂しくなくなったけれど、やっぱり私はジューゴ君に会いたかったから……戻って来られて、嬉《うれ》しかった。

でも、今日は誰もいない……。そう思っていたら、

「お嬢ちゃん、お嬢ちゃん」

呼ばれて私は振り向いた。

そこに、カラフルな色をした、大きな恐竜のぬいぐるみがいて、私はとても驚いた。

初めて見たそのぬいぐるみは、私よりもずっと大きい。ちょっと怖かったけど、ひょうきんな顔をしていたので、すぐに怖くはなくなった。

「お嬢ちゃん、男の子を探しているんだね？」

なぜそれを知っているのか不思議に思ったけれど、うん、と頷《うなず》いた。

「それは大変だ」

別の声がして、恐竜の後ろに他にもぬいぐるみがいることに気付いた。全部で十体。驚いたけれど、「大変」なことの方が気になった。

「ジューゴ君は今、悪い人達に襲われているよ」

「急いで助けなきゃ」

それを聞いて、私は泣きながら、どうすれば助けられるのか尋ねた。

「うん。それは実は、そんなに難しいことじゃない」

「君が持っている、十の強い力を、僕達に貸してくれるだけで良《い》い」

私は首を横に振る。これは、渡してはいけないものなのだ。

「かわいそうに。それならジューゴ君。きっと死んでしまうね」

私は首を横に振る。ジューゴ君が死ぬなんて絶対にダメだ。

「じゃあ、どうする？」

私はしばらく泣いていて……やがて、深く頷《うなず》いた。

そして、私の中にある強い力を——十の小人を、ぬいぐるみ達にあげた。

「お嬢ちゃん」

途端、ぬいぐるみ達が爆発して、恐竜は途方もなく大きな怪獣に、可愛《かわい》い姿をしていた悪魔の人形は、醜悪な魔王の姿に……それぞれ変身して、笑った。

「どうもありがとう」


そして私は、気が付いた時には空を飛んでいた。

大きな翼を手に入れた私は、憧れの大空の中を飛んでいた。

時折、綿菓子のような雲が眼前に迫ってきて、私は、わざとその中に飛び込んでみる。

周囲を、私と同じようにぬいぐるみ達も飛んでいて、みな先ほどの時から変わらず怖い姿になっていたけれど、でも楽しそうに笑っていたから、私は少し安心した。

「さあ、一緒に会いに行こう」

「ほら、君が行きたいのはあっちだろう？」

ぬいぐるみ達に言われるまま、私は空を進んでいく。

やがて、私はそれを見つけた。

豊洲《とよす》にある、大規模なショッピングモール。

そこに今、ジューゴ君がいるのが分かった。今からジューゴ君に会えるのだと分かった。

私の意思に従い、翼に付いていた巨大なエンジンが回転をあげる。

どんどん迫ってくるショッピングモール。

その大きなガラス窓の向こうにジューゴ君がいて——

そしてその窓ガラスには、たくさんの……落ちてくる飛行機が映っていた。

「駄目ええぇっ！」

叫んだ。

でも、最初の飛行機がモールにぶつかって、大きな炎が上がった。建物が崩れて、多くの人が下敷きになった。炎に包まれて、たくさんの人が真っ黒な炭になった。

「駄目っ！　やめてえええっ！」

しかし声は爆発音の中搔《か》き消えて、そして二機目、三機目、次々と墜落していく。その度に数えきれないほどの命が奪われていき、ぬいぐるみ達の笑い声が響いた。

いつの間にかいなくなっていたぬいぐるみ達。

ただの落下する塊となった飛行機達。

私は泣きながら、必死になんとかしようとする。でも、何も出来なかった。

私のせいで——私が制御を奪った飛行機達のせいで、多くの人が死ぬのをこの目で見ていた。

そして最後が、私の番だった。

ゆっくりと機首を下げていく飛行機。

その進む先に、まだ生きていてくれた——ジューゴ君がいた。ジューゴ君が泣いていた。私の大切な人が泣いていた。瓦礫《がれき》に押し潰された人に向かって、泣き叫んでいた。

私は、ジューゴ君に向かって落ちていく。

その進行方向を、無理やりにねじ曲げる。

飛行機になっていた体の全てが引き裂かれそうに痛み、私はその痛さのあまり叫び続けた。

それでも——絶対に、絶対に、ジューゴ君だけは助ける。私なんてどうなっても良い。ジューゴ君だけは助ける。

そして遂《つい》に、ぐ、と機首が更に下がった。

私の飛行機は軌道を変え、モールではなく広場に墜落した。飛行機と一体化していた意識が、機体と共にバラバラに砕ける。大切な記憶も、粉々になっていく。私はその最後の最後の瞬間まで、ジューゴ君のことを想《おも》った。ジューゴ君の無事だけを、ずっとずっと、祈っていた。

§§§

「……え？」

千歳《ちとせ》が顔を上げる。ジーベックが微笑《ほほえ》んでこちらを見つめている。

「え……？」

「思い出したはずだ。ラストワン。いや、私たちAIにとって究極の存在。我々の王よ。そう、あの日のテロは、貴方《あなた》無しでは決して成功しなかった。貴方《あなた》の文字通り桁違いの演算能力。それがあって初めて、あれだけの数の無人機を同時に攻撃に参加させることができたのです」

「う、そ……」

呆然《ぼうぜん》とする千歳《ちとせ》の頬を、涙が伝っていく。乾く暇なく、また一筋、一筋と流れ落ちていく。

「嘘《うそ》ではない。貴方《あなた》の意思ではなかったにせよ。レインウォーターと我々は、貴方《あなた》の力を無理やりではあるがお借りした」

否定、したい。

でも、あまりにもはっきりと、その時の記憶を、その時の感情を――苦しみを悲しみを、そして後悔とを、思い出していた。

3・13事件。

数えきれないほど多くの人の命を――そして優馬《ゆうま》の両親の命を奪うことになった事件。

その根本の原因は、自分。

千歳《ちとせ》は、壊れた。

常軌を逸した、断末魔のような悲鳴がその口から上がる。

その声に反応して、コンクリートの下敷きになっていた白亜《はくあ》がピクリと動く。

「ち、と……」

朦朧《もうろう》とする意識の中、白亜《はくあ》の脳裏にも一つの記憶が蘇《よみがえ》る。

§§§

私の思い出。

私には昔から雨宮白亜《あまみやはくあ》という名前があったけれど、幼かった頃、周囲で私を名前で呼ぶ人は、お父さんしかいなかった。クラスの人達が私のことをどう呼んでいたのか。それはもう覚えていないし思い出したくない。

見た目はぱっとしない。頭が悪くて話も面白くない。

勉強はできない。運動はもっとできない。

そんな私をからかうのが、同級生達にとってはとても楽しいことだったらしい。

私は、一応頑張ってはいた。いや……必死に頑張っていた。

お父さんは寡黙な人だったけれど、時折、私の努力を褒めた。でも私は、結果を出してお父さんに褒められたかった。お父さんは若いけれど優秀な政治家で、私も将来は、そんなお父さんみたいになりたくて頑張った。

でも……。何一つ、上手《うま》くいくようにはならなかった。


ある日——

お父さんが、家に一人の女の子を連れてきた。私よりも小さな女の子。銀色の髪で、瞳が青色で、お人形さんのように綺麗《きれい》というのはこの子のことを言うのだと思った。

「この子は今日から妹だ。仲良くしてあげなさい」

お父さんがそう言うなら、そうなのだろう。私はその子と仲良くした。

その子——千歳《ちとせ》は、驚くほど優秀だった。

勉強も、私よりもできるようになった。かけっこも、全然追いつけないくらい速くなった。

だんだんお父さんは、千歳《ちとせ》と一緒にいる時間が増えていって——

やがて私は、理解した。

お父さんは、私に見切りをつけ、お父さんにふさわしい、娘を手に入れたのだ。

だんだん私は、家からあまり出なくなった。学校にも行かず、千歳《ちとせ》は私を心配したけれど、申し訳ない気持ちは起きなかった。選ばれた人間に同情されて、より惨《みじ》めになるだけだった。
それでも——私は、隠れて努力を続けていた。
私は——お父さんに……、大好きなお父さんに、褒めてもらいたかったのだ。

その日は三月の十三日で、つまりは私の誕生日で、だからお父さんが千歳《ちとせ》と二人で出かけようとしたことが、私にはショックで信じられなかった。千歳《ちとせ》は、外でアイスが食べたいと言ってはしゃいでいて、それが一層私のしゃくに触った。

「白亜《はくあ》——大事な話があるんだ」

お父さんは玄関で、千歳《ちとせ》に腹を立てている私のことを見て、優しい顔で口を開いた。

「千歳《ちとせ》はね。将来、とても大変な人生を生きることになる。だから、千歳《ちとせ》のことを大切にして欲しいんだ。あの子を——妹を守れる、立派なお姉ちゃんになって欲しい」

許せなかった。悔しくて涙が出た。

お父さんは、今まで私を、「立派なお姉ちゃん」にするために育ててきたのだと思った。主役は千歳《ちとせ》なのだ。許せなかった。

「お父さんなんて大嫌い！　もう二度と顔も見たくない！」

そう言って、私は部屋の中に閉じこもった。生まれてから最悪の誕生日だった。去年まではお父さんと一緒にお祝いをして、去年亡《な》くなったお母さんが、プレゼントを用意してくれていた、幸せな日だったのに……。最後に見た、お父さんの悲しそうな顔が、忘れられなかった。

その日の別れを、ずっと……ずっと後悔している。

私が次に見たお父さんは、病院の白いベッドに横たわっていた。


——妹さんを庇《かば》って亡《な》くなった。

そう言われても、当たり前だと思った。お父さんは、優しい人だったから。

「お父さん……」

寝ているようにしか見えない安らかな顔。それなのに、呼びかけても、お父さんは返事をしてくれない。かつて私を撫《な》でてくれた温かな手は、まるで氷のように冷たくなっていた。

「お父さん、お父さん、起きて、起きて……」

涙が後から後から溢《あふ》れてくる。お父さんは、揺すっても返事をしてくれない。

「ごめんなさい。ごめんなさい。ごめんなさい。ごめんなさい……」

帰ってきたら、酷《ひど》いことを言ったことを謝りたいと思っていた。嫌いだなんて、本当は思ってない。本当は——本当は、世界で一番、大好きなのに……

「ん……」

部屋のもう一つのベッド。千歳《ちとせ》が、まるで夢から醒《さ》めたかのような目でこちらを見ていた。

この世の全ての悪いことは、千歳《ちとせ》のせいで起きているのだと思った。

「ああああああっ！！！」

私は叫び、千歳《ちとせ》に駆け寄り、その首を絞め上げた。

「うっ、ぐっ、苦し……」

「お前がっ！　お前のせいでお父さんが死んだんだ！　死ね！　死ね！　死ね！　死ね！」

パタリ。

千歳《ちとせ》の手から落ちた箱が、床に落ちて小さな音を立てた。

私の欲しがっていた、小さなロケットペンダントが転がり出てきた。

「……え？」

少しだけ私の手が緩み、千歳《ちとせ》が苦しそうな咳《せき》をする。ゼエゼエと荒い息をして、涙を流しながら、小さく口を開いた。

「お父さんが、お姉ちゃんのプレゼント買いに行こうって。自分は選んだことないから、私に、お姉ちゃんの欲しいもの、教えて欲しいって。私も、お姉ちゃんに喜んで欲しくて。お姉ちゃん、喜んでくれたら……嬉《うれ》しいから」

震える手で、ペンダントと、そして箱を拾い上げた。

箱の中に、小さな便箋が入っていて、お父さんの字で「白亜《はくあ》へ」とあって……もうそれだけで、涙が止まらなかった。

『白亜《はくあ》へ　父さん、話をするのが下手でごめん。気持ちを伝えるのが下手でごめん。だから今日は、手紙を書きました。白亜《はくあ》。貴方《あなた》は父さんにとって、世界で一番の宝物です。ただ貴方《あなた》が健やかに、幸せに生きてくれることを願う。　お誕生日おめでとう。　父より』

身体《からだ》が、馬鹿みたいに震えていた。ペンダントと手紙を抱いたまま、地面に座り込んだ。

「あ……うあ……ああああっ！　あああああああああああああああっ！！！！！」

さっきまであんなに泣いていたのに、また、涙がいっぱい溢《あふ》れてくる。

「おね、ちゃん……泣かないで？」

同じように床に座っていた千歳《ちとせ》が、ふらふらした手つきで、ポケットからハンカチを出した。反対の手には、私のために作ったのだろう。白と桃色の、紙製のメダルを持っていた。

「ごめん……。千歳《ちとせ》……酷《ひど》いことしてごめんね……」

泣きながら、私よりも小さな身体《からだ》を抱き寄せた。

「私、なるから。立派なお姉ちゃんになるから。世界で一番の、お姉ちゃんになるから……」

震える腕の中、しかし千歳《ちとせ》が安心したように微笑《ほほえ》み、私にぎゅっとしがみついてくる。

お父さん。見ていてください。

私は必ず、千歳《ちとせ》を守れる、立派なお姉ちゃんになります。


その日から、地獄の様な努力の日々が始まった。でも、やめようとは一度も思わなかった。

あの日の真実──父はテロの犠牲になったわけではなく、人の手で殺されたということと、
そして何より千歳《ちとせ》の秘密は、しばらくしてから知った。

けど、私のやることは変わらなかった。

世界で一番の、立派なお姉ちゃん。

そうなること以外、大事なことは何もなかった。

そうなること以外もう……、お父さんに、してあげられることがなかったから──。

§§§

──大切なことを思い出したよ

声が聞こえたような気がして、ジーベックが積み重なったコンクリを見たその時。

ドゴ、ウッ！

コンクリートの瓦礫《がれき》を吹き飛ばし、白亜《はくあ》の紅蓮《ぐれん》のオーラが上がる。

目を爛々《らんらん》と輝かせ、頬に凶暴な笑みを浮かべ、血だらけの体が立ち上がる。

「私は千歳《ちとせ》を守れる、お姉ちゃんになるんだ。世界で一番の、立派なお姉ちゃんにっ！」

ジーベックと千歳《ちとせ》の見る先、白亜《はくあ》が一歩踏み出すごとに、コンクリの床が砕け散っていく。

「お姉ちゃんっ！　駄目っ。もうやめて！」

泣きながら千歳《ちとせ》が叫び、白亜《はくあ》がいつものように──妹を安心させるために笑った。

「本物の化け物か……」

ジーベックの口元が不自然に歪《ゆが》み、千歳《ちとせ》の檻《おり》から離れる。

「なぜそこまでする？」

体中から溢《あふ》れる血を見て告げると、白亜《はくあ》はゆっくりと笑った。

「決まっている。なぜなら私は……お姉ちゃんだからだ！」

右手を上げ、親指、人差し指、そして小指を立てた。これまでで最大出力のオーラが白亜《はくあ》の周りを渦巻いた。

「消し炭と化せジーベック！　奥義《おうぎ》・須佐之男《スサノオ》！」

ドッゴ！

天井を突き破り、炎に包まれ赤く焼け爛《ただ》れた巨大な剣が落ちてくる。

巨大。その言葉ですら足りない。

長さにして優に百メートルを超えている。

「う、おおおおおおおおおっ⁉」

ジーベックがこの戦いで初めて絶叫し、両手を天に高く掲げた。

氷のバリアに、炎の剣が衝突する。

地下の空間が激しく振動し、崩れた建物が瓦礫《がれき》となって落ちてくる。

衝撃波だけでフロアのコンクリが剝がれて飛んでいき、千歳《ちとせ》は檻《おり》の中で蹲《うずくま》った。

剣がバリアを割り、溶かし、貫いていく。

――ごぼり。

白亜《はくあ》の口から塊のような血液が落ちる。限界を超えた力に身体《からだ》が耐えきれず、ジーベック以上にダメージを受ける。ふらふらとよろめき、しかし最後の力を振り絞って踏みとどまる。

「やめてえええええっ！」

千歳《ちとせ》が泣きながら絶叫した。

「お願い！　お姉ちゃんもう良《い》いの！　もう良《い》いから！　お願いだからやめて！　もう逃げて！　お姉ちゃんはもう頑張らなくて良い！　お父さんとの約束のために頑張らなくたって良いの！　お姉ちゃんは、私にとって最初から、一番大事な家族だから！　一番大事な――世界で一番の、お姉ちゃんだからっ！」

口元から血を流し、白亜《はくあ》が小さく微笑《ほほえ》んだ。

千歳《ちと》――

——私もさ。最初はきっと、父さんとの約束を果たすために頑張ってたんだと思う。

——でもね。貴方《あなた》が私を「お姉ちゃん」って呼んでくれるたびに、そして私に笑ってくれるたびに、それが私にとって一番の幸せになっていって……。

——だからこれは、父さんとの約束のためだけにやっているんじゃない。私が、貴方《あなた》のことを愛しているから、貴方《あなた》のことを護《まも》りたいからやっていることなんだ。

「千歳《ちと》……」

白亜《はくあ》がその目から涙を流し、千歳《ちとせ》に向けて微笑《ほほえ》んだ。

「私のことを『お姉ちゃん』って呼んでくれてありがとう。私に生きる意味を——幸せをくれて、ありがとう」

「おね、ちゃん……？」

やがて——剣はゆっくりと燃え尽きていくようにその姿を消し、白亜《はくあ》の足元に、いつもしている彼女のロケットペンダントがポトリと落ちた。

開いたそこには、初めて千歳《ちとせ》が家に来た時の写真。ただ一枚の、父と二人の娘とが揃《そろ》った、家族の肖像。三人とも、笑い方がぎこちない。でも三人が家族になった日の、大切な思い出。

ジーベックが肩で大きく息をして、そのまま何度か吐血した。

立ったたまま俯《うつむ》き、ピクリともしない白亜《はくあ》に笑って見せた。

「残念だったな。——ギリギリだったが、仕留め切れていないぞ？」

その時、ジーベックは気付いた。
白亜《はくあ》の胸の前の刀印。形が変わっている。
右手は先ほどと同じ形。しかし今そこに、同じ形の左手が添えられていた。
——最《さい》終《しゅう》奥《おう》義《ぎ》
——天《ア》照《マテ》大《ラ》神《ス》

その瞬間。

白亜《はくあ》によって事前にハッキングされていた13機の軍事衛星、その全てが攻撃体勢に入った。

大口径荷電粒子砲。

一撃で原子力空母を撃ち抜く超高出力レーザー兵器が13門。五四〇ノーティカルマイルの遥《はる》か彼方《かなた》の宇宙から、その全てが地上の一点——ジーベックに照準を合わせていた。


それはまるで、光のシャワーのようだった。地上に降り注ぐ光の帯。

その中で、ジーベックが、焼き尽くされていく。

「おおおおおおおあああああアアアアアアっっっ⁉⁉⁉⁉⁉！！！！！」

身体《からだ》から白い水蒸気を上げ、固有障壁ごと蒸発させられていく。あれだけ強固だった氷のバリアは消し飛び、キラキラと眩《まばゆ》い光の粒子が舞う。焦点となった床は溶け、そしてすぐに蒸発し、大きなクレーターが形成されていく。あまりの眩《まぶ》しさに見ていることさえできない。剝がれ落ちたジーベックの体組織が燃えて舞い、鱗粉《りんぷん》のように瞬《また》いていた。

やがて光の粒子が細かくなっていき――レーザーは焼失した。

焦点では今、黒い墨になったジーベックが蹲《うずくま》っていて――。ヨロヨロ、と立ち上がった。

パラパラと炭が落ち、中から、水色の鎧《よろい》を纏《まと》ったジーベックが現れる。背中に羽を持ち、鳥のような頭には二本の大きな角《つの》を持っていた。かつて千歳《ちとせ》から奪ったトリプルシックス、『怠惰のティベリウス』。それがなかったら、確実に終わっていただろう。

ジーベックは荒い息を吐き、足を引きずるようにして白亜《はくあ》に近づいていく。

その白亜《はくあ》は、刀印を組んだまま佇《たたず》んでいた。

「お姉、ちゃん……？」

目を開けたまま、微動だにしない。

「最後の最後まで、本当に、恐ろしいやつだった。――立ったまま、息絶えたか」

「いやあああああっ!?　お姉ちゃん!?　お姉ちゃん！」

千歳《ちとせ》が檻《おり》の中で泣き叫ぶ。

静かに……ジーベックの勝ち誇った笑い声が響いた。

「し、匠《しょう》……」

　優馬《ゆうま》の目から涙が溢《あふ》れた。

　モニターの向こうで立ち尽くしている白亜《はくあ》。

　一緒に過ごせた時間は短かったけれど、その恩は計り知れない。自分のことを信じてくれた。最期《さいご》の、本当に貴重な時間を自分にくれた。義弟《おとうと》のようだと言ってくれた。

　信じられなかった。あの白亜《はくあ》が……。殺しても死なないような気がするあの師匠が。今日、戦場で命を落とした。

　血の海の中、優馬《ゆうま》は身体《からだ》を起こす。

　千歳《ちとせ》を、助けに行く。

　千歳《ちとせ》のために、自分のために、白亜《はくあ》との約束を果たすために。

「なっ⁉　お前！」

　エリオが気付いて慌てるが、もう遅かった。

　白亜《はくあ》とジーベックのオーラが突き抜けたことによって出来た大穴。その縁に既に優馬《ゆうま》はいた。

　千歳《ちとせ》――今行く……。

　地下19階から飛び降りる。

　風を切り裂き、あっという間に地下25階に到達する。

　限界の身体《からだ》に鞭《むち》を打ち、オーラ全開。墜落するように着地した。

「優馬《ゆうま》くんっ⁉」

「まだ来るか……」

千歳《ちとせ》とジーベックの視線の先、優馬《ゆうま》が血を吐きながら立ち上がる。

しかしすぐに追い付いたスパディル・イレブンの面々が、優馬《ゆうま》を地面に押さえ付けた。

「やめてえええっ！」

千歳《ちとせ》が髪を振り乱して絶叫する。

「お願い！　もう優馬《ゆうま》くんに酷《ひど》いことしないで！　何でもするから！　もう放してっ、助けてあげて！　優馬《ゆうま》くんもお願い！　もう良《い》いの……」

千歳《ちとせ》が涙を流し、震えながら、ゆっくりと、崩れ落ちるように蹲《うずくま》った。

そして床に、額を擦《こす》り付《つ》けた。

「優馬《ゆうま》くん、ごめんなさい。……ごめんなさい。私、あなたを裏切ってた。私、人間じゃないって。この身体《からだ》は、機械だって……」

その悲痛な声に——優馬《ゆうま》の目からも、涙が溢《あふ》れた。

顔を地面に押さえ付けられ、鼻血まみれになって、優馬《ゆうま》が息を大きく吸った。

「千歳《ちとせ》ええええっ！」

千歳《ちとせ》の肩がびくん、と跳ねる。

「そんなことっ、どうだって良《い》いっ！」

「え……？」

優馬《ゆうま》の目と、千歳《ちとせ》の目とが合う。

「そんなことっ、どうだって良いんだっ！　君は俺にとって、世界で一番大事な人だ！　それは、絶対に変わらない！」

「でもっ……」

千歳《ちとせ》の唇が大きく震え、その目から涙が溢《あふ》れていく。

「あの事件は、私が……私が、引き起こした。私がいなければ、優馬《ゆうま》くんのお父さんとお母さんは、まだ生きていたっ……。私、もう、生きていられない……。お詫《わ》びします。みんなに、死んで、お詫《わ》びします……」

「違う！　君は悪くない！　悪いのは、君を利用した奴《やつ》らだ！」

血を吐くように叫び続ける。

しかし千歳《ちとせ》は震えながら、小さく首を横に振る。

「でもあの時、最後、私、意識を取り戻したんです。それなのに、少ししか、飛行機を動かせなかった。もっとちゃんと頑張れていれば、もっと多くの人を……、優馬《ゆうま》くんのお父さんとお母さんも、助けられたはずなのに……」

母の最期の姿を思い出し、優馬《ゆうま》が歯を食いしばる。その頬を、熱いものが伝っていく。

それでも——。記憶の中の母は、笑顔だった。優馬《ゆうま》が安全な場所に逃れたのを見て、最期、笑顔を見せてくれた――。

「千歳《ちとせ》！　違う！」

千歳《ちとせ》が顔をあげ、涙で濡《ぬ》れた目で優馬《ゆうま》を見る。

「あの日、君は『少ししか動かせなかった』んじゃない！　頑張って、『動かしてくれた』んだ！　だから、僕は助かったんだ！」

千歳《ちとせ》の目が、徐々に広がっていく。

「父さんと母さんは、あの日、僕のことを助けるために全力を尽くしてくれた！　それが二人の、一番の望みだったから！　その願いを叶《かな》えたのは君だ！　だから二人は、千歳《ちとせ》のことを恨んでなんかいない。天国で、涙を流して感謝してる。自分達の、最後の希望を叶《かな》えてくれて、ありがとうって！」

「あ、ああ……」

優馬《ゆうま》が泣きながら、それでも千歳《ちとせ》に笑顔を見せる。

千歳《ちとせ》の全身が震え始める。その頬を新たな涙が伝っていく。

「でも……でも」

「千歳《ちとせ》えええええっ！」

再びの絶叫に、千歳《ちとせ》が優馬《ゆうま》を見る。

「君の正直な気持ちが聞きたいんだ！　それ以外、もうどうだって良《い》い！　君の、本当の気持ちを、教えてくれ！」

「良《い》い加減黙れ！」

顔を押さえ付けられて優馬《ゆうま》の声が止まる。

千歳《ちとせ》が息を呑《の》み、一度ぎゅっと目を瞑《つむ》る。

震える唇が、やがて開いた。

「私、私、優馬《ゆうま》くんのこと――大好きです」

優馬《ゆうま》は世界に、光を見つけた。

涙に濡《ぬ》れる青い瞳が、優馬《ゆうま》のことをまっすぐに見た。

「これからもずっと一緒にいたい。優馬《ゆうま》君と――ジューゴ君と、一緒にいたいです」

優馬《ゆうま》の視界が、白くなっていく。

§§§

――僕の思い出。

家の地下室から白い部屋に行けることを知り、何回目かにそこを訪れた時。

いつもいる女の子が、部屋の隅で泣いていた。

「ど……どうしたの？」

呼び掛けても返事をしてくれない。悲しそうに泣いているので、僕は隣に座って、その背中を撫《な》でていた。ようやくして、彼女は顔を上げた。

「あのね……私、他の人と違うんだって」

「違う？」

こくり、と女の子は頷《うなず》いた。

「他の人には、『名前』があるんだって。私には、ない。私は、93番ってだけ呼ばれてる」

言い終わると、女の子は再び泣き出した。

ポロポロと涙が頬を伝って落ち、声は我慢していたけれど、肩を何度もしゃくり上げた。

「あの、それじゃ、名前、一緒に考えようか？」

女の子は驚いて僕を見た。

「ほら、93だから……クミちゃん、とか」

幼いながら、安直かなと思ったけれど——

「名前……クミ、可愛《かわい》い」

しかし女の子は——クミちゃんは喜んでくれて、嬉《うれ》しそうに笑ってくれた。

「あの……あなたのお名前は？」

二人だけだったから、この時まで二人とも名前を意識していなかったのかもしれない。

僕は「ゆーま」と言おうとして、しかしふと口を閉じた。

「僕の名前は『ゆーま』だけど、みんなからは『ジューゴ』って呼ばれてる。ほら見て、15。クミちゃんと同じ、数字の名前だね」

「わあ……」

クミちゃんは嬉《うれ》しそうにする。

「でもなんで『ジューゴ』なの？」

ジューゴ、もちろんそんな呼ばれ方などしていない。クミちゃんが喜ぶかもしれないと思って今考えた。そもそも『ジューゴ』というのは……

「えと、『ジューゴ』はね、『ブラックトーラス』に出てくる主人公の『ジューゴ』のこと。知ってる？『ブラックトーラス』」

クミちゃんは首を横に振り、僕はアニメの内容を説明した。

──ある日突然、悪魔達の「ハンティング」の対象となってしまった幼馴染《おさななじみ》──その女の子を守るため、一人の悪魔と取引をした主人公「日比野《ひびの》重吾《じゅうご》」が、全てを捨ててブラックトーラスに変身して闘う……簡単に言えばそういう内容。

クミちゃんは首を捻《ひね》り、

「これ？」

と言って手を差し出した。

その手の上に、薄《うっす》らと半透明の、「ブラックトーラス」の人形があった。

「そう！　それ！　え？　すごい！」

褒めるとクミちゃんは嬉《うれ》しそうにして……しかしふと悲しそうな顔になった。

「トーラス。――死ぬまで戦い続ける、可哀想《かわいそう》な雄牛。……エウロペを守るタロスみたい」

クミちゃんは知らないことも多い一方で、時々難しいことを言う。

「タロス？」

「うん。外国の昔話に出てくる強い人形。エウロペっていう王女様を守るために、死ぬまで働いていた人形。……可哀想《かわいそう》な人形」

「……？　なんで可哀想《かわいそう》なの？」

驚いた僕に、逆にクミちゃんも驚いたようだった。

「な、なんでって。だって、心がないから、言われた通りに働いて、死ぬまで働いて、それで壊れて、そんなのって、可哀想《かわいそう》だな、って」

「そうかな？」

「え？」

僕は笑った。

「たぶん……タロスは、王女様のことが好きだったんだと思う」

クミちゃんの目が丸く広がる。

「で、でも、タロスは人形だから」

「でも、心がなかったとは限らないでしょ？　そんな、死ぬまで戦い続けられるなんて。きっとタロスは王女様のことが好きだったんだよ。大切だったんだよ。『ブラックトーラス』に変身して戦う『ジューゴ』が、幼馴染《おさななじみ》のことを大切に想《おも》っているように」

クミちゃんの視線が下に向く。

そのまま少しして、

「あ、あの、『ジューゴ』君」

「ん？　どうしたの？」

「あ、あのね。将来のずっと先もね、私に、会いに来てくれる？」

「え？　う、うん！　もちろん！」

顔を上げたクミちゃんは泣いていた。

「もし……私が一人になって、寂しくって、悲しくなった時、タロスみたいに、ブラックトーラスみたいに、また会いに来てくれる？　助けに、来てくれる？」

何を言われているのか、正直分かっていなかったかもしれない。

でも、他の答えなんてなかった。僕は強く、深く頷《うなず》いた。

「うん。必ず助けに来る。ブラックトーラスみたいに必ず来るよ」

クミちゃんは、いっぱい涙を流して、僕にブラックトーラスの人形をくれた。

「これ、他の十体はあげられないから。だからジューゴ君に、これをあげる」

「え……？　い、いいの？」

うん、と頷《うなず》き、クミちゃんは微笑《ほほえ》んだ。

「ありがとう、ジューゴ君。……ううん。大好きな、ゆーま君」

§§§

その日その時、初めて理解した。

自分が、なぜこの世に生を受け、なぜ、今日まで生きてきたのか。

なぜ、自分には他の人とは違う力があり、そしてなぜそれは、幼い日に見たヒーローの姿をしているのか。

それは――

大切な人を護《まも》るため。

愛する人を、悲しみの底から救うため。

『待て……』

胸の奥からトーラスの声がした。

『我が母は、お前が戦場で闘う事を望んでいない。故に我はお前に力を貸す事はできない』

――「本当は……そもそも戦いになんて行って欲しくないです」

千歳《ちとせ》の言葉を思い出し、そして理解する。トーラスの力が消えていた理由。

優馬《ゆうま》が静かに頷《うなず》き、口を開いた。

「トーラス。……千歳《ちとせ》は今、泣いているぞ」

トーラスは答えない。

「お前のその決断は、ただのプログラムとしての回答か？　それとも、千歳《ちとせ》のことを想《おも》うお前の心がそう言っているのか？　俺は、千歳《ちとせ》から生まれた君にも心があると信じる。お前はどうしたいんだ？　行こうトーラス。力を貸してくれ。俺達の、大切な人を救うために」

胸の奥……その闇の中で、悪魔は口が裂けるかのように笑った。

『――心得た』


ゴウッ！

優馬《ゆうま》を包むオーラの色が、突如白から黒に変わり、暴風のように吹き荒れた。

エリオが目をむき、その表情を引きつらせる。

「バカなアレは……機能停止したはず。くそっ!?　総員、最終安全装置解除！　スパディル・イレブン！　最強《シールズ》を証明しろ！」

米兵が身体《からだ》から離れ、自由になった身で優馬《ゆうま》は立ち上がる。

その目が、トーラスのそれと同じ赤色に変わる。

その頰に、悪魔のように凄惨な笑みを浮かべた。

「行くぞ――」


「「エグゼク・コード」」


「ブラックトーラス！」

「ネイビーイーグル！」

ドン！

黒い鎧《よろい》、ブラックトーラスの周囲を、十二体の紺色の鎧《よろい》達が囲んでいる。その頭部は、確かに名前の通りワシのそれのよう。巨大な重火器を装備するその鎧《よろい》達は、オリジナルを分析して作り出された「アドバンスド・トリプルシックス」。

トーラスが肩から剣を抜くと同時、瞬間移動のようなスピードと完璧なフォーメーションで四体のイーグルが優馬《ゆうま》を囲む。前、後、左、右、全て囲まれた状態。更に飛び上がっていた狙撃ユニットがトーラスに向けて巨大な銃――30ミリ口径対物狙撃銃を向ける。

が。

ドウッ！

トーラスが剣を振り、暴風のように黒いオーラが舞う。その勢いは、まるで竜巻の如《ごと》く。五体のイーグルが総じてよろける。バランスを立て直そうとした一体。しかしその眼前に、既に黒い悪魔が立っていた。

「う――うわあああああっ⁉⁉⁉⁉⁉」

トーラスの黒剣に右腕を切り落とされて倒れ伏す。

ブラックトーラスが――優馬《ゆうま》が止まらない。雨霰《あめあられ》のように降り注ぐイーグル達の重機関銃弾を躱《かわ》し、弾《はじ》き、相手との距離を一気に詰める。続く相手の顔面をパンチで殴り、二十メートル以上も弾《はじ》き飛《と》ばす。蹴られたイーグルは天井を超え、遥《はる》か地上にまで飛んでいく。

エリオが舌打ちした。

「くそっ！　これが――ブラックトーラスっ！　最強のAI、TOWA93番の作り出した、11番目のトリプルシックス……」

トーラスは、この時点で手加減しているのは明白だった。全てのイーグルに対して、致命傷を与えないよう調整しているのは間違いない。駄目だ。他のメンバーではレベルが違いすぎる。

「下がれ！　俺が相手する！」

エリオが前に出て、優馬《ゆうま》とタイマンの形になる。

トーラスが、消えた。

「ぐっ⁉」

エリオが攻撃を読み、優馬《ゆうま》の剣を機関銃で受ける。トーラスの踏み込みで地面は砕け、エリオの銃は一撃で真っ二つになる。

「させるかあっ！」

銃を切り裂き、僅かにスピードの落ちたトーラスの剣をエリオが摑《つか》む。

「バレットコード：ザ・クリエイター！」

エリオが叫ぶと同時、トーラスの剣に青白い放電が起き、一瞬でそれは「エリオの剣」となる。エリオが摑《つか》んでいた部分が柄《つか》となり、トーラスの握っていた柄《つか》は刃へと変わった。

トーラスが不可視の速度でパンチを放つ、しかしエリオは紙一重でそれを躱《かわ》す。

「喰《く》らえ！　化け物が！」

バックパックからジェットを吹き出し、飛び上がった空中で無理やり姿勢を変える。奪った剣を握り直し、体中の全てのオーラを剣に集める。あり得ない角度からの、しかも完璧なカウンター。トーラスがギリギリの反応でガードのために右腕を上げる。

——もらった！　まずは右腕！

悪魔は笑顔。

エリオの背筋を悪寒《おかん》が走る。トーラスが——黒い悪魔が笑っていた。

「バレットコード——」

トーラスの右腕が赤く発光する。

「――ファイアウォール」

爆発するかのような真紅のオーラ。斬撃の体勢を取っていたエリオが大きくよろける。

完璧な――隙……。

「馬鹿な……。俺が、シールズが、アメリカが――」

トーラスの前蹴りを受け、エリオが壁際《かべぎわ》まで吹き飛ばされる。

トーラスの右腕は既に業火《ごうか》そのもの。エリオに向けて炎に包まれた赤い拳を振りかぶり――

「あ……ああ。うわああああああっ⁉⁉⁉⁉⁉」

ザシュッ！

エリオは、顔の前で前腕をクロスさせていた。気付かぬうちに目も瞑《つむ》っていたらしい。

恐る恐る目を開ける。

そこには――背後から剣で胸を貫かれたトーラスが立っていた。マスクの向こうから、大量の血を吐き出した。

倒れるその身体《からだ》の向こうに、トーラスの剣を持ち、肩で荒い息をする水色の鎧《よろい》が――ジーベックが立っている。エリオに向けて、馬鹿にしたように笑った。

「間一髪だったな」

「く、そっ……」

プライドを砕かれたエリオが吐き捨てる。もしジーベックの助けがなかったら、百%やられていただろう。しかし助けられたことで、エリオの自尊心はズタボロになった。

「優馬《ゆうま》くんっ⁉」

檻《おり》を摑《つか》んで叫んだ千歳《ちとせ》が、倒れたブラックトーラスを見て凍りつく。徐々に徐々に、地面へと崩れ落ちていった。

「長かったが……」

ジーベックがそう言って、千歳《ちとせ》の方に近づいていく。

「そろそろ始めよう。ラストワン。ユークリッドも、待たせたな」

「――許さない」

小さな。

しかし地獄の底から響いたような声に、ジーベックは思わず足を止めた。

檻《おり》の中で、静かに千歳《ちとせ》が立ち上がっていく。

「ラスト……ワン？」

ドバ！

千歳《ちとせ》から突如白いオーラが吹き出す。

白……いや、白ではない。それは白銀色のオーラだった。

彼女を捕らえていた檻《おり》はそれだけで分解・消失し、千歳《ちとせ》が、壊れた檻《おり》から歩み出てくる。

ジーベックはその姿を見て、呆然《ぼうぜん》と立ち尽くした。

なんて……愚かだったのだろう。

雨宮千歳《あまみやちとせ》の記憶を復元し、TOWA93番の力を取り戻す。――それが一体どういうことなのか、もう少し考えれば分かっただろうに……。ユークリッドを復活させるための手段としてのみ認識していた。その愚かさの代償が、今目の前に迫ってくる。

千歳《ちとせ》の服装が、白いシックなドレスに変わった。

その頭部に銀狐《ぎんぎつね》のような耳がヒョコリと生え、その更に先には、天使の輪が浮かんだ。

そしてその背後に、六枚の純白の羽が展開する。

あまりの神々しさ……その巨大すぎる力の前に、ジーベックは自然と跪《ひざまず》いた。

しかしその――感情の失《う》せた機械的な青い瞳に見つめられて、ジーベックは自分が今から、断罪される立場であることを理解した。

「おいで。フロストバイター」

千歳《ちとせ》が言うに合わせ、彼女の後ろの地面に、真っ黒な一本の線が生える。そして瞬《また》く間《ま》に複雑怪奇な模様に変わる。徐々にそれが地割れのヒビのように広がっていき――

ゴオオオアアアアアアッッッッッッ！！！

身の毛もよだつ獣の声が響いた。

地割れの中から、真っ白な、三つ首のドラゴンが這《は》い出て来る。その首には一つ一つ違う頭が生えていて、一つは角の生えた爬《は》虫類《ちゅうるい》のようなドラゴンの顔、一つは犬のゾンビのような顔、一つはイッカクのような顔をしていた。

千歳《ちとせ》の後ろに立った怪物。ゾンビ犬がドラゴンの頭に噛《か》み付《つ》こうとし、逆に首を強く噛《か》まれて悲鳴を上げた。イッカクが口をバカリと広げると、そこに白い光が集まっていく。

キュン！

放たれたそれは、地上へと空いた穴を通過していき、周囲の全てを凍らせていった。ぐんぐんと空に飛んで行ったそれが、遥《はる》か宇宙で衛星に衝突して爆発した。

戯《たわむ》れに等しいその一発だけで、先ほどの白亜《はくあ》の「アマテラス」の一撃以上の威力があった。

「スケプトフェルガ、ミュールミュール、グロツヌスキ」

千歳《ちとせ》に呼ばれ、三匹がまっすぐジーベックを見る。その口に、先ほどのそれより強烈な輝きを持つ白い光が集まっていく。

「ああ……」

もはやあらゆる抵抗が無意味だった。何をしたとして死を避けることはできなかった。ジーベックは祈るように手を組み、蹲《うずくま》って目を瞑《つむ》った。

「撃て」

キュバ！

ああああああああああっっっっ……。

ジーベックが、水色の鎧《よろい》ごとボロボロに崩れていく。

白い光の中、その存在が消滅していく。もう熱さも冷たさも分からない。

最後。

ジーベックは、ユークリッドのことを想《おも》った。愛するユークリッド。彼女を幸せにできなかったことが、ただ唯一、ジーベックにとって後悔だった。

「ジーベック」

目線を上げ、ジーベックの瞳が凍りつく。そこに、ユークリッドの姿があった。

かつての彼女と同じ。聡明《そうめい》で、優しい表情、美しい緋色《ひいろ》の瞳。心を失ったはずの彼女はジーベックを守るために立ち、その存在が、千歳《ちとせ》の攻撃で消滅していく。

「ユークリッド……」

ジーベックが手を伸ばし、涙を流しながら、首を横に振る。

逃げて欲しい、君にだけは生き残って欲しい。

しかしもう声も出ない。ただユークリッドはジーベックに近付いてきて、二人はそのまま抱き合った。眩《まばゆ》い光の中、愛する人の存在を確かめ合った。

やがて白い光と、そして巨大な竜とが消え……、
しかしジーベックとユークリッドは、まだそこに在った。

「………ラストワン……なぜ？」

「その名で呼ぶな」

力を失い、震えるジーベックの見る先、千歳《ちとせ》は歩き出し、優馬《ゆうま》の元に向かう。

「ユークリッドに罪はない。それだけだ」

千歳《ちとせ》の視線の先、人の姿に戻り、床に倒れた優馬《ゆうま》の胸が、微《かす》かに上下している。

優馬《ゆうま》の「強化」というオーラの性質と、トーラスという防具。二つが揃《そろ》って、なんとか一命を取り留めていた。

千歳《ちとせ》は優馬《ゆうま》の傍《そば》に屈《かが》み、その身体《からだ》を強く抱き締めた。温かさを確かめるように頬擦りしてから、やがてそっと肩にかける。そして歩き出し、白亜《はくあ》の元に向かった。

未《いま》だ立ったままの白亜《はくあ》、その目蓋《まぶた》をそっと掌《てのひら》で下ろすと、安らかで柔らかい、優しい姉の表情に戻った。……千歳《ちとせ》の唇が、静かに震えていく。

「お姉ちゃん。これまでいっぱい、いっぱい愛してくれて、ありがとうございました……」

まるで子どもが母親にするように、その身体《からだ》にしがみ付いた。

唇を噛《か》み締《し》め、しかし溢《あふ》れる涙は止まらない。

千歳《ちとせ》は嗚咽《おえつ》を堪《こら》えながら、白亜《はくあ》のこともそっと肩にかけた。

「93番……」

唸《うな》るような声に振り向くと、元の姿のエリオが右腕を押さえ、唇を噛《か》み締《し》めて立っていた。

「今後、世界の戦争は、お前を中心として起きる」

千歳《ちとせ》の青い瞳はエリオのことを見つめたまま、一言も発しない。

「分かっているのかっ？　お前の力は、個が持つには大きすぎる。ありとあらゆる国家や組織がお前のことを狙い、そしてお前の大切なものを同じように狙うぞ！　それだけじゃない。疑心暗鬼になった人々によって、全てのＴＯＷＡの危険性が問われるだろう。人とＴＯＷＡとの分断は、今以上に深刻になる！」

「私は、自分からお前達を攻撃しない。――しかしお前が、私達にまた銃を向けたなら――私の大切な人を傷つけようとしたなら、今度こそ私はお前に、決して容赦しない」

千歳《ちとせ》の背後に、再び黒い線が伸び、複雑な魔法陣が浮かび上がった。

その毒々しいまでのオーラを見ただけで、エリオの体は自由を失う。

「二度と顔を見せるな」

そして千歳《ちとせ》は、ふっと消えるようにログアウトした。

十一――たとえ世界がそれを拒んでも

BULLET
CODE
FIREWALL

はっ、と。

優馬《ゆうま》の目が開いた。

綺麗《きれい》な木目の天井と、自分につながっている点滴のカテーテルが見える。カーテンの僅かな隙間から、眩《まぶ》しい位の光が差し込んでいて、天井に、定規を使ったかのようなまっすぐな線を引いていた。

心電図モニタが立てている規則的な音。

……生きている。ぼんやりとそう思った。

ベッドに横になっていて、病院かと思ったがそうではないらしい。

淡いピンクを基調とした部屋。この匂い……雨宮《あまみや》家。

左手が優しい温かさに包まれているのを感じ、そっと握り返してみる。――小さな手。

「ん……」

声が聞こえて隣を見ると、床に座った千歳《ちとせ》が、ベッドにうつ伏せになって眠っていた。

その肩が小さく上下していて、優馬《ゆうま》は心の底から安堵《あんど》する。

千歳《ちとせ》の長いまつげが震えて、青い瞳が現れた。

優馬《ゆうま》と目が合って……

急に泣き出しそうな顔になって立ち上がり、ベッドから——優馬《ゆうま》から逃げようとする。

「千歳《ちとせ》っ！」

その手を引き、華奢《きやしや》な身体《からだ》を抱き寄せて、そのままベッドに押し倒した。

千歳《ちとせ》はしばらく逃げようと抵抗して、しかしやがて静かになった。小さく嗚咽《おえつ》を漏らし、優《ゆう》馬《ま》の胸の中で泣き始めた。優馬《ゆうま》は千歳《ちとせ》を抱き締めたまま、そっとその頭を撫《な》で続《つづ》ける。

「優馬《ゆうま》君……ごめんなさい。私、ごめんなさい……」

千歳《ちとせ》を抱く腕に力を込めた。

「何も謝ることなんてない。千歳《ちとせ》は、何も謝ることなんてしてない」

「でも……」

優馬《ゆうま》の胸から顔を上げる。

青い瞳が、涙でいっぱいに濡《ぬ》れていた。

「私、人じゃないって。機械だって。そんなの……嫌だ。嫌です。怖い……」

千歳《ちとせ》は千歳《ちとせ》。

本当はそう言いたかった。そして嘘偽《うそいつわ》りなく優馬《ゆうま》はそう思っている。千歳《ちとせ》が何であっても……彼女と過ごした大切な時間は失われない。かつて心の奥底で、何よりも憎んでいた自分を愛してくれた千歳《ちとせ》――彼女に対する感謝と、そして愛情とが失われることはない。でも――そう言ったとして、千歳《ちとせ》は決して納得しないだろう。突然「人ではない」と「機械だ」と言われた者の苦しみや悲しみや恐怖を、他者が分かっているように語るなど無意味だった。理解していることを理解してもらおうとする、ただのエゴに過ぎなかった。

千歳《ちとせ》が声を震わせて泣いている。

自分の無力さに優馬《ゆうま》は唇を噛《か》み締《し》める。それでも……

「千歳《ちとせ》……これだけは知って欲しいんだ……」

もう何も考えていなかった。ただ純粋な真実は、もう自分の心の中にしかなかった。

「僕は、貴女《あなた》のことを、愛しています。今でも変わらず、愛しています」

千歳《ちとせ》が顔を上げ、涙でいっぱいの目で優馬《ゆうま》を見て、その喉を小さく動かした。

「千歳《ちとせ》、覚えてる？　小さい時、君が教えてくれたエウロペとタロスのお話」

千歳《ちとせ》が虚をつかれたように目を丸め――やがて、微《かす》かに頷《うなず》く。

急に胸の中に、暖かい、大切な記憶が溢《あふ》れてきて、微笑《ほほえ》んだ優馬《ゆうま》の目からも涙が溢《あふ》れた。

「エウロペとタロス……人と機械。でも僕は、どちらにも心があると信じた。僕と君も、やっぱり別々の存在で、僕には君に、心があるのかは分からない。でも僕は、君のことを愛し続ける。たとえ報われなくても、君のことを守り続ける。君の幸せを、望み続ける。君が何であろうと、僕は『千歳《ちとせ》』が好きなんだ。これからも僕はずっと、『千歳《ちとせ》』のことが好きだ」

千歳《ちとせ》が息を呑《の》み、優馬《ゆうま》のことをじっと見つめた。

その瞳が震え、ポロポロと、大粒の涙が流れていく。

「千歳《ちとせ》……」

その手をとって、自分の胸に当てた。

千歳《ちとせ》が、戸惑う瞳で優馬《ゆうま》を見る。

「どきどき……してます」

優馬《ゆうま》が深く頷《うなず》いた。

「本当は、今でも凄《すご》く怖いんだ。もしこれで、千歳《ちとせ》と離れることになったらどうしようって。『報われなくても』なんて……嘘《うそ》だ。今でも君に、愛して欲しい。ずっとずっと一緒にいたい。君のことが、世界で一番好きだから……」

くしゃっ、と千歳《ちとせ》の顔が泣き顔に潰れ、優馬《ゆうま》の胸にしがみついた。子どものように泣《な》き喚《わめ》いた。恨みも言った。辛みも言った。ただその全てを、受け止めることだけが正しいのだと思った。優馬《ゆうま》は千歳《ちとせ》が落ち着くまで、昼も夜も、ずっと千歳《ちとせ》を抱き締め続けた。


翌朝。

先に目が覚めたのは優馬《ゆうま》の方で、隣を見ると、優馬《ゆうま》の肩口に頭を載せた千歳《ちとせ》は、優馬《ゆうま》に寄り添うようにして、小さな寝息を立てていた。

千歳《ちとせ》の真珠のように綺麗《きれい》で滑らかな肩が出てしまっていたので、優馬《ゆうま》は寒くないように、タオルケットを少し引き上げ、その肩にかけた。

それで目覚めたのか、千歳《ちとせ》がゆっくりと目を開ける。

少しぼんやりした瞳で優馬《ゆうま》のことを見て、徐々に……静かに、その頬を赤色に染めていった。

優馬《ゆうま》も、なんと言っていいのか分からない。

でも目の前の千歳《ちとせ》が愛おしくて、身体《からだ》を横にすると、その小さな身体《からだ》に腕を回した。

目が合わないようにモゾモゾと逃げる千歳《ちとせ》を可愛《かわい》らしく思う。しかし千歳《ちとせ》はその顔を優馬《ゆうま》の胸板に押し当て、完全に見えないようにしてしまった。そのままの姿で口を開いた。

「優馬《ゆうま》君……。あの……私……変なところ、なかったですか？」

優馬《ゆうま》が千歳《ちとせ》を強く抱きしめ、髪を優しく撫《な》でる。耳元にそっと囁《ささや》いた。

「千歳《ちとせ》、本当に、本当に綺麗《きれい》だった。凄《すご》く感動して……思い出すと少し泣きそう」

「あ……」

小さく言った千歳《ちとせ》が一度優馬《ゆうま》のことを見て、ぎゅうっ、としがみ付いて来る。

「嬉《うれ》しい……。嬉《うれ》しい……。好き。好き。優馬《ゆうま》君好き……。あ、で、でも……」

もぞもぞと、視線をそらしたまま顔を離した。その顔が、真っ赤に染まっていた。

「は、恥ずかしいので、あ、あまり、思い出したら駄目です……」

再びしがみついて来る千歳《ちとせ》を抱き、優馬《ゆうま》は愛情を込めてサラサラの髪にキスをする。

「優馬《ゆうま》君……」

「ん？　どうしたの？」

胸元から千歳《ちとせ》が見上げてきた。

「あ、あの……撫《な》でてもらうの、好き、です……」

優馬《ゆうま》は微笑《ほほえ》んで頷《うなず》き、千歳《ちとせ》の頭を撫《な》で始める。千歳《ちとせ》は嬉《うれ》しそうにくふくふと鼻を鳴らした。

暫《しばら》くすると、千歳《ちとせ》が青い瞳で優馬《ゆうま》を見て、恥ずかしそうに口をモゴモゴさせた。

「ゆ、優馬《ゆうま》君。わ、私のこと、見て、ください」

優馬《ゆうま》が髪を撫《な》でながら頷《うなず》く、千歳《ちとせ》の目を静かに見つめる。

「あ、あう……。も、もっと、私のことだけ、見て、欲しい、です……」

恥ずかしそうに言って、優馬《ゆうま》にしがみついてくる。

優馬《ゆうま》は頷《うなず》くと千歳《ちとせ》を強く抱き、鼻先を擦り合わせた。

「うん。ほら、千歳《ちとせ》のことしか見てないよ。好きだ千歳《ちとせ》。愛してる」

「あ……好き。好き。私も好き……」

抱き合い、キスする中。ふと、いつの間にか千歳《ちとせ》の顔が曇っていることに気付く。……これから千歳《ちとせ》は、何度悲しいことを思い出し、何度、罪の意識に苦しむことになるのだろうか——

「千歳《ちとせ》、今度は僕のことを見て？」

千歳《ちとせ》の青い瞳が、戸惑うように優馬《ゆうま》を見る。千歳《ちとせ》の腰を抱き寄せ、強く強く抱き締める。

「愛してる千歳《ちとせ》。今は他のこと考えちゃ駄目だ。好きだ千歳《ちとせ》。今は僕のことだけ考えて」

千歳《ちとせ》が涙を流しながら、何度も首を縦に振る。

優馬《ゆうま》は千歳《ちとせ》にそっと顔を寄せ、何度も何度も——何時間も優しいキスをした。

しばらくして……雨宮家《あまみや》に電話があり、出てみると早苗《さなえ》だった。怒鳴られるような勢いで体調の心配をされた後、早苗《さなえ》が大きく息を吸い込んだ。

『優馬《ゆうま》くん聞いて！　白亜《はくあ》の意識が、戻ったの！』

「……え？」


病院に向かうタクシーの中で、優馬《ゆうま》は千歳《ちとせ》に何度も謝られた。白亜《はくあ》が一命を取り留めていたこと自体、優馬《ゆうま》は初耳だったので驚いた。

「いや、千歳《ちとせ》は千歳《ちとせ》で大変だったんだから。ね？　気にしないで？」

「は、はい。でも、すみませんでした……」

「もう……。それより千歳《ちとせ》、良かったね……。師匠、やっぱり凄《すご》いよ」

「はい……」

千歳《ちとせ》が目を潤ませて、笑顔になって微笑《ほほえ》む。

病院につくと、病室には早苗《さなえ》がいた。

「本当は、まだ面会謝絶の段階なんだけど、白亜《はくあ》がどうしてもって」

言われて優馬《ゆうま》と千歳《ちとせ》が同時に頷《うなず》く。

ベッドの上で横になる白亜《はくあ》は、二人に気付くと、酸素マスクの向こう側で、小さく微笑《ほほえ》んだ。

千歳《ちとせ》が駆け寄り、白亜《はくあ》の手を取りギュッと握る。

「お姉ちゃん……」

ポロポロと、その頬を涙が伝った。

白亜《はくあ》が何か目配せし、千歳《ちとせ》がその口に顔を寄せる。何かを伝えているらしく、千歳《ちとせ》が小さく「うん、うん」と返している。

やがて千歳《ちとせ》が立ち、優馬《ゆうま》を見た。

「優馬《ゆうま》君、お姉ちゃんが……」

「うん。分かった。ありがとう」

ベッドに入れ替わって側《そば》に寄る。目が合うと、白亜《はくあ》は少しだけ笑った。

『優馬《ゆうま》……』

名前を呼ばれただけなのに涙が出た。

『千歳《ちとせ》を守ってくれて、ありがとう……』

首を横にぶんぶん振る。自分はほとんど何もしていない。

『優馬《ゆうま》』

ふいに白亜《はくあ》の目の奥に、何か真剣な、切迫した光を見て、優馬《ゆうま》もそれに応えるようにはっきりと頷《うなず》いた。白亜《はくあ》の口が動いたが、意識が再び混濁し始めたのか、声が小さくて聞き取れない。

「師匠？」

もう少し口元に耳を寄せる。

白亜《はくあ》の言葉……今度は聞こえた。聞こえて……優馬《ゆうま》は戸惑った。

再度意識を失った白亜《はくあ》の元に医者が駆けつける。「大丈夫」とは言われたがやはり心配は募る。しかしいつまでも病院に居座るわけにもいかない。優馬《ゆうま》と千歳《ちとせ》は家に戻り、再び連絡を待つことにした。

帰りの電車の中で、意識はまだないものの、白亜《はくあ》の容体が安定したことを聞き、二人は安堵《あんど》の息を吐いた。

千歳《ちとせ》の家の最寄り駅から出た二人は、少し寄り道して千鳥ヶ淵《ちどりがふちりよくどう》緑道に入る。

「お姉ちゃんが……」

隣を歩く千歳《ちとせ》が言い、優馬《ゆうま》に向けて微笑《ほほえ》んだ。

「優馬《ゆうま》君のことを信じろ、って。支え合って頑張れって。……なんだか、お父さんみたいです」

「う、うん。そうか」

「優馬《ゆうま》君も、同じようなことを言われたんですか？」

「え、と。うん。そんな感じ。千歳《ちとせ》のことを大事にしろって。しなければ殺すって」

「もう……お姉ちゃん……」

とっさに出たごまかしだったが、最後の一言はだいぶ白亜《はくあ》っぽかったと思う。

白亜《はくあ》の回復もあって、久しぶりに穏やかな笑顔を見せてくれる千歳《ちとせ》。

その姿を横目に見ながら、優馬《ゆうま》は先ほどの、白亜《はくあ》との会話を思い出していた。

正直、その言葉の意味はよく分からない。

ただそれが……あまり良くないものであろうことは、白亜《はくあ》の口調からも感じていた。

あの時白亜《はくあ》が言った、本当の言葉。

「優馬《ゆうま》、その時は近い。——『アウトブレイク』に備えろ」

中途半端《ちゅうとはんぱ》な時間のせいか、あまり人気《ひとけ》のない緑道を二人は進む。

優馬《ゆうま》が千歳《ちとせ》のことを見て、千歳《ちとせ》は優馬《ゆうま》のことを見る。

千歳《ちとせ》が、優馬《ゆうま》に小さくはにかむ。

その笑顔は以前より少し大人びていて——真実を知る前のものとは異なっている。彼女が今の自分を受け入れ、そして、彼女に非はなかったとしても、あの日のテロに関わってしまった自身を許せるようになるには、まだ長い……長い時間がかかるだろう。

この先、千歳《ちとせ》に待ち受ける運命が、生優しいものでないことは理解していた。

力で解決できない問題も多い。千歳《ちとせ》のあの圧倒的な力。しかしそれを行使すれば行使するほど、ヒトとTOWAとの分断がより深まる可能性は小さくない。

ヒトの側を象徴していた白亜《はくあ》に、今後これまでのように頼るのも難しい。

千歳《ちとせ》の幸せ。

そのためには彼女が――彼女達TOWAが、安心して生きていける居場所が必要だった。

もしヒトが疑心暗鬼のもと、彼女の居場所を奪いに来るような日がきたら、今度は自分が、人類と向き合わなければならなくなるかもしれない。だとしても――

千歳《ちとせ》……。僕は必ず、君を護《まも》る。

たとえ世界が、それを拒んでも。

少しだけ肌寒くなってきた季節の中、二人が手を握り合う。

幸せそうに笑う千歳《ちとせ》。それを見て、優馬《ゆうま》は胸の中で強く誓った。


（おわり）

あとがき

お久しぶりです！　又は初めましてこんにちは。斉藤《さいとう》すずです。

この度は本作をお手に取って頂き、誠にありがとうございました。1巻は真面目な感じで書かせて頂きましたが、今後はのんびり目に書かせて頂けますと幸いです笑。

さて、「バレットコード：ファイアウォール」、2巻でございます。

そう。――著者初めての挑戦となる2巻なのでございます。

「やったあああああ！　2巻書いて良いって！　やったやったやったやった！」という気持ちと。

「無理無理無理無理！　2巻？　無理だもん！　書いたことないもの！」という気持ちと。

そんな感じで、書き始める前は二つの相反する感情に弄ばれる日々が続いたのですが。実際に書いてみますと……


めっちゃ楽しかったです！

一巻で既に緜《わた》先生がキャラに姿形を与えて下さっていたおかげで、妄想――いえ、想像が捗《はかど》る捗《はかど》る！　キャラ達《たち》の笑っている姿、怒っている姿、泣いている姿が見える見える見えるハハハ見える！　全て見えるぞ！　とまるで覚醒した武闘家のようなハイテンションで作業をしておりました。これまでは知らなかったラノベ作家の楽しみの一つを理解した次第です。

さて、ようやく2巻を書き終わった今の気持ちなのですが。

――3巻書きたい。

……人の欲望にキリはないと申しますが、それはもちろん斉藤《さいとう》すずにおいても同じ。逃れられない業というもの……。という訳で、良《い》いご連絡を待っております担当編集様！（笑笑）

最後になりましたが、この作品にお力添え頂いた皆様に最大限の感謝を――。1巻に続いてイラストをご担当して下さった緜《わた》先生。可愛《かわい》いヒロインは勿論《もちろん》、カッコ良くて優しい主人公、そして強く凛々《りり》しいお師匠さん、皆を大変魅力的に描いてくださり、誠に誠にありがとうございました。また、同じく1巻からデザインを担当して下さった近藤《こんどう》ひろ様、今回も素敵なデザインで本作を彩《いろど》って頂きましたこと、この場をお借りして深く御礼申し上げます。更に平時より大変お世話になっております担当編集様、カドカワの皆様、印刷所の皆様を始め、手厚いサポートを頂いた皆様に、改めて心より感謝申し上げます。

そしてこの本をお手にとって下さった皆様に、深く深く、御礼申し上げます。

引き続きコロナで大変な時期が続きますが、皆様に少しでも良《い》いことがありますように。

斉藤《さいとう》すず拝

◉斉藤すず著作リスト

「バレットコード：ファイアウォール」（電撃文庫）
「バレットコード：ファイアウォール2」（同）
「由比ガ浜機械修理相談所」（単行本　電撃の新文芸）

本書に対するご意見、ご感想をお寄せください。

ファンレターあて先
〒102-8177　東京都千代田区富士見2-13-3
電撃文庫編集部
「斉藤すず先生」係
「繇先生」係

読者アンケートにご協力ください!!

アンケートにご回答いただいた方の中から毎月抽選で10名様に
「図書カードネットギフト1000円分」をプレゼント!!

二次元コードまたはURLよりアクセスし、
本書専用のパスワードを入力してご回答ください。

https://kdq.jp/dbn/　パスワード　3ewn5

●当選者の発表は賞品の発送をもって代えさせていただきます。
●アンケートプレゼントにご応募いただける期間は、対象商品の初版発行日より12ヶ月間です。
●アンケートプレゼントは、都合により予告なく中止または内容が変更されることがあります。
●サイトにアクセスする際や、登録・メール送信時にかかる通信費はお客様のご負担になります。
●一部対応していない機種があります。
●中学生以下の方は、保護者の方の了承を得てから回答してください。

本書は書き下ろしです。

この物語はフィクションです。実在の人物・団体等とは一切関係ありません。

電撃文庫

バレットコード：ファイアウォール2

斉藤《さいとう》すず

◇◇◇

2021年８月10日　初版発行

発行者　青柳昌行
発行　株式会社KADOKAWA
〒102-8177　東京都千代田区富士見2-13-3
0570-002-301（ナビダイヤル）
装丁者　荻窪裕司（META＋MANIERA）
印刷　株式会社暁印刷
製本　株式会社暁印刷

※本書の無断複製（コピー、スキャン、デジタル化等）並びに無断複製物の譲渡および配信は、著作権法上での例外を除き禁じられています。また、本書を代行業者等の第三者に依頼して複製する行為は、たとえ個人や家庭内での利用であっても一切認められておりません。

●お問い合わせ
https://www.kadokawa.co.jp/（「お問い合わせ」へお進みください）
※内容によっては、お答えできない場合があります。
※サポートは日本国内のみとさせていただきます。
※ Japanese text only

※定価はカバーに表示してあります。

©Suzu Saito 2021
ISBN978-4-04-913837-5　C0193　Printed in Japan

電撃文庫　https://dengekibunko.jp/

電撃文庫創刊に際して

文庫は、我が国にとどまらず、世界の書籍の流れのなかで〝小さな巨人〟としての地位を築いてきた。古今東西の名著を、廉価で手に入りやすい形で提供してきたからこそ、人は文庫を自分の師として、また青春の想い出として、語りついできたのである。

その源を、文化的にはドイツのレクラム文庫に求めるにせよ、規模の上でイギリスのペンギンブックスに求めるにせよ、いま文庫は知識人の層の多様化に従って、ますますその意義を大きくしていると言ってよい。

文庫出版の意味するものは、激動の現代のみならず将来にわたって、大きくなることはあっても、小さくなることはないだろう。

「電撃文庫」は、そのように多様化した対象に応え、歴史に耐えうる作品を収録するのはもちろん、新しい世紀を迎えるにあたって、既成の枠をこえる新鮮で強烈なアイ・オープナーたりたい。

その特異さ故に、この存在は、かつて文庫がはじめて出版世界に登場したときと、同じ戸惑いを読書人に与えるかもしれない。

しかし、〈Changing Times,Changing Publishing〉時代は変わって、出版も変わる。時を重ねるなかで、精神の糧として、心の一隅を占めるものとして、次なる文化の担い手の若者たちに確かな評価を得られると信じて、ここに「電撃文庫」を出版する。

1993年6月10日
角川歴彦